O LEGADO

ELLE KENNEDY

O LEGADO

Tradução

JULIANA ROMEIRO

pa ra le la

A Editora Paralela é uma divisão da Editora Schwarcz S.A.

Grafia atualizada segundo o Acordo Ortográfico da Língua Portuguesa de 1990, que entrou em vigor no Brasil em 2009.

TÍTULO ORIGINAL The Legacy

CAPA E FOTO DE CAPA Paulo Cabral

PREPARAÇÃO Graziela Marcolin

REVISÃO Renato Potenza Rodrigues e Márcia Moura

Dados Internacionais de Catalogação na Publicação (CIP)
(Câmara Brasileira do Livro, SP, Brasil)

Kennedy, Elle
O legado / Elle Kennedy ; tradução Juliana Romeiro. — 1ª ed. — São Paulo : Paralela, 2022.

Título original: The Legacy.
ISBN 978-85-8439-253-7

1. Ficção canadense (inglês) I. Título.

21-95047 CDD-813

Índice para catálogo sistemático:
1. Ficção : Literatura canadense em inglês 813

Eliete Marques da Silva — Bibliotecária — CRB-8/9380

[2022]

EDITORA SCHWARCZ S.A.
Rua Bandeira Paulista, 702, cj. 32
04532-002 — São Paulo — SP
Telefone: (11) 3707-3500
editoraparalela.com.br
atendimentoaoleitor@editoraparalela.com.br
facebook.com/editoraparalela
instagram.com/editoraparalela
twitter.com/editoraparalela

O LEGADO

PARTE I
O PACTO

1

LOGAN

"Aquela ali tá dando mole pra mim. Certeza."

"Vai sonhando, cara."

"Ela não para de olhar pra cá! Tá a fim."

"Como se uma gostosa que nem ela fosse dar mole pra um velho que nem você."

"Eu tenho só vinte e oito anos!"

"Sério? É mais idoso do que eu imaginava."

Seguro o riso. Faz uns vinte minutos que estou escutando o trio de corretores. Quer dizer, não sei se trabalham na bolsa, mas estão de terno e tomando bebidas caras no centro financeiro da cidade, então devem trabalhar no mercado financeiro.

Já eu sou o atleta desajeitado de jeans rasgado e moletom da Under Armour bebendo cerveja na ponta do balcão. Dei sorte de achar um lugar vazio, o bar está lotado hoje. Quando chega o fim do ano, os bares de Boston ficam entupidos de gente dando uma pausa no trabalho ou nos estudos.

Os três sujeitos que estou observando mal olharam na minha direção quando sentei no banco ao lado, então é fácil escutar as besteiras que eles falam.

"E aí, quais as chances do Baker?", pergunta um. Ele e o louro examinam o amigo moreno (o idoso). "Oito por cento", conclui o primeiro.

O louro é mais generoso. "Dez."

"Tira a média e fecha em nove por cento. Chance de uma em nove."

Pensando bem, acho que esses caras não trabalham no mercado financeiro. Fico tentando entender o cálculo deles, mas parece completamente arbitrário, sem o menor fundamento matemático.

"Não enche. Tenho muito mais chance que isso", reclama Baker. "Já viram esse relógio?" Ele sacode o pulso esquerdo pra exibir um Rolex novinho.

"Uma em nove", insiste o primeiro. "É pegar ou largar."

O sr. Rolex bufa irritado e bate no balcão do bar, deixando um maço de notas. Os outros repetem o movimento.

Pelo que entendi, o jogo funciona assim:

Passo 1: Um deles escolhe uma mulher no bar.

Passo 2: Os outros calculam (por assim dizer) as chances de o primeiro conseguir o telefone dela.

Passo 3: Eles jogam uma fortuna em dinheiro no balcão.

Passo 4: O cara chega na garota e leva um toco. Perde o dinheiro da aposta, mas ganha na rodada seguinte, quando o colega também leva um fora.

Uma brincadeira inútil e idiota.

Dou um gole na cerveja e assisto, entretido, o sr. Rolex caminhar até o mulherão usando um vestido de grife justo.

Ela torce o nariz diante da aproximação, o que me diz que os amigos estão prestes a ganhar uma bolada. Eles podem até estar exibindo ternos caros, mas não chegam nem aos pés das mulheres no bar. E mulheres elegantes não costumam ter paciência com babacas imaturos, porque sabem que podem arrumar coisa melhor.

O sr. Rolex volta de cara feia. Sem o telefone dela. Os amigos gargalham e dividem o dinheiro.

Quando o louro está prestes a escolher o novo alvo, pouso minha cerveja no balcão e pergunto: "Posso jogar?".

Os três se voltam para mim. O sr. Rolex avalia minhas roupas casuais e dá um risinho. "Foi mal, cara. Você não tem dinheiro pra esse jogo."

Revirando os olhos, tiro a carteira do bolso e folheio as notas, deixando-as bem à mostra. "Ah, é?", digo, educadamente.

"Você estava esse tempo todo aí ouvindo a gente?", pergunta o louro.

"Não é como se vocês estivessem falando baixo, né? E gosto de apostar. Não importa o que seja, se tiver aposta, eu tô dentro. Dito isso, quais as minhas chances com...", corro os olhos pelo bar lotado. "Ela", digo por fim.

Em vez de seguir meu olhar, os três continuam me encarando.

Eles me avaliam por um longo tempo, como se estivessem tentando decidir se estou tirando sarro deles. Então levanto do banco e me aproximo do trio. "Olha só pra ela. Que mulherão. Vocês acham que um sujeito tosco feito eu consegue o número dela?"

O sr. Rolex é o primeiro a baixar a guarda. "*Ela?*", pergunta, acenando sem muita discrição para a menina bonita que pede uma bebida no bar. "A menininha inocente ali?"

Ele não está errado. Ela tem mesmo um ar de inocência. Perfil delicado, sardas no nariz e cabelo castanho-claro solto sobre os ombros, em vez de presos num penteado complicado como as outras mulheres no bar. Mesmo com o suéter justo e a saia curta, faz mais o tipo comum, e não exatamente sensual.

O sujeito moreno dá uma risada. "Boa sorte. Vai precisar."

Arregalo os olhos para eles. "Por quê? Acham que eu não tenho chance?"

"Cara, olha só pra você. Você é o quê? Atleta, né?"

"Ou isso, ou toma bomba", zomba o louro.

"Sou atleta, sim", confirmo, mas não entro em detalhes. Tá na cara que não acompanham hóquei, ou saberiam que acabei de ser contratado pelo Boston.

Ou não. Não tive tanto tempo de gelo assim desde que me transferiram da equipe de base para o time profissional. Ainda estou tentando mostrar meu valor para o técnico e os colegas. Mas fiz um passe bonito no último jogo, o que foi bem legal.

Um gol teria sido melhor.

"Uma belezinha que nem ela ia se assustar contigo", me avisa o sr. Rolex. "As suas chances de conseguir o telefone dela são de... uma em vinte."

Os amigos concordam. "Vinte e cinco por cento", diz um deles. Porque, mais uma vez, os cálculos deles não fazem o menor sentido.

"E se eu quiser mais do que só o telefone?", desafio.

O louro ri com desdém. "Quer saber as suas chances de voltar pra casa com ela? Uma em cem."

Avalio a morena de novo. Está usando botas pretas de camurça de salto grosso, as pernas cruzadas, bebericando de leve o drinque. É linda pra caramba.

"Duzentos contos que ela vai enfiar a língua na minha boca em menos de cinco minutos", me gabo, com um risinho arrogante.

Meus novos amigos caem na gargalhada.

"Vai na fé, cara." O sr. Rolex ri. "Não sei se você notou, mas as mulheres aqui são de classe. Ninguém aqui ficaria contigo em público."

Mas já deixei duzentos dólares no balcão. "Tá com medo da minha lábia com as mulheres?", zombo.

"Rá! Então tá. Tô dentro", diz o louro, colocando duas notas em cima das minhas. "Vai lá levar um toco, bonitão."

Pego meu copo e viro a cerveja. "Coragem líquida", anuncio, e o sr. Rolex revira os olhos. "Agora vê se aprende como se faz."

Com uma piscadela, me afasto deles.

Na mesma hora ela se volta para mim. Uma pontinha de sorriso mesclado com timidez surge em seus lábios. Cara, que boca. Cheia, rosada e brilhosa.

Quando nossos olhares se encontram, é como se o bar inteiro tivesse desaparecido. Seus olhos castanhos são lindos e expressivos, e, neste instante, expressam uma sede que faz meu coração disparar. Sou sugado por sua órbita, e meus pés aceleram o passo por conta própria.

Um segundo depois, estou do lado dela, cumprimentando-a com um "oi" rouco.

"Oi", responde ela.

Ela tem que inclinar a cabeça para trás para me olhar, porque está sentada, e sou muito mais alto que ela. Sempre fui um sujeito grande, mas, desde que comecei a jogar profissionalmente, ganhei muita massa. Hóquei profissional exige muito fisicamente.

"Posso pagar uma bebida pra você?", pergunto.

Ela ergue a taça cheia. "Não, obrigada. Já tenho uma."

"Então eu compro a próxima."

"Não vai ter uma próxima. Não confio muito em mim."

"E por quê?"

"Porque sou muito fraca pra bebida. Umazinha já me deixa tonta." Seus lábios se curvam de leve. "Com duas, nem sei a besteira que posso fazer."

O comentário faz meu pau saltar na calça. "Que tipo de besteira?", pergunto.

Ela cora, mas não foge da minha pergunta. "Uma besteira *muito* grande."

Sorrio pra ela, então chamo o barman com um gesto rápido e exagerado. "Outro drinque pra moça", peço.

Ela ri, e o som harmonioso provoca uma onda de sensações em meu corpo. Estou absurdamente atraído por ela.

Em vez de ocupar o banco vago ao seu lado, permaneço de pé. Mas me aproximo, e seu joelho roça de leve o meu quadril. Juro que posso ouvir sua respiração acelerar diante do leve contato.

Dou uma olhadela na direção de meus novos amigos e os vejo nos observando com atenção. O sr. Rolex dá um tapinha teatral no relógio, como se para me avisar que o tempo está passando.

"Então, o negócio é o seguinte..." Falo perto de seu ouvido para que ela possa me escutar melhor. Desta vez, vejo sua respiração acelerar. Seus seios sobem à medida que ela inspira. "Meus colegas acham que tenho vinte e cinco por cento de chance de conseguir seu telefone."

Os olhos dela brilham, diabólicos. "Uau. Eles não botam muita fé em você, hein? Sinto muito."

"Não esquenta. Já ganhei em situações mais adversas. Mas... posso te contar um segredo?" Minha boca roça sua orelha, então sussurro: "Não quero o seu telefone."

Ela salta de surpresa e fixa os olhos em mim. "Não?"

"Não."

"E o que você quer?", pergunta, levando o copo aos lábios para um gole rápido.

Penso por um instante. "Quero beijar você."

Isso me rende uma risada. "Aham. Você só tá falando isso na esperança de eu topar e você poder se exibir pros seus amigos."

Olho para trás mais uma vez. O sr. Rolex tá com um sorrisinho maroto na cara. Ele dá outra batidinha no relógio. Tique-taque.

Meus cinco minutos estão quase acabando. Meu próprio relógio me diz que só tenho dois.

"Não", digo a ela. "Não é por isso que quero te beijar."

"Ah, não?"

"Não." Passo a língua em meu lábio inferior. "Quero te beijar porque você é a mulher mais gostosa deste bar." Encolho os ombros. "E tá na cara que você quer a mesma coisa."

"Quem disse?", desafia ela.

"Os seus olhos, que não desgrudaram da minha boca desde a hora em que vim até aqui."

Ela estreita os olhos.

"O negócio é o seguinte." Deslizo levemente a ponta dos dedos ao longo de seu braço fino. Não chego a tocar sua pele, mas ela estremece visivelmente. "Meus amigos acham que você é uma garotinha inocente. Eles me avisaram que você podia ficar intimidada por um cara como eu. Um brutamontes. Mas sabe o que eu acho?"

"O quê?" Sua voz soa ofegante.

"Acho que você gosta de um brutamontes." Mais uma vez, me aproximo dela. Está usando um brinquinho de brilhante, e não consigo me conter, passo a língua por cima dele.

Outra inspiração profunda, e sinto uma pontada de satisfação.

"Acho que você não tem nada de inocente", continuo. "Acho que você tá longe de ser bem-comportada. Acho que, neste momento, o que você mais quer é enfiar a língua na minha boca e cravar as unhas nas minhas costas e me deixar te foder bem aqui, na frente de todo mundo."

Ela geme alto.

Estou prestes a dar um sorriso convencido, quando ela agarra a minha nuca e me puxa para um beijo intenso.

"Tem razão", murmura, contra os meus lábios. "Estou longe de ser bem-comportada."

Já sinto o pau duro antes mesmo de tocar sua boca. E quando minha língua desliza por entre seus lábios entreabertos, é a minha vez de gemer. Ela tem gosto de gim e sexo, e eu a beijo, esfomeado, o tempo todo ciente dos gritinhos à nossa volta. Tenho certeza de que alguns vêm dos meus amigos corretores, mas estou ocupado demais para me vangloriar com o espanto deles.

Minha língua desliza sobre a dela, e coloco gentilmente uma perna entre suas coxas macias. E a deixo sentir como meu pau está duro.

"Ai, meu Deus", geme ela. Então interrompe o beijo, os olhos brilhando de luxúria. "Vamos sair daqui e terminar isso em algum lugar mais privado?"

"Não. Quero você agora." Minha voz soa rouca.

Ela pisca. "Agora?"

"Aham." Pouso uma das mãos em sua cintura fina, movendo a palma num carinho provocante. "Ouvi dizer que o banheiro feminino aqui tem umas cabines bem grandes..."

Ela coloca a mão no centro do meu peito. Mas não para me afastar. Também está me provocando, enquanto o olhar esfomeado percorre o meu corpo. Então inclina a cabeça e pergunta: "O que a sua namorada ia dizer disso?".

Ofereço um sorriso travesso. "Ela diria... *Anda logo, John, preciso gozar.*"

Grace geme de novo.

"Foi o que eu pensei", provoco, mas minha garota não parece perturbada.

Às vezes, é difícil acreditar que ela um dia foi a caloura nervosa, gaguejando no alojamento em que fui parar por acaso. Que a doce Grace Ivers por quem me apaixonei é essa mulher destemida diante de mim, a garota sensual prestes a transar comigo no banheiro.

Tá, foi ela quem escolheu o bar, e fez questão de pesquisar se os banheiros eram limpos antes de concordar com o *roleplaying* de hoje. Então, sim, Grace continua a mesma menina excêntrica que conheci anos atrás. E calha de ser também minha namorada gostosa e sedenta por sexo.

Pego sua mão e a levanto do banco. Meu pau ainda está duro feito pedra e preciso de um alívio. A julgar por sua respiração, ela está tão excitada quanto eu.

"Então, o que me diz?", pergunto, roçando sua palma com o dedão.

Grace fica na ponta dos pés e aperta os lábios contra a minha orelha. "Anda logo, John, preciso gozar."

Engulo uma risada desesperada e a sigo pelo corredor dos fundos do bar. Antes de passar pela porta, dou uma última olhadela por cima do ombro. Os corretores estão me olhando embasbacados, como se eu fosse um ser de outro planeta. Aponto o dinheiro no bar e aceno gentilmente com a cabeça, como se dissesse: *Podem ficar com ele.*

Não preciso ganhar uma aposta idiota. Já sou o homem mais sortudo do bar.

2

LOGAN

"Cara, não precisava mesmo", insiste o pai de Grace, assim que baixo o capô da caminhonete dele. "É muito gentil da sua parte, mas fico me sentindo um pateta de fazer você trabalhar na véspera de Natal."

Com um pano limpo, seco um filete de óleo do queixo e tento não rir. Adoro Tim Ivers, mas é desconcertante demais um homem adulto que usa palavras como "pateta".

Nos quatro anos em que namoro sua filha, posso contar nos dedos de uma mão as vezes em que o ouvi soltar um palavrão, um contraste e tanto com a minha própria criação. Cresci com um pai alcoólatra que soltava um xingamento para cada palavra que falava. Quando eu estava no jardim de infância, minha mãe, coitada, foi chamada na escola uma vez porque chamei um coleguinha de "filho da puta desgraçado". Ah, que época... Que época terrível.

Por sorte, tudo mudou. Faz quase quatro anos que meu pai está sóbrio, e, embora a gente não tenha exatamente feito as pazes, pelo menos não o odeio mais.

Pra ser sincero, ultimamente vejo o pai de Grace como uma figura paterna. Ele é um cara decente, se ignorarmos o fato de que prefere futebol americano a hóquei. Mas ninguém é perfeito.

"Tim, meu amigo, não vou deixar meu quase pai pagar por uma troca de óleo quando posso fazer de graça", digo a ele. "Cresci trabalhando na oficina da família. Faço isso com os olhos fechados."

"Tem certeza?", insiste ele, ajeitando os óculos no nariz. "Você sabe que não quero tirar proveito, filho."

Filho. Cara, a palavra sempre mexe comigo. Tim não tem nenhum motivo pra me chamar assim. Grace e eu nem somos casados. Quando a gente começou a namorar, eu achava que ele era o tipo de homem que chama todo garoto mais novo de "filho". Mas não. É só comigo. E não dá pra negar que eu gosto.

"Sei que não, por isso ofereci", garanto. "E você já sabe, né? Nada de levar o carro pra consertar naquela oficina trambiqueira de novo. Meu irmão conserta pra você. De graça."

"Como ele está?" O pai de Grace tranca o carro e caminha até a porta da garagem.

Vou atrás dele, e o ar frio lá fora gela meu rosto na mesma hora. Ainda não nevou em Hastings este ano, mas Grace disse que a previsão é de nevasca amanhã de manhã. Perfeito. Adoro neve no Natal.

"O Jeff tá bem", respondo. "Desejou feliz Natal. Pediu desculpas porque não vai poder vir hoje."

Meu irmão e a esposa, Kylie, estão passando férias no México com a família dela. Os pais dela estão comemorando quarenta anos de casados, então eles decidiram viajar para um lugar quente. Mas minha mãe e meu padrasto, David, vêm jantar com a gente, o que vai ser interessante. Grace e eu sempre nos divertimos assistindo ao pai dela, um biólogo molecular todo careta. conversando com o meu padrasto, um cara incrivelmente sem graça. Ano passado fizemos uma aposta de quantos assuntos entediantes eles poderiam discutir num mesmo jantar. Grace ganhou com um chute de doze. Eu tinha apostado dez, mas não levei em conta a última paixão de Tim por garrafas de leite antigas e a nova coleção de elefantes de cerâmica de David.

"A Josie também pediu desculpas", diz Tim, referindo-se à mãe de Grace, que mora em Paris. Embora os dois tenham se separado há alguns anos, ainda mantêm contato.

Ao contrário dos meus pais, que não se suportam, mesmo agora que ele está sóbrio. Grace e eu já conversamos muito sobre o que vai acontecer quando a gente se casar — *quando*, e não *se*, porque fala sério! A gente sabe que vai se casar. Mas isso é uma coisa que preocupa a gente, não saber como lidar com os convidados. No final das contas, decidimos que provavelmente vamos casar escondido pra evitar o drama, porque não tem chance de a minha mãe aparecer se meu pai estiver lá.

E ela não está errada. Meu pai fez da vida dela um inferno enquanto foram casados. Era ela quem tinha que lidar com os chiliques de bêbado, as perdas de memória e os períodos dele na clínica de reabilitação enquanto tentava criar dois filhos sozinha. Acho que nunca vai perdoar. É um milagre que Jeff e eu tenhamos conseguido.

"Já sabe se vai sobrar algum tempo na sua agenda para ir a Paris com a Grace no verão?", pergunta Tim, enquanto damos a volta na casa em direção à varanda.

"Depende de o time chegar nas eliminatórias. Quer dizer, passar dois meses em Paris seria demais. Mas significa que a gente foi eliminado do campeonato, o que seria uma merda."

Ele ri. "Tá vendo? Se você jogasse futebol, a temporada teria terminado em fevereiro, e você estaria livre pra viajar..."

"Um dia, ainda vou te amarrar numa poltrona e te obrigar a assistir hóquei até você aprender a gostar."

"Não ia funcionar", diz ele, animado.

Sorrio. "Você precisa acreditar mais nas minhas habilidades de tortura."

Assim que chegamos aos degraus da varanda, uma van marrom encosta em frente à casa. Fico confuso por um segundo, achando que são minha mãe e David, até que reparo no logotipo da UPS.

"Ainda estão fazendo entrega?", surpreende-se Tim. "Às seis da tarde da véspera de Natal? Coitado do sujeito."

Coitado mesmo. O entregador se aproxima parecendo esgotado. Traz uma caixa de papelão numa das mãos e um celular tijolão na outra.

"Oi, gente", diz ao nos alcançar. "Boas festas, e desculpa incomodar. É a minha última entrega do dia — Grace Ivers?"

"Boas festas", responde Tim. "É minha filha. Ela tá lá dentro, mas posso chamar se você precisar da assinatura dela."

"Não precisa. Qualquer pessoa da casa pode assinar." Ele entrega o pacote e uma caneta de plástico. Assim que o pai de Grace assina, o entregador se despede e corre de volta para a van. Na certa está ansioso para chegar em casa e ver a família.

"De quem é?", pergunto.

Tim confere a etiqueta. "Não tem remetente. Só uma caixa postal em Boston."

O pacote tem uns sessenta por sessenta centímetros, e, quando Tim me entrega, percebo que é leve. Estreito os olhos. “E se for uma bomba?”

“Vai explodir e a gente vai morrer, e os átomos de que somos feitos vão achar outra função no universo.”

“Feliz Natal!”, exclamo de forma exagerada, e volto meus olhos para ele. “Você é um desmancha-prazeres, sabia?”

“O que é isso?”, pergunta Grace, assim que entramos na sala de estar da grande casa vitoriana.

“Não sei. Acabou de chegar.” Estendo a caixa na direção dela. “Pra você.”

Grace faz aquela coisinha linda de morder o lábio quando está pensando. Seu olhar se desvia para a árvore toda decorada e os presentes perfeitamente embrulhados em volta dela. “Não dá pra colocar isso ali”, decide, afinal. “Eu jamais conseguiria dormir essa noite sabendo que tem uma caixa idiota que não está embrulhada direito.”

Dou risada. “Posso embrulhar, se você quiser.”

“Acabou o papel de presente.”

“Então eu uso jornal. Ou papel pardo.”

Ela me encara. “Vou fingir que não ouvi isso.”

O pai dela ri, porque é um traidor.

“Tá bom, então abre agora”, sugiro. “A gente nem sabe de quem é, então tecnicamente pode não ser um presente de Natal. Cinquenta por cento de chance de ser uma bomba, mas fica tranquila, seu pai me garantiu que os nossos átomos vão arranjar outra função depois que a gente explodir.”

Grace suspira. “Não te entendo às vezes.”

E segue para a cozinha em busca de um tesoura.

Admiro sua bunda, linda na calça legging vermelha. A calça está combinando com o suéter listrado vermelho e branco. O pai está com um suéter parecido, só que o dele é vermelho e verde e tem uma rena torta bordada, que achei que fosse um gato, quando ele apareceu vestido com ele hoje mais cedo. Ao que parece, a mãe de Grace bordou essa monstruosidade pra ele quando Grace era criança. Como as festas de fim de ano da minha família não eram exatamente felizes, tenho de admitir que curto as estranhas tradições dos Ivers.

"Tá legal, vamos ver o que temos aqui." Grace parece animada ao cortar a fita que lacra o pacote.

Já eu estou receoso, porque não abandonei completamente a ideia de que pode ser uma tentativa de assassinato.

Ela ergue a aba de papelão e puxa um cartãozinho. Então franze a testa.

"O que diz?", pergunto.

"Só 'Saudades'."

Fico ainda mais cabreiro. Que merda é essa? Quem está mandando presente para a minha namorada com um cartão que diz *Saudades*?

"Será que não é da sua mãe?", sugere Tim, parecendo igualmente espantado.

Grace enfia a mão na caixa e revira por entre o mar de papeis. Assim que seus dedos tocam o que está lá dentro, ela franze ainda mais a testa. Um segundo depois, ergue a mão trazendo o presente. Tudo o que vejo é um lampejo de branco, azul e preto, e Grace dá um grito, deixando cair o objeto como se tivesse se queimado.

"Não!", exclama ela. "Não. Não. Não. Não, não, não, *não*." Ela volta o olhar furioso na minha direção. Então ergue o indicador no ar. "Some com ele, John."

Ah, não. Começo a entender assim que me aproximo da caixa. Faço uma boa ideia do que tem lá dentro, e... isso mesmo.

Alexander.

O pai de Grace franze a testa diante do boneco de porcelana que tiro da caixa de papelão. "O que é isso?", pergunta ele.

"Não", Grace continua dizendo, apontando para mim. "Some com ele. Agora."

"E você quer que eu faça o quê?", contraponho. "Jogue no lixo?"

Ela empalidece diante da sugestão. "De jeito nenhum. E se ele ficar com raiva?"

"Claro que ele vai ficar com raiva. Olha só a cara dele. Ele tá sempre com raiva."

Tentando não estremecer, me obrigo a encarar Alexander. Nem acredito que já faz sete maravilhosos meses que não vejo esse rosto. Em matéria de bonecos antigos assustadores, esse é campeão. Com uma cara de porcelana tão branca que não parece natural, ele tem olhos azuis grandes e inexpressivos, sobrancelhas pretas e grossas estranhíssimas, uma boca vermelha minúscula e cabelo preto com duas entradas extravagantes. A roupa é uma túnica azul com um lenço branco no pescoço, casaco e shorts pretos e sapatos vermelhos brilhantes.

É a coisa mais assombrosa que já vi.

"Já chega", diz Grace. "Você não pode mais ser amigo do Garrett. Tô falando sério."

"Em defesa dele, foi o Dean que começou", ressalto.

"Nem dele. O Tucker tudo bem, porque sei que ele odeia esse boneco tanto quanto eu."

"E você acha que *eu* gosto dele?" Eu a encaro. "Olha só essa cara!" Balanço Alexander na frente de Grace, que se abaixa e desvia dos bracinhos atarracados.

"Não estou entendendo", intervém Tim, pegando o boneco. "Isso é maravilhoso! Olha que trabalho cuidadoso." Ele admira o boneco, enquanto sua filha e eu o encaramos, horrorizados.

"Pelo amor de Deus, pai", suspira Grace. "Agora ele conhece o seu toque."

"Foi feito na Alemanha?" Ele continua estudando Alexander. "Parece alemão. Século XIX?"

"Seu conhecimento de bonecos antigos me assusta", digo com franqueza. "Não estou brincando. Solta esse boneco logo, antes que ele deixe uma marca em você. Pra nós já é tarde demais — ele já conhece a gente. Mas você ainda pode se salvar."

"Do quê?"

"Ele é amaldiçoado", responde Grace, tristonha.

Faço que sim com a cabeça. "Às vezes, ele pisca pra você."

Tim leva os dedos até as pálpebras móveis. "É um mecanismo de séculos atrás. Se os olhos estão abrindo e fechando por conta própria, deve ser porque estão gastos pelo uso."

"Para de tocar nele", implora Grace.

Falando sério, o cara gosta de flertar com a morte ou coisa parecida? Quer dizer, *Garrett* eu sei que gosta, porque ele obviamente quer que eu acabe com ele na próxima vez em que a gente se encontrar. Gosto de Garrett Graham feito um irmão. É o meu melhor amigo. Meu colega de time. O cara é o máximo. Mas por que fazer isso com a gente no Natal?

Tudo bem que uns meses atrás eu abusei dos meus privilégios de guardião da chave extra da casa dele pra levar Alexander escondido até lá, no aniversário da Hannah. Mas mesmo assim.

"Posso bater umas fotos e tentar descobrir quanto vale?", pergunta Tim, deixando seu lado nerd sobressair.

"Não precisa. Quatro mil", explico.

Ele arregala os olhos. "Quatro *mil* dólares?"

Grace assente com a cabeça. "Outro motivo pra não jogar fora. Não é certo jogar fora tanto dinheiro."

"O Dean comprou há uns dois anos em algum leilão de antiguidades", explico. "O anúncio dizia que era assombrado, então o Dean achou que ia ser hilário dar de presente pra filha do Tuck, que, na época, ainda era neném. A Sabrina ficou louca, e esperou uns dois meses até o Dean e a Allie aparecerem de visita na cidade e pagou alguém no hotel deles pra colocar o boneco no travesseiro do Dean."

Grace dá uma risadinha. "A Allie disse que ele gritou feito uma garotinha quando acendeu a luz e viu o Alexander lá."

"E agora virou uma brincadeira nossa", explico, meio sorrindo, meio suspirando. "A gente fica basicamente mandando o Alexander de uma casa pra outra, quando a outra pessoa menos espera."

"O que o vendedor falou?", pergunta Tim, curioso. "Essa coisa tem alguma história?"

Grace balança a cabeça. "Pai, por favor, não chama de 'coisa'. Ele tá ouvindo."

"Veio com algum tipo de folheto informativo", respondo, dando de ombros. "Não lembro mais com quem ficou. Mas, resumindo, o nome dele é Alexander. Era de um garotinho chamado Willie, que morreu na Rota da Califórnia na época da Corrida do Ouro. Aparentemente, a família inteira morreu de fome, menos o Willie. O coitado vagou por dias procurando ajuda e acabou caindo numa ravina, quebrou a perna e morreu de frio."

Grace estremece. "Encontraram o corpo segurando o Alexander apertado contra o peito. O vendedor psicótico falou que o espírito do Willie entrou no Alexander depois que ele morreu."

Tim arregala os olhos. "Nossa, essa história é macabra pra caralho."

Fico perplexo. "O senhor acabou de soltar um palavrão?"

"Não é pra menos." Ele pousa Alexander de volta na caixa e fecha as abas. "É melhor levar para o sótão, não? A Jean e o David vão chegar a qualquer momento. Melhor não expor os dois a isso."

Com um aceno de cabeça decidido, Tim Ivers marcha para fora da sala com a caixa nas mãos. Para ser sincero, não sei se está falando sério ou só querendo nos agradar.

Eu me volto para Grace com os lábios tremendo para conter o riso. "Pronto. Alexander foi banido para o sótão. Melhor assim?"

"Ele ainda tá na casa?"

"Bem, está..."

"Então, não. Não tá melhor assim."

Sorrindo, seguro-a pela cintura e a puxo até mim. Então baixo a cabeça e roço os lábios nos dela. "E agora?", murmuro.

"Um pouquinho", ela cede.

Quando a beijo de novo, ela se derrete contra meu corpo e envolve meu pescoço com os braços. Caramba. Como sinto falta disso quando estou na estrada. Sabia que jogar profissionalmente seria difícil, mas não tinha imaginado que sentiria tanta falta de Grace toda vez que tivesse que viajar.

"Odeio que você tem que ir embora de novo", diz ela, contra os meus lábios. Seus pensamentos obviamente estão ecoando os meus.

"Ainda faltam alguns dias", relembro.

Ela morde o lábio e pousa a bochecha do lado esquerdo do meu peito. "Tão pouco", diz tão baixinho que mal posso ouvi-la.

Inspiro o aroma adocicado do seu cabelo e a aperto junto a mim. Ela tem razão. É tão pouco tempo.

3

GRACE

Alguns dias depois do Natal, Logan embarca numa viagem de cinco dias de jogos fora de casa na Costa Oeste. Claro, porque agendas conflitantes é basicamente a nossa vida atual.

A universidade entra de férias e fico de bobeira em casa? Logan viaja.

Logan tem duas noites de folga em casa? Estou presa no campus da Briar em Hastings, a quarenta e cinco minutos de distância.

Escolhemos essa casa porque fica bem no meio do caminho entre Hastings e Boston, onde Logan joga. Mas os invernos da Nova Inglaterra podem ser bem imprevisíveis, então, se o tempo está ruim, o trajeto de casa até o trabalho ou a universidade leva o dobro do tempo, o que faz com que a gente tenha ainda menos tempo juntos. Mas, até eu me formar, decidimos que é assim que vai ser.

Por sorte, termino oficialmente meu curso em maio, e estamos muito animados para encontrar uma casa nova em Boston. Porém... não tenho a menor ideia do que vamos fazer se eu arrumar um trabalho que *não* seja em Boston. Nem discutimos a possibilidade. Estou torcendo para que isso não seja necessário.

Mas estamos nas férias de inverno, e o canal de rádio e TV do campus está funcionando normalmente, então, um dia depois de Logan viajar, dirijo até o trabalho. Este ano, estou coordenando o canal, o que significa que tenho muito mais responsabilidades — e preciso lidar com muita baboseira interpessoal. Estou o tempo todo gerenciando os egos e as personalidades difíceis do "talento", e hoje não é diferente. Apago diversos pequenos incêndios, entre eles ter que mediar uma discussão sobre higiene pessoal entre Pace e Evelyn, apresentadores do programa de rádio mais popular da Briar.

O único ponto positivo da minha manhã frenética é tomar café da manhã com minha antiga colega de quarto, Daisy. Quando finalmente chega a hora de encontrá-la, me vejo praticamente correndo até a cafeteria.

Milagrosamente, ela conseguiu segurar uma mesa pequena lá no fundo. Um feito e tanto, considerando que o lugar está sempre lotado, não importa o dia ou a hora.

"Ei!", digo, alegre, tirando o casaco.

Daisy se levanta para me abraçar. Ela está quentinha, por estar aqui dentro, já eu, depois de atravessar o campus lá fora, sou uma estátua de gelo.

"Credo! Você tá gelada! Senta aí, pedi um café com leite pra você."

"Obrigada", digo, agradecida. "Só tenho uma hora, então vamos comer logo."

"Sim, senhora."

Um instante depois, estamos sentadas, olhando o cardápio, que não é lá muito longo, já que a cafeteria só serve sanduíches e salgados. Então Daisy vai até o balcão para fazer o pedido, e bebericamos nosso café enquanto esperamos.

"Você parece estressada", diz ela, com franqueza.

"Eu tô estressada. Acabei de passar uma hora explicando pro Pace Dawson que ele precisa voltar a usar desodorante."

Daisy fica pálida. "E por que ele parou?"

Esfrego as têmporas, que estão latejando por causa de toda a estupidez com que tive que lidar. "Pra protestar contra a poluição por plástico nos oceanos."

Ela dá um risinho. "Não entendi."

"O que tem pra não entender?", digo, com sarcasmo. "O desodorante dele vem num frasco de plástico. O oceano está cheio de plástico. Então, pra protestar contra essa tragédia, ele tem que empestear o estúdio."

Daisy quase cospe o café. "Tá. Eu sei que é desagradável trabalhar com ele, mas, fala sério, tudo que sai da boca dessa criatura é ouro puro."

"No final das contas, a Evelyn bateu o pé e disse que ia abandonar o programa se ele não voltasse a usar desodorante. Então tive que ficar lá mediando a discussão até o Pace finalmente concordar com a exigência dela — com uma condição: que ela doe duzentos dólares para uma organização de conservação dos oceanos."

"Não sabia que ele se importava tanto assim com o meio ambiente."

"E não se importa. A namorada nova dele viu um documentário sobre baleias na semana passada, e parece que foi revelador."

Depois que a comida chega, continuamos colocando o papo em dia enquanto comemos nossos sanduíches. Conversamos sobre as aulas, o namorado novo dela, meu cargo novo no trabalho. Até que o assunto do meu relacionamento vem à tona, mas quando digo que está tudo bem, Daisy percebe a mentira na mesma hora.

"O que está acontecendo?", pergunta ela. "Você e o Logan andaram brigando?"

"Não", garanto a ela. "Não mesmo."

"Então qual o problema? Por que você ficou tão... *meh*, quando perguntei como vocês estão?"

"Porque as coisas estão meio *meh*", confesso.

"*Meh* como?"

"Estamos os dois muito ocupados. E ele tá sempre viajando. Esse mês ele passou mais tempo fora do que em casa. O Natal foi ótimo, mas passou tão rápido. Ele viajou logo depois do feriado."

Daisy me observa com simpatia enquanto dá uma mordida no sanduíche de atum. Ela mastiga devagar, engole e então pergunta: "E o sexo?".

"Nesse departamento, tá tudo bem." Muito bem, aliás. A noite em que fingimos que não nos conhecíamos no bar me vem à mente. As memórias quentes provocam um arrepio gostoso.

Como o sexo foi bom. Transar em locais públicos não é bem um hábito nosso, mas quando a gente faz... cacete, é bom demais. Nossa vida sexual sempre foi maravilhosa. Acho que é o que torna a distância tão ruim. Quando estamos juntos, é tudo tão passional e perfeito como no começo. O problema é arrumar tempo juntos. Falta tempo na nossa vida.

Não estou triste com Logan. Pelo contrário, quero mais dele. Sinto falta do meu namorado.

"O tempo longe é difícil", digo a Daisy.

"Imagino. Mas qual a solução? Ele não pode abandonar o hóquei. E você não vai largar a universidade faltando cinco meses pra se formar."

"Não", concordo.

"E você não quer terminar."

Fico chocada. "Claro que não."

"Talvez vocês devessem se casar."

Isso me faz sorrir. "Essa é a sua solução? Se casar?"

"Ah, tá na cara que vocês vão acabar se casando de qualquer jeito." Ela dá de ombros. "Talvez se tivessem um compromisso mais permanente, o período de transição fosse menos estressante. Quando você estiver sentindo a distância, não vai se preocupar muito de estarem se afastando, porque vocês têm uma base sólida dando estabilidade."

"Até que não é má ideia", admito. "Claro que quero me casar com o Logan. O problema é o tempo. Mesmo que a gente quisesse fugir e casar escondido, quando ia arrumar tempo?", resmungo, cabisbaixa. "Estamos sempre ocupados e/ou em estados diferentes."

"Então acho que você não tem alternativa a não ser aguentar", conclui Daisy.

Ela tem razão.

Mas é difícil. Sinto tanta falta dele. Não gosto de voltar pra casa depois da aula e encontrar o apartamento vazio. Não gosto de ter que ligar a televisão pra ver o meu namorado. Não gosto de enfiar a cara nos estudos e ficar cansada demais para ir ao cinema ou jantar com ele. Não gosto quando Logan volta depois de um jogo difícil e deita na cama todo machucado e exausto demais para me abraçar.

O dia não tem horas suficientes, e desde que comecei a coordenar a estação isso piorou ainda mais. Quando comecei a faculdade, não sabia em que área queria trabalhar depois que me formasse. Primeiro pensei em ser psicóloga. Mas, no segundo ano, quando arrumei um trabalho produzindo um programa de rádio universitário, percebi que queria ser produtora de televisão. Mais especificamente, produzir telejornais. Agora que encontrei uma carreira, fica mais difícil matar aula ou pedir folga no trabalho quando Logan tem uma ou duas horas livres de repente. Nós dois temos compromissos que são importantes para nós. Então, como disse Daisy, só nos resta engolir.

"Desculpa o clima ruim", digo. "O Logan e eu estamos bem. É só difícil às vezes..."

Meu telefone apita com uma mensagem nova. Olho para a tela e sorrio diante da mensagem de Logan. Ele só quer avisar que o time acabou de pousar na Califórnia. Ontem ele fez a mesma coisa quando eles chegaram a Nevada. É muito gentil da parte dele sempre me avisar sobre essas coisas.

"Um segundo", digo à minha amiga enquanto digito uma resposta. "Só mandando uma mensagem rápida pra desejar boa sorte no jogo de hoje."

Ele responde na mesma hora.

LOGAN: *Valeu, linda. Queria que você estivesse aqui.*
EU: *Também.*
ELE: *Posso te ligar depois do jogo?*
EU: *Depende de que horas vai ser aqui quando você ligar.*
ELE: *Tenta ficar acordada? A gente só falou por uns 2 minutos ontem :(*
EU: *Eu sei. Desculpa. Vou encher a cara de café pra ficar acordada!*

Mas, embora eu tenha cumprido a primeira parte do trato — tomar café feito uma louca —, a cafeína só me faz apagar mais rápido quando chego em casa da universidade à noite. Estou morta. Mal tenho energias para jantar e tomar um banho.

Quando Logan me escreve à meia-noite, já estou dormindo.

4

LOGAN

GRACE: *Como foi a coletiva de imprensa?*

EU: *Foi tudo bem. Me enrolei em algumas perguntas, falei demais. G responde tudo na lata. Tá mais acostumado.*

ELA: *Aposto que você mandou bem <3*

EU: *Bem, o técnico não me chamou de lado pra me demitir, então acho que passei no teste.*

ELA: *Se ele te demitir, acabo com a raça dele.*

Sorrio para o telefone. Acabei de chegar ao hotel depois do jogo contra o San Jose e ainda estou meio elétrico. Em algum momento a exaustão vai tomar conta de mim, mas em geral a adrenalina do jogo demora um pouco para ir embora.

EU: *Enfim. CFM.*

ELA: *CFM? Tô cansada demais pra entender.*

EU: *Chega de falar de mim. Como foi o seu dia?*

ELA: *A gente pode conversar amanhã? Já tô na cama. É 1h :(*

Dou uma olhada no relógio do celular. Droga. Claro que ela já tá na cama. Aqui podem ser só dez da noite, mas já passou muito da hora de dormir na Costa Leste.

Penso em Grace toda enrolada no lençol de flanela. Tá um gelo na Nova Inglaterra agora, então ela está, no mínimo, de calça xadrez e com aquela camiseta de manga comprida que diz SQUIRREL POWER! Nenhum de nós sabe muito bem o que significa, porque a camiseta tem um abacaxi desenhado. Mas ela não vai estar de meias. Grace sempre dorme sem meia, não importa a temperatura, e os pés dela viram dois blocos de gelo. Quando estamos juntos na cama, ela sempre aperta os pés na minha panturrilha, porque é malvada.

Esfrego os olhos cansados. Droga. Que saudade dela.

EU: *Tô com saudade.*

Ela não responde. Deve ter dormido. Fico olhando o celular por um tempo, esperando uma resposta, mas não chega nada. Então mando uma mensagem para Garrett.

EU: *Quer dar um pulinho no bar?*
ELE: *Claro.*

Nos encontramos no saguão e arrumamos um canto tranquilo no bar do hotel. O lugar está vazio, então não demora muito para as nossas cervejas chegarem. Fazemos um brinde e damos um gole, o meu é mais longo que o dele.

Garrett me observa por um segundo. "Qual o problema?"

"Nada", minto.

Ele estreita os olhos, suspeitando de mim. "Juro por Deus, se você começar a reclamar de novo do Alexander, não quero nem saber. Você entrou escondido na nossa casa e largou ele lá, a Wellsy ficou apavorada. Se você acha que vou pedir desculpa por ter mandado ele pra vocês no Natal, pode desencanar, garoto."

Tentando não rir, me volto para ele. "Já acabou?"

"Já", resmunga ele.

"Ótimo. Porque também não vou me desculpar. Quer saber por quê, *garoto*? A gente vai se chamar disso agora, é? Meio esquisito, mas tudo bem. Enfim, todo mundo já pagou seu preço com aquele troço de porcelana. O aniversário da Hannah foi a sua vez."

A indignação de Garrett vira um sorriso. "Pra quem você vai mandar agora?"

"De presente de casamento pro Tuck?" Nosso amigo finalmente vai se casar com a mãe da filha dele na primavera, depois de três anos vivendo em pecado, aquele sacana. Fiquei surpreso que ele e a Sabrina tenham demorado tanto pra oficializar as coisas — faz séculos que estão noivos —, mas acho que a Sabrina queria terminar o curso de direito primeiro. Em maio, ela se forma em Harvard.

"Cara. Não." Juro que Garrett chega a ficar pálido. "Com casamento *não* se brinca."

"Mas Natal tudo bem?", argumento.

"Aniversário e fim de ano, as mulheres ficam felizes e bem-dispostas. Mas no casamento? Ficam loucas." Ele balança a cabeça, em alerta. "A Sabrina é capaz de cortar suas bolas fora se você fizer isso com ela."

Ele provavelmente está certo. "Tá bom. Vou jogar no colo do Dean. Ele merece mais."

"Verdade."

Uma jovem morena bonita e baixinha passa por nossa mesa e na mesma hora dá uma conferida na nossa direção. Eu me preparo para os olhos arregalados e o gritinho estridente, o pedido por um autógrafo ou uma selfie com *o* Garrett Graham. Mas, verdade seja dita, ela segura a onda.

"Bom jogo hoje", diz, um pouco tímida, o olhar admirado se alternando entre mim e Garrett.

Nós erguemos as garrafas. "Obrigado", responde Garrett, com um sorriso educado.

"Imagina. Uma boa noite pra vocês." Ela dá um tchauzinho e se afasta, batendo o salto alto contra o piso de mármore do saguão. Então, para diante da recepção, o tempo todo lançando olhadelas por cima do ombro na nossa direção.

"Ora, quem diria, superstar", zombo. "Quer dizer que elas já não pedem pra tirar selfie? Tá velho e acabado, é?"

Ele revira os olhos para mim. "E com você, ela tirou alguma selfie, novato? Agora dá pra me explicar por que eu tô bebendo contigo aqui embaixo em vez de estar dormindo meu sono de beleza?"

Dou outro gole na cerveja, então pouso a garrafa lentamente.

"Tô achando que a Grace vai terminar comigo."

As palavras pesam entre nós.

Garrett parece chocado. Então seus olhos cinzentos se suavizam com a preocupação. "Não sabia que vocês estavam tendo problemas."

"Na verdade, não estamos. A gente não tá brigando, nem com raiva ou traindo o outro, nem nada assim. Mas estamos meio distantes", confesso. Não sou de pedir conselhos para qualquer um, principalmente quando é sobre mulher, mas Garrett é o tipo de cara que sabe ouvir, além de ser um grande amigo.

"Distantes", repete ele.

"É. Em sentido figurado e literalmente. E tá só piorando. Começou quando eu jogava no Providence, mas a agenda deles nem se compara com a nossa." Gesticulo para o ambiente à nossa volta. Nem lembro o nome deste hotel. Caramba, tem noites que nem sei em que cidade estamos.

A vida de jogador de hóquei profissional não é só brilho e glamour. Tem muita viagem. Muito tempo dentro de avião. Muito quarto de hotel vazio. E, tá bom, posso até estar reclamando de barriga cheia. Pobre menino rico, né? Mas, afora o dinheiro, a vida *é* puxada, física e mentalmente. E, ao que parece, emocionalmente também.

"É, não é fácil se adaptar", admite Garrett.

"Você e a Wellsy tiveram problemas quando você entrou no time?"

"Claro. Viajar o tempo todo sobrecarrega o relacionamento."

Passo o indicador no rótulo da minha garrafa. "E como se *des*-sobrecarrega um relacionamento?"

Ele dá de ombros. "Essa pergunta não tem uma resposta exata. Quer um conselho? Passe o maior tempo possível com ela. Viva o máximo de aventuras que..."

"Aventuras?"

"É. Quer dizer, eu e a Wellsy, a gente mal saía de casa nos primeiros meses. De cansaço, a gente só sentava no sofá e ficava vendo Netflix, feito dois zumbis. Não foi bom pra gente, e não acho que seja bom pra ninguém, pra ser sincero. A gente ficava confinado em casa. Ela tocando violão e eu morto no sofá, e, tudo bem, às vezes é legal só saber que ela está lá, no mesmo lugar que eu."

Sei exatamente o que ele quer dizer. Se estou vendo televisão, e Grace está estudando ou sentada à mesa do jantar, sempre que olho pra sua carinha concentrada com a testa franzida, sorrio sozinho. Às vezes me dá vontade de ir até ela e beijar aquela ruguinha até ela desaparecer. Mas eu a deixo trabalhar, sorrindo comigo mesmo e só curtindo o fato de que ela está logo ali.

"Mas tem vezes em que você se sente distante mesmo quando está junto", continua Garrett. Ele dá outro gole em sua cerveja. "É aí que você precisa injetar um pouco de emoção no relacionamento. Sair pra caminhar. Explorar o bairro novo, tentar um restaurante novo. Só criar memórias novas e dividir experiências. Boas ou ruins, elas aproximam vocês de novo."

"A gente tem aventuras", protesto.

"Tipo o quê?"

Dou uma piscadinha. "*Roleplaying* no sexo, por exemplo."

"Boa. Mas não tô falando de sexo. Sexo é bom, claro, mas... é uma questão de fazer dela uma prioridade. Mostrar que a sua vida não é só hóquei, mesmo que pareça que sim. E, se tudo mais falhar, uma semana no Caribe faz milagres."

"Cara, quando que a gente tem tempo de fazer uma coisa dessas? Mal temos uma noite ou duas juntos, quanto mais uma semana."

"Dá um jeito. A gente tem duas noites de folga na semana que vem, pro Ano-Novo", lembra ele. "Tem um monte de lugares perto de casa que vocês podem visitar."

"Ah, claro. Na Nova Inglaterra. No inverno."

"*Cara*", ele me imita. "Dá uma olhada no Airbnb. Você vai achar uma tonelada de pousadas e hotéis em estações de esqui, todos a poucas horas de carro."

"Verdade." E Grace gosta de esquiar...

Penso no assunto. Vamos ter essa folga e então mais uma longa sequência de jogos fora de casa. Quero muito — quero não, eu preciso me dedicar à minha namorada antes da próxima viagem. Meu medo é que, se não fizer isso, a distância entre nós só aumente. Até quem sabe ficar grande demais para reverter.

Ainda estou estressado com o assunto quando nos despedimos a caminho do quarto, meia hora depois. Por sorte, a empolgação do jogo já se esvaiu, e agora estou exausto, então sei que vou apagar no instante em que minha cabeça tocar o travesseiro. Temos um voo amanhã cedo para Phoenix.

"Até amanhã", diz Garrett, antes de desaparecer a caminho do quarto. O time está todo hospedado no mesmo andar, mas o quarto de G fica do outro lado do elevador em relação ao meu.

"Até mais, cara."

Tiro o cartão do bolso e passo diante da maçaneta da porta, que se abre com um clique. Meu primeiro indício de que tem algo de errado? Achar o quarto escuro. Tenho certeza de que deixei as luzes acesas quando saí para encontrar Garrett. Agora, as sombras me envolvem, arrepiando os cabelos em minha nuca.

O sinal seguinte é o barulho dos lençóis.

Espera aí. Entrei no quarto errado? Impossível. Usei meu próprio cartão para...

"Anda logo, superstar. Vai me deixar aqui esperando a noite toda?", murmura uma voz feminina rouca.

Pulei quase um metro do chão. Que *merda* é essa?

Uma onda de adrenalina me invade, e acendo a luz com um tapa no interruptor. A luz se acende, iluminando completamente a mulher nua deitada em minha cama king-size como se estivesse posando para um calendário de pinups. Está com um dos braços atrás da cabeça, o cabelo preto descendo pelo ombro e se espalhando sobre o travesseiro. Os peitos, as pernas e a curva da bunda assaltam minha visão, até que me forço a fitar seu rosto. Reconheço-a na mesma hora.

É a mulher do saguão.

"Que merda é essa?", resmungo. "Como você entrou aqui?"

Minha invasora noturna não parece se importar com a raiva em meu tom de voz. "Dei meu jeito", diz, fingindo timidez.

Não acredito que isso tá acontecendo.

Esfrego as têmporas. "Tá legal. Olha só. Nem te conheço, moça. O que você achou que ia acontecer aqui... não vai rolar. Pode ir embora."

Ela faz um beicinho exagerado. "Você só pode estar brincando", reclama. "Sou sua maior fã. Só quero mostrar meu reconhecimento."

"Tô fora, obrigado." Cruzo os braços. "Você vai sair por conta própria ou preciso chamar o segurança?"

Um olhar traiçoeiro invade seu rosto. "Sair da sua cama não é uma opção, querido."

Para meu espanto, ela ergue um pouco a cabeça e exibe o braço sobre o qual está apoiada. Ou melhor, o pulso algemado à cabeceira da cama.

Tá de sacanagem.

Usando meu último fio de paciência, pergunto: "Cadê a chave?".

Ela olha para o próprio corpo, e o sorriso travesso que me oferece me diz tudo que preciso saber.

Não. Nada disso. Não quero saber disso hoje.

Sem uma palavra, atravesso o quarto até a poltrona onde deixei meu casaco, depois pego minha mala no chão.

"Onde você tá indo?", exclama a maria-patins, assustada.

"Embora daqui", respondo, seco. Então caminho até a porta e falo por cima do ombro: "Pode deixar que vou avisar na recepção que você tá aqui".

A última coisa que escuto antes de a porta se fechar atrás de mim é: "*Volta aqui agora, John Logan!*".

Inacreditável.

No corredor, solto um monte de palavrões baixinho, então passo pelo elevador e sigo para o quarto de Garrett. Estou cansado demais pra essa merda. Só de pensar em ter que ir até a recepção explicar a situação, depois chamar o gerente, arrumar outro quarto, correr o risco de alguém ligar pro técnico ou alguém do time para pedir uma assinatura ou coisa assim. Deixa pra lá. Muito trabalho, vou perder uma boa hora de sono com isso.

"Você tá me seguindo?", murmura Garrett ao abrir a porta e me encontrar de pé na sua frente. Está sem camisa, descalço e com uma calça xadrez de pijama.

"Vou dormir aqui hoje", explico, depois abro passagem e entro no quarto. Largo minhas coisas numa cadeira. "Deixa só eu usar seu telefone rapidinho."

"Tá falando sério?"

Ignoro sua exclamação e caminho até o telefone, para ligar para a recepção.

Um rapaz meio ansioso demais atende. "O que posso fazer pelo senhor, sr. Graham?"

"Oi, aqui é John Logan, colega de time de Garrett. Eu estava hospedado no quarto 5212, mas tem uma mulher pelada lá, algemada na minha cama..."

Garrett gargalha, surpreso, depois tenta prender o riso com o antebraço.

"Como o único cartão para entrar no quarto tá no meu bolso", continuo, tentando conter a voz, "só posso presumir que algum funcionário abriu a porta pra ela. Ou ela deu um jeito de roubar algum cartão. De qualquer forma, não pega bem pra vocês."

Sentado na beirada da cama, Garrett está se contorcendo de rir.

"Meu Deus", o recepcionista dispara. "Sinto muito pelo ocorrido, sr. Logan. Vamos mandar o segurança para o seu quarto agora mesmo e o senhor pode voltar assim que..."

"Pode deixar, vou dormir aqui mesmo com o sr. Graham", interrompo. "Mas sim, por favor, mande alguém para o meu quarto. A gente tem um voo amanhã cedo, então se alguém da segurança precisar resolver alguma coisa comigo, eu entro em contato antes de fazer o check-out."

Bato o telefone sem acrescentar mais nada, o que sei que não é educado, mas estou cansado e irritado, e não quero falar com mais ninguém hoje. Ninguém.

"Tem algum lençol extra ali?" Aponto o armário com a cabeça, enquanto tiro o sapato.

Garrett se levanta para verificar. Um instante depois, ele me joga um edredom e um travesseiro, que carrego até o pequeno sofá sob a janela. Vou ficar com as pernas penduradas pra fora, mas, a esta altura, não estou nem aí. Só preciso dormir.

"Juro por Deus, maria-patins da liga profissional tá em outro nível", reclamo.

"Ei, é um ritual de passagem, cara. Você só vira profissional quando uma maluca pelada invade o seu quarto no hotel." Sorridente, Garrett me assiste enquanto ajeito minha cama improvisada. "Bem-vindo ao time."

5

GRACE

Tem casal novo na praça?!

Será que a dupla #Wesmie acaba de encontrar concorrentes à altura?

Melhor não ficarmos muito animados, senhoras e senhores, mas será possível??? Será que Ryan Wesley e Jamie Canning, o casal de queridinhos gostosos do hóquei, acabaram de encontrar concorrentes??? Será que o atacante Garrett Graham e o novato revelação John Logan estão NAMORANDO???!!!

Confiram só essas fotos vazadas do Marriott de San Jose e me digam o que acham... Dois amigos dividindo inocentemente um quarto de hotel por causa de um imprevisto, ou dois colegas pegos num flagra comprometedor depois do jogo de sábado à noite entre o San Jose e o Boston???

A história oficial é que uma fã ensandecida invadiu o quarto de John Logan, mas a nossa fonte no Marriott deu a entender que isso não passa de uma fachada para encobrir o fato de que GG e JL estão mesmo juntos.

"Eles foram vistos no elevador parecendo muito íntimos", declarou ao Hockey Hotties *a fonte anônima. "Vários hóspedes viram."*

E as câmeras de segurança do hotel mostram o casal (AI MEU DEUS!!!) tomando um drinque juntos tarde da noite no bar do hotel.

Ah, e já comentamos que os dois foram "colegas de república" na universidade?

Só o que sabemos é que está todo mundo indo à LOUCURA aqui na redação!!! E vocês?! Deixem aí seus comentários!!!

Acho que nunca revirei meus olhos com tanta força na vida. O site HockeyHotties.com não é exatamente um paradigma da excelência jornalística, mas acho que o material que eles estão publicando está cada vez mais ridículo. Clico nas fotos que acompanham o artigo e dou uma gargalhada diante do que vejo.

Duas fotos granuladas de Logan e Garrett dentro do elevador, a um metro de distância um do outro. E mais algumas imagens dos dois no bar do hotel — brindando com garrafas de cerveja. Dando um gole na bebida. Cenhos franzidos enquanto discutem alguma coisa. Garrett rindo de algo que Logan acabou de dizer.

Em outras palavras, nada de escandaloso.

Enquanto isso, na imensa televisão da nossa sala de estar, está correndo a partida entre o Boston e o Nova York. Afasto os olhos do telefone e vejo meu namorado deslizando pela tela. Como sempre, está lindo pra caramba no uniforme do time.

Meu celular toca com mais uma mensagem. O grupo das meninas tá animado desde que Hannah mandou o link para o artigo risível.

ALLIE: *Por que tantas interrogações e exclamações? É!! Tão!? Irritante!!!?? E isso vindo de alguém que ama exclamações.*

Eu rio do comentário. Allie é namorada de Dean, antigo colega de time de Logan. Loura e baixinha, ela é um furacão de energia e usa um monte de exclamações em suas mensagens.

SABRINA: *Acho que a pergunta mais importante é: o que a Hannah e a Grace vão fazer agora que descobriram que os namorados delas estão se pegando em elevadores por aí?*
HANNAH: *Me sinto tão traída.*
EU: *Falando sério. Eles tão transando há esse tempo todo e nunca deixaram a gente assistir??!?*
HANNAH: *!!!*
SABRINA: *!!?!!*
ALLIE: *!!!??*

Meu olhar retorna para a televisão. Ainda é surreal demais ver Logan na televisão. Cara, aquele ali é o amor da minha vida, bem ali na frente das câmeras, pra todo mundo ver. Mais alguns jogos que nem o de hoje, e o nome de Logan vai estar em todos os cartazes que as mulheres levam para o estádio. A câmera sobrevoa a arquibancada e para em um que diz: GARRETT, EU SOU SUA!

Logan marcou seu terceiro gol da temporada no último ataque do time. Agora está de volta ao gelo, avançando em direção ao gol. Meu coração sobe até a boca quando o vejo dar a tacada. O goleiro salva. Droga. O Nova York pega o rebote e parte para o ataque.

> HANNAH: *Falando sério agora, o G me contou da garota que invadiu o quarto de Logan. Isso é o pior. A última vez que aconteceu com a gente, eu estava DENTRO do quarto quando a psicopata entrou. Foi naquele final de semana em Nova York, lembra, Allie? A gente foi jantar com o seu pai.*
>
> SABRINA: *"A última vez"? Quantas vezes essas malucas já invadiram o quarto do Garrett?*
>
> HANNAH: *Já tá na terceira. O que não é tão ruim assim. A mulher do Shane Lukov disse que já chegaram numas doze.*
>
> ALLIE: *Puta merda. Que mulherada doida.*

Tenho de admitir, quando Logan me ligou na manhã seguinte ao jogo contra o San Jose para me alertar sobre a invasora, não fiquei lá muito feliz. Não faço o tipo ciumenta, mas a ideia de uma mulher pelada na cama do meu namorado me deixa um tanto... homicida. Ouvir de Hannah que não se trata de uma ocorrência tão incomum não deixa de ser um consolo.

> EU: *Sei lá... Será que TEVE mesmo uma invasora? Quer dizer, de acordo com o HockeyHotties.com, é só uma fachada pra encobrir o sórdido caso entre G & L.*
>
> HANNAH: *Faz sentido.*
>
> ALLIE: *!!?!!!!*

Me despeço das meninas e guardo o telefone, antes de abrir o laptop. Meu professor de psicologia mandou uma lista de artigos para o semestre que vem, então quero adiantar a leitura durante as férias de fim de ano.

Tem ficado cada vez mais difícil conciliar os estudos e o trabalho este ano. Mal posso esperar pela formatura.

Olho para a televisão a fim de conferir o placar, mas o jogo já não está muito competitivo. O Boston está destruindo o adversário. Logan leva uma pancada feia no terceiro período, mas fica de pé e continua patinando, o que me diz que está bem.

Durante as entrevistas depois do jogo, me alterno entre fitar meu computador e conferir distraída meu Instagram, para ver o que minha mãe anda aprontando. Ela passa os dias pintando no estúdio, ou viajando, quando não se sente muito criativa, e postando fotos de suas aventuras constantemente. Torci muito para que viesse no Natal, mas ela tinha a inauguração de uma exposição naquela semana. Então só vou vê-la depois da formatura, quando vou passar dois meses com ela em Paris.

Quão triste é o fato de que minha vida está tão corrida que fico sabendo das aventuras da minha mãe pela internet? Faço uma nota mental de ligar para ela no dia seguinte. Hoje já está tarde, por causa do fuso horário.

Logo depois da meia-noite, Logan entra pela porta da frente. A melhor parte dos jogos em casa é vê-lo aparecer numa hora mais ou menos normal.

"Oi, linda", diz ele ao me ver no sofá. Ele saiu com os amigos depois do jogo e está com aquela cara de pilequinho.

"Oi." Desligo a televisão, que estava passando *Friends*. "Como tá o seu braço? Aquela pancada no terceiro período pareceu feia."

Logan flexiona o braço musculoso e gira o pulso. "Tudo bem", garante. "Sou invencível." Então caminha na minha direção para me beijar. Como sempre, meu coração dá um pulinho no instante em que nossos lábios se tocam.

Amo tanto esse cara. Prometi a mim mesma que nunca seria a namorada grudenta e chorona, que reclama que o namorado viaja muito. E não me levem a mal, eu *não* reclamo. Entendo que a rotina dele é pesada, de verdade. Mas isso não significa que não odeie cada segundo que passamos separados.

"Como foi sua noite?", pergunta ele, se jogando ao meu lado.

"Meio maçante. Fiquei só estudando." Faço uma careta pra ele. "Se bem que deu uma animada quando a Hannah me contou do seu caso secreto com o Garrett."

Logan solta uma risada pelo nariz. "Você viu aquele blog idiota, é? O Lukov mostrou pro time no vestiário depois do jogo, e todo mundo ficou tirando sarro da gente. O Hawkins não parava de perguntar quando vai ser o casamento. E o Grygor se ofereceu pra celebrar."

"Que gentil."

"Tive que magoar o cara e dizer que não vai ter casamento nenhum, mesmo que o boquete do G seja muito bom."

"Uau. O Garrett se empenha nos boquetes e você nem vai casar com o cara? Que cruel, Johnny."

Ele cai pra trás, rindo e se sustentando nos cotovelos. "Pois é. O negócio é que já tô planejando casar com outra pessoa."

"Ah é?"

"É." Ele dá uma risadinha. "Você."

"Ah é?", repito.

"É." E seus olhos azuis profundos brilham com intensidade. "Já tem um tempo que te falei isso: para mim só tem você, Gracie Elizabeth. Um dia vou casar contigo."

Minhas bochechas ruborizam de prazer. Logan não é o cara mais romântico do mundo, mas, quando expressa o que está sentindo, não faz pela metade.

"Quem disse que eu quero casar com você?" Inclino a cabeça num desafio.

"Nem adianta fingir que a gente não tá destinado um pro outro."

Deixo escapar um sorriso. Ele tem razão. Não sou boa atriz. "Claro que tá", digo, com firmeza. "Mas não esquece: pra casar, a gente tem que fugir."

"Perfeito. Assim minha mãe não vai presa por matar meu pai, e a gente gasta todo o dinheiro da festa na lua de mel."

"Aliás, outro dia, a Daisy falou que a gente devia se casar."

"Ah é? E o que você falou pra ela?"

"Que, mesmo que a gente quisesse, ia ser um milagre a gente achar tempo pra isso", confesso, com um sorriso triste.

"Ah. Vamos dar um jeito. Eu prometo. Agora vem aqui e me conta como foi o seu dia", diz ele, me puxando para junto de si.

Deito a cabeça em seu peito largo, e ficamos ali, deitados no sofá, conversando sobre como foi o dia. O dele foi muito mais animado que o meu, claro, mas Logan me ouve quando conto sobre o programa de rádio que estou produzindo como se eu o estivesse regalando com histórias de aventuras e maravilhas. Ele está querendo ser gentil, eu sei. E sei que ele se sente mal por ter que viajar tanto e por estar sempre tão cansado para prestar atenção quando conto como foram as aulas ou o trabalho.

"Amanhã você não tem que trabalhar, tem?", pergunta ele, me cortando no meio da frase.

"Não, a rádio não abre na véspera de Ano-Novo. Tô de folga até sexta."

"Perfeito." Ele soa contente.

Sento e analiso seu rosto. "Por que você está tão interessado na minha agenda?"

Logan não é muito bom de esconder as emoções. Dá pra ver que está tentando segurar o sorriso.

"O que está acontecendo?", pergunto, desconfiada.

"Acho que a pergunta certa é: quem vai aonde?"

"Como assim?" Esse cara é desconcertante às vezes, cheio de enigmas e siglas aleatórias.

Por fim, ele deixa escapar o sorriso. "Como assim que a gente vai viajar amanhã", anuncia, sentando também. "Vou roubar você por dois dias."

Eu o encaro, surpresa. "Sério?"

"Pode apostar."

"Pra onde?", exijo saber.

"Isso é comigo." Logan faz uma pausa. "Quer dizer, não é bem um segredo. A gente vai esquiar em Vermont."

Não consigo conter o riso. "Ah, vamos, é?"

O sorriso dele falha um pouco. "Vai por mim, se eu pudesse, te levava pra uma ilha onde você pudesse usar só um fio-dental e eu pudesse ficar te admirando o dia inteiro, mas na sexta-feira o time viaja pra Houston. Então dois dias em Vermont é tudo que eu posso..."

"Dois dias em Vermont vai ser *perfeito*!", interrompo, envolvendo-o com os braços.

Ele enfia o rosto no meu pescoço, dando um beijo carinhoso. "Achei uma pousada perto de Killington. É bem rústica e isolada, mas parece bem gostosa. Ah, e tem uma pista de esqui num resort bem perto que a gente pode usar."

"Parece ótimo." Quando toco seu rosto, Logan segura minha mão e a aperta contra a face, feito um gatinho feliz.

Meus dedos viajam até os seus lábios, e ele dá uma mordida travessa. "Não é nada chique", admite. "Não consegui achar nada melhor com tão pouca antecedência, mas tem uma cama e uma lareira, que é só o que a gente precisa, né?"

"Cama e lareira — itens de primeira necessidade", concordo, solene. Então sorrio para ele. "Adorei a surpresa."

"Tem certeza?" Logan avalia meu rosto como se estivesse julgando minha honestidade.

"Absoluta." Corro os dedos por seus cabelos curtos e o encaro, muito segura. "Mal posso esperar."

6

LOGAN

Estou empolgado com a viagem. Tá, não é uma praia tropical, mas a mudança de cenário vai nos fazer bem, e estou ansioso para fugir das obrigações por dois dias. Nada de treino pela manhã, jogos difíceis e costelas doloridas. Só eu e Grace, quarenta e oito horas livres de estresse, sem ninguém nem nada pra atrapalhar.

Na época da faculdade, eu dirigia uma picape velha que consertei sozinho. Quer dizer, montei o motor inteirinho daquela geringonça — duas vezes. Hoje, dirijo um Mercedes novinho. Meu salário de novato não é lá essas coisas, comparado com o que os outros jogadores ganham, mas ainda assim é mais do que muita gente ganha em uma década.

O carro novo, no entanto, não tem o charme do velho. O motor quase não faz barulho e, quando a gente deixa a rodovia e pega uma estradinha de terra, a suspensão se mostra à altura. A SUV mal se mexe ao passar por cima dos buracos.

Apesar do desempenho excepcional, deixo escapar um suspiro. "Saudade da picape."

Grace me olha de lado. "Ah, sério?"

"Sério." Não tive nem coragem de vender, está lá na oficina do meu irmão. Nós dois sabemos que um dia vou ter que me livrar dela, porque está só ocupando espaço, mas ainda não estou pronto para me despedir.

"A picape não tinha aquecedor de assento", argumenta Grace. "Viajar com a bunda quentinha é a melhor coisa."

"Verdade", concordo.

Surge um alerta no painel. Como meu telefone está conectado ao carro, todas as mensagens que recebo aparecem ali também. "Mensagem do Dean", me avisa Grace.

"Ignora", resmungo. "Ele e o Tuck estão enchendo o meu saco e o do G no grupo dos caras por causa daquele blog."

"E você acha que vou ignorar isso?" Ela ergue a mão ansiosa e aperta um botão na tela. Siri então começa a recitar as palavras de Dean.

"*Não entendi. Nós quatro moramos juntos na faculdade. Nunca desconfiei que vocês estavam se pegando!*"

Grace dá uma gargalhada. "Fica ainda mais engraçado na voz da Siri. Uhh. Chegou outra de Tucker." Ela aperta "próxima mensagem".

"*Sempre suspeitei. Eles faziam muita força pra parecer que era só platônico.*"

"Porque era!", resmungo.

"Era?", pergunta minha namorada, docemente.

"É", corrijo. "Era e é platônico."

Outra mensagem de Dean aparece.

"*Seus safados.*"

Aperto um botão no painel. "Siri, mande uma mensagem para o grupo Amigos para Sempre."

"Amigos para Sempre?", se espanta Grace. "É esse o nome do grupo de vocês?"

"É, algum problema?" Para Siri, eu dito: "Ei, seus merdas, pelo menos eu não andei tomando banho com vibrador rosa escondido." Satisfeito, aperto "enviar". "Pronto. Isso vai calar a boca deles por um tempo."

Mais adiante, a estrada começa a ficar mais estreita e cheia de curvas, o que faz Grace parecer preocupada. "Onde é esse lugar?"

"Falei que era rústico."

"Rústico."

"Ah, nem vem com essa cara. Não é como se a gente fosse acampar, nem nada desse tipo. Já falei que vai ter uma cama enorme, uma lareira acesa..." Sacudo as sobrancelhas, sugestivo.

"Você tá mesmo apostando nessa lareira."

"Porque é o máximo, e queria ter uma na nossa casa."

"Melhor não. Pode causar um incêndio."

"Você pode causar um incêndio." Pisco pra ela. "Me deixa com um fogo..."

Grace suspira.

Seguimos por mais uns dez quilômetros conversando sobre nada em especial, até que Grace começa a ficar apreensiva de novo.

"A neve tá aumentando", diz.

E está mesmo. Primeiro eram só uns flocos leves, mas agora está engrossando e começando a encobrir a estrada. O sol já se pôs, e está um breu completo; a única coisa iluminando nosso caminho são os luxuosos faróis do Mercedes. Talvez esse seja um ponto positivo de não usar mais a picape: o farol direito estava sempre falhando, e o esquerdo era fraco demais. Era uma porcaria, mas eu adorava.

"Será que não é melhor voltar?", pergunta Grace.

Dou uma olhada para ela. "E ir pra onde?"

Ela morde o lábio inferior. "De volta pra rodovia, quem sabe?"

"Faz uma hora que saímos da rodovia."

"É, mas, segundo o GPS, ainda falta uma hora e meia pra pousada. Tecnicamente estamos mais perto da rodovia."

"A gente não vai desistir agora", respondo em tom repreensivo. "Não somos do tipo que desiste facilmente, linda."

"Mas..." Ela não fala nada.

"Mas o quê?"

"Tá escuro e eu tô com medo!", choraminga ela. "Olha lá pra fora, Logan. Parece um filme de terror."

Ela não está totalmente errada. Tirando os dois rastros amarelos do farol, a estrada está escura e a neve não está cedendo. Pelo contrário, só está piorando. E o vento está aumentando, rajadas ensurdecedoras lá fora. Assusta o fato de que, embora não dê para ouvir a droga do motor, eu consiga escutar o vento com tanta clareza.

"Tá bom, espera aí, vamos dar um jeito", digo, afinal.

Ligo o pisca-alerta e paro no acostamento da estradinha. Embora talvez a luz de alerta não seja exatamente necessária, afinal faz séculos que não vemos nenhum outro carro.

Pego o celular do porta-copo. O sinal está fraco, mas é o suficiente para abrir o aplicativo da previsão do tempo.

"Merda", digo, em seguida.

"O que foi?" Grace se aproxima para ver minha tela.

"Parece que vai ter uma nevasca hoje. Como assim? Não dizia nada de nevasca quando conferi o tempo mais cedo."

"E você..." Ela se interrompe.

"Eu o quê?", pergunto.

Grace continua, preocupada. "Você conferiu a previsão do tempo de Boston ou do norte de Vermont?"

Fico mudo.

"Boston", murmuro.

"Meu amor."

"Desculpa. Que idiota." Passo a língua pelos lábios de um jeito exageradamente sensual. "Quer me dar uma surra pra ver se eu aprendo?"

Um lampejo de luxúria brilha em seus olhos. Dou uma risadinha. Nós dois sabemos que ela adora quando falo assim. Não tenho vergonha do que quero nem do que gosto, e Grace também está ficando muito boa em expressar suas vontades. É por isso que a nossa vida sexual é tão boa.

"Outra hora, talvez", diz ela, voltando a ficar séria. "Vamos pensar. Parece que a região deve receber mais de trinta centímetros de neve hoje."

"É o que eles sempre falam, nunca chega a tanto", argumento.

Nervosa, ela olha pela janela para a escuridão lá fora. "Sei não... Tá nevando bem."

"E o que você quer fazer? Quer dar meia-volta? Porque acho que a gente consegue chegar lá antes da nevasca."

Ela morde o lábio inferior. É uma graça. Fico tentado a me aproximar e enchê-la de beijos.

"Tá bom, vamos lá", decide ela. "Só não corre, tá legal? Quero chegar viva."

"Combinado. Vou poupar nossas vidas."

Ela dá uma risadinha.

Entro de novo na estrada, e, apesar dos caríssimos pneus de inverno, o carro desliza na pista.

Grace dá um gritinho. "Logan!"

"Foi mal. Não tô correndo, juro. É que tá escorregadio." Diminuo a velocidade e começo a dirigir com mais cautela.

Ficamos mudos pelos vinte minutos seguintes. Estamos concentrados demais na estrada e no tempo, que só piora. Um muro de neve apareceu na frente do nosso carro. Toda essa neve acumulando no solo e no capô do Mercedes me diz que trinta centímetros não é uma previsão muito exagerada. Para complicar, a região é tão isolada que duvido que haja muitos limpa-neves ou caminhões para espalhar sal na estrada. Uma hora, a estrada fica tão perigosa que em pouco tempo estou dirigindo a passos de tartaruga.

"John", diz Grace, preocupada.

"Eu sei", respondo, sombriamente.

Mas agora é tarde demais para voltar. A rodovia ficou longe demais. O GPS me diz que faltam quarenta e cinco minutos até a pousada, mas, neste passo, vamos levar várias horas.

"Merda", xingo. "Tá legal. Fica de olho. Quem sabe não passa um lugar em que a gente possa parar."

"Tipo onde?"

"Sei lá. Um motel? Outra pousada?"

"Amor, não tem *nada* aqui." Dá pra ouvir o pânico em sua voz. "Estamos literalmente no meio do nada..." Ela pula quando o carro desliza novamente.

"Desculpa." Estou com as mãos apertadas no volante. Me inclino para a frente, fitando a estrada pelo para-brisa feito uma velhinha que esqueceu os óculos em casa.

"Será que não é melhor encostar e esperar passar?", pergunta Grace, preocupada.

Penso por um instante. "Não sei se é boa ideia. E se a neve nos encobrir no acostamento? Acho que é melhor continuar."

"Então tá, vamos seguir nesse ritmo, a zero quilômetro por hora", diz ela, sarcástica. "De manhã a gente chega."

"Não exagera..." De repente, algo passa voando diante do para-brisa.

Uma rajada de neve, percebo logo em seguida, mas é tarde demais. Pisei instintivamente no freio. Bem de leve, mas já é o suficiente para fazer o carro derrapar e girar.

"*Merda.*" Tento compensar, mas os pneus dançam na neve e não consigo controlar. Quando me dou conta, o Mercedes está voando na direção do declive do acostamento. "Se segura!", grito, agarrando o volante, enquanto voamos para fora da pista.

7

GRACE

Meu coração acelerado quase pula para fora do peito, feito um filme de terror, à medida que o carro gira, descontrolado. Quando finalmente paramos de deslizar, minhas mãos estão tremendo, e chego a ficar mole de alívio.

Colo o rosto na janela. Só vejo escuridão, interrompida apenas pelos raios finos da luz do farol. Estão apontados para uma camada branca. Só há neve em minha linha de visão. Estamos no pé de um pequeno declive, mas poderia muito bem ser uma montanha. Vejo o ponto onde acho que está a estrada, e ela parece absurdamente distante.

Logan está respirando pesado ao meu lado. "Tá bem?"

"Tudo bem." Não batemos em nada. Estamos os dois inteiros, e o carro também. "O carro tem tração nas quatro rodas, né? Será que a gente consegue voltar pra estrada?"

Ele franze os lábios. Avalia a situação. "Hmm, a gente pode tentar. O pior que pode acontecer é a gente ter que empurrar."

"Você vai *empurrar* um SUV até o alto de um barranco coberto de neve?", pergunto, desanimada. "Quer dizer, eu sei que você é um fenômeno, mas..."

"Valeu, linda." Ele deixa escapar uma risada.

"Não tem de quê. Mas acho que você não dá conta."

"Mulher de pouca fé."

Reviro os olhos. "Prove que estou errada, então. Mas melhor tentar logo, porque prefiro sair daqui antes de morrer."

"A gente não vai morrer." Sua voz, no entanto, soa séria.

Ele coloca o câmbio do carro em "drive" e pisa de leve no acelerador.

O carro desliza um pouco, para meu alívio. Ótimo. Pelo menos não estamos atolados na neve.

Logan dirige alguns metros, então começa a virar na direção do barranco. Não é muito íngreme, mas o Mercedes não sobe nem meio metro e já começa a falhar. Logan pisa no acelerador. O carro não avança nem um centímetro.

"Merda." Ele pisa de novo.

Sinto os pneus girando para tentar ganhar tração.

Mas nada acontece.

"Acho que vamos ter que empurrar", conclui Logan, resignado. Fito-o, consternada, enquanto ele dá ré ao longo da ladeira e coloca o carro em ponto morto. "Certo, belezura. Sua vez de brilhar."

Deixo escapar uma risadinha fraca.

Ele fecha o casaco, enfia na cabeça o gorro de lã que estava no painel e tira um par de luvas do bolso.

"Certo", anuncia, fazendo uma careta, "isso vai ser uma merda."

"Posso tentar ajudar a empurrar."

"Não, você tem que controlar o volante e os pedais."

Assim que ele salta do carro, pulo para o banco do motorista e boto o cinto, depois me sinto um tanto idiota por ter feito isso. Mas melhor prevenir do que remediar, né? Quando abro a janela para ouvir as instruções, uma rajada gelada atinge meu rosto.

"Certo", ouço a voz abafada de Logan. "No três, você pisa no acelerador e eu vou empurrar. Tá legal?"

"Tá", grito pela janela.

Ele começa a contar. "Um... dois... *três*."

Piso fundo no acelerador. O carro dispara para a frente. Uns trinta centímetros, meio metro. E continua andando.

"Aê!", grito. "Tá funcionando." Já estamos na metade do caminho.

"Continua!", exclama Logan, para me animar. "Vai dar certo, garota."

"Você acabou de me chamar de *garota*?"

"É, foi mal, baixou o G aqui!"

Estamos gritando por sobre o vento.

"Ai, meu Deus, dá pra fazer sentido de vez em quando?"

"Esquece isso. Continua acelerando. A gente vai conseguir."

Ele tem razão. Mais uns poucos metros e...

Só que a gente não consegue. Ouço um palavrão alto, e então o carro desliza quase um metro para trás.

Deus do céu, ele ainda está atrás do carro? Sinto a preocupação ardendo na garganta. E se eu tiver atropelado ele?

Antes que consiga piscar, já voltamos para o ponto de partida. Droga.

Logan aparece na janela do motorista com a cara vermelha por causa do vento, e sinto um alívio tremendo.

"Escorreguei", resmunga ele. "Desculpa."

"Eu que tenho que me desculpar", digo, respirando pesado. "Não consegui frear depressa. Podia ter te matado."

"Vamos tentar de novo."

"Mas e se você escorregar de novo? Não quero te atropelar. Eu *gosto* de você."

Seu peito treme com uma risada.

"Além do mais, não acho que a gente vá conseguir. Vamos chamar um guincho", peço.

"Tá bom."

Logan entra no carro, no banco do carona. Ele pega o telefone e dá uma olhada. "Droga, o sinal tá fraco, só uma barrinha. E você?"

"Nenhuma barrinha", respondo, animada.

"Uma barrinha, vai funcionar."

Em vez de procurar pelo telefone de um guincho no Google, ele vasculha o porta-luvas. "A Mercedes tem um serviço de assistência de emergência", diz, ao perceber a dúvida em meu rosto.

"Que chique."

"O número deve estar aqui em algum lugar."

Por fim, ele encontra a papelada. E liga. Quando alguém atende, ele fornece o número da apólice e explica a situação. Então dá a nossa localização, ouve por um instante e revira os olhos.

"Me colocaram em espera", explica.

E logo em seguida, a chamada cai, por causa do sinal fraco, então ele tem que ligar e explicar tudo de novo.

"Acabei de telefonar pra vocês", resmunga, depois de ouvir um monte de perguntas. "Já tinha alguém checando isso pra mim, e a ligação caiu e..." Ele quase solta um palavrão. "Me colocaram em espera."

Dou uma risadinha.

Desta vez, a ligação não cai, mas a resposta não é a melhor do mundo. "De manhã?", exclama ele. "Sério?"

"Até amanhã de manhã, a gente já vai ter morrido", sussurro.

Logan faz uma careta para mim. "Não vai ter morrido coisa nenhuma... não, não, desculpa, estava falando com a minha namorada. É só que é muito tempo. Fala sério, cara. Tem que dar pra mandar alguém antes. A gente tá preso no pé de uma ribanceira no meio de uma nevasca." Então faz uma pausa. "Eu sei que é véspera de Ano-Novo, mas..." Ele para por um instante, então grunhe feito uma fera. "Me puseram em espera de novo, acredita?!"

8

LOGAN

Seis horas. O atendente conseguiu reduzir o tempo de espera de doze para seis horas. O que é uma maravilha, só que seis horas significa que ficaremos presos aqui até as três da manhã.

Parece que vamos virar o ano no carro.

Não temos opção, no entanto. Estamos no meio do nada, não dá nem pra pensar em sair do carro. Já vi o que acontece nos filmes. Sair do carro nunca leva a nada de bom no meio da tempestade. Lá fora tá uma merda. Aqui dentro tá quentinho e gostoso. Por enquanto, pelo menos.

Embora a gente ainda tenha meio tanque de combustível, não quero dar chance para o azar, então me volto para Grace e digo: "Vamos desligar um pouco".

"O aquecedor?" Ela parece horrorizada. "A gente vai congelar, aqui."

"Que é isso, eu te aqueço. Eu juro."

Seus olhos brilham. "Humm. E como você vai fazer isso?"

Aponto para o banco traseiro. "Vai lá pra trás e se ajeita. Tenho umas coisinhas na mala."

Enquanto ela pula o painel central, salto do carro e mais uma vez enfrento a noite gelada. Os flocos de neve dançam a minha volta e grudam em minha bochecha, enquanto dou a volta no carro. Sempre guardei um kit de emergência em todo carro que tive, e tomei o mesmo cuidado com este. Sou da Nova Inglaterra — entendo do assunto. Lençóis, velas, água, necessidades básicas de sobrevivência. Mas trouxe também umas coisinhas para a viagem de Ano-Novo.

"Segura aí", grito, jogando uma colcha grossa por cima do encosto traseiro.

"Obrigada!", responde ela.

Pego a mala de lona e fecho o porta-malas, então enfrento mais quatro segundos de neve e vento, antes de sentar ao lado de Grace. "Caramba, como tá frio", reclamo.

Grace já está debaixo da colcha, e a levanta um pouquinho para eu poder me juntar a ela. Como sou grande demais, minhas botas ficam para fora, mas não me importo. Abraçar minha namorada é tudo que preciso.

"O que tem aí?", pergunta ela, curiosa.

"Em primeiro lugar... isso." Pego uma garrafa de espumante barato. "E é de rosquinha", digo, com uma careta condoída. "Sabe como é, em geral eu esbanjaria num espumante decente, mas não queria estourar a rolha na parede da pousada."

Grace dá uma risadinha. "Estourar a rolha? Parece sacanagem."

"Também não trouxe taça, porque presumi que ia ter no quarto. Então acho que a gente vai ter que beber no gargalo."

"Muito chique!"

"Ei, sou filho de mecânico. Cresci com graxa e óleo de motor na cara e nas mãos e..." Encolho os ombros. "Na verdade, pelo corpo todo."

"Delícia."

Arqueio a sobrancelha. "Ah é?"

"Tá brincando? Eu *pagaria* pra você me deixar passar óleo em você. Deixar esses músculos todos brilhando..." Ela treme, e sei que não é do frio.

Faço uma nota mental: Grace quer me ver lambuzado de óleo. Acho que posso fazer isso por ela na próxima vez que tiver uma folga. Quer dizer, meu passatempo preferido é agradá-la. Não importa o que seja, estou sempre pronto para o que ela quiser.

"Será que a gente abre agora ou espera até meia-noite?"

Ela pensa um pouco. "Melhor esperar. Vai ser um pouco menos deprimente se pelo menos a gente estiver bebendo champanhe quando virar o ano."

"Como assim deprimente? Isso é romântico." Eu a puxo para junto de mim. "Vem aqui."

Um segundo depois, estamos juntos, meus braços envolvendo seus ombros, sua bochecha contra o meu peito. O carro ainda está quente, e temos nosso calor corporal, mas ele dura só uns quinze minutos. Grace me conta do programa novo que está produzindo para a Briar, mas percebo que sua respiração está fazendo fumacinha.

"Um segundo", interrompo e me estico até o assento da frente. "Deixa eu ligar um pouco o aquecimento."

Fazemos isso por uma hora: deixamos o carro esquentar, desligamos o aquecimento para economizar, e então ligamos de novo, quando começamos a tremer.

"Acho que deve ter um jeito melhor de se esquentar", diz Grace, depois que desligo o aquecimento pela bilionésima vez.

"Ah é?" Lanço um olhar travesso para ela.

"Não foi o que eu quis dizer, mas..." Ela sorri de volta. "Não é má ideia."

"Não mesmo", concordo, então passo os dedos por seu cabelo, trago sua cabeça para perto e cubro sua boca com a minha.

Adoro beijá-la. Às vezes, quando estou no avião com o time, tentando dormir, ou quando minha cabeça viaja no vestiário, penso no nosso primeiro beijo. Apareci por engano no alojamento dela na faculdade, achando que era o quarto de um amigo. Em vez disso, encontrei uma caloura assistindo *Duro de matar* e comendo bala de goma. Me juntei a ela, afinal, por que não? Era bonita, e eu estava entediado. Mas de alguma forma a noite evoluiu de uma sessão de cinema para uma boa pegação. Minha mão desceu até a calça dela, e a dela até a minha.

Cara, que noite boa aquela. Quando bati por engano no quarto dela, jamais imaginei que me apaixonaria pela garota que abriu a porta. Ou que dividiria um apartamento com ela, uma cama. Que construiríamos uma vida juntos. E agora aqui estamos, no banco traseiro desse Mercedes espaçoso, e ela está apoiada nos cotovelos, enquanto eu me debruço sobre ela. Suas mãos se entrelaçam em meus cabelos, a língua ávida entrando na minha boca.

"Porra", murmuro contra os lábios dela. "Você não tem ideia do que faz comigo."

Ela se afasta. "O que eu faço com você?", sussurra.

"Você desperta algo feroz em mim, tá na cara. Mas você também..." Eu paro. É difícil colocar em palavras. "Você me faz sentir..."

Paro de novo, gemendo, frustrado, porque nunca fui muito bom em me expressar. Descrever minhas emoções.

"Você me faz sentir tudo", digo, por fim. "Você me faz sorrir. Você me deixa excitado. Você me deixa maluco." Minha voz falha de leve. "Você me faz me sentir seguro."

"*Eu* faço você se sentir seguro? Você sabe que é mil vezes maior e mais forte que eu, né?"

"Não tem nada a ver com isso", digo, meio rouco.

Então a beijo novamente.

Quando abro seu casaco e deslizo as mãos para dentro do suéter de lã, ela estremece o bastante para me fazer parar.

"Tá gelado demais?", pergunto, preocupado.

"Não, *bom* demais." Ela está arfando um pouco. "Adoro quando você me toca."

"Que bom, porque adoro te tocar."

Minhas palmas envolvem seus seios, e brinco com seus mamilos usando os polegares. Os pontinhos duros me fazem gemer. Levanto seu suéter e chupo, faminto, um dos mamilos. Grace geme. Ela me segura pela nuca, me apertando contra sua pele macia. Não posso deixar de esfregar meu pau dolorido contra sua barriga enquanto chupo seu peito. Enquanto isso, minha mão desce até o cós da calça legging grossa.

Levanto a cabeça e digo: "Quero te comer".

Grace apenas geme em resposta.

"Isso é um sim?", pergunto, com uma risada sombria.

"Sempre."

Sei exatamente o que ela quer dizer. Eu poderia estar no pior humor possível, poderia estar tendo o pior dia da vida, e um sorriso de Grace, um sim ofegante, mudaria tudo. Tudo o que ela precisa dizer é: "Quero o seu pau", e eu o daria a ela.

Deslizo a mão para dentro de sua calcinha e a encontro quente, molhada e pronta para mim. Ela mexe o quadril, roçando em mim, e seus movimentos sensuais molham a palma da minha mão.

"Jesus", sussurro. Tiro a mão e abro minha calça, baixando o suficiente para liberar meu pau. Ele salta contra o quadril de Grace, e na mesma hora ela o envolve com os dedos.

"Amo isso", sussurra, me apertando com força.

"Ah, eu também", respondo, quase grunhindo.

Então solto meu pau da sua mão e o guio entre suas pernas. Ela nem tirou a calça toda — ficou presa em volta dos joelhos. Por sorte o tecido é elástico. Já a minha está baixa o suficiente para expor minha bunda.

Nós dois ofegamos quando entro nela. Como somos completamente monogâmicos, e ela toma pílula, faz tempo que paramos de usar camisinha, e não tem nada melhor do que a sensação da minha pele contra a de Grace. Sua boceta é apertada e gostosa, meu lugar preferido do mundo.

"Que gostoso", gemo em seu pescoço.

Ela puxa minha cabeça pelos cabelos e nossas bocas se juntam de novo. Minha língua a invade enquanto empurro meus quadris, entrando nela tão fundo quanto consigo. Mas a posição estranha não me permite entrar direito.

Meu pau está louco para ir mais fundo, mas ainda assim isso é incrível. E quando Grace começa a gemer e a se levantar, inquieta para acompanhar meus movimentos, sei que minhas investidas superficiais estão atingindo o ponto certo. O ponto G. Delícia. Os orgasmos dela são sempre mais fortes quando o ponto G tá na jogada. Ajeito o quadril para atingir o ponto ideal com mais força, e seus olhos giram para cima.

"Ai, meu Deus", implora ela. "Assim. Continua assim."

E eu continuo, entrando nela e sentindo aquele calor apertado enquanto sua expressão se torna mais e mais extasiada. Sua boceta me envolve. Sua boca está entreaberta, a respiração ofegante. Seus olhos se fecham brevemente, então abrem de novo e se fixam nos meus. O prazer puro que vejo me rouba o fôlego.

"Assim", insisto. "Goza pra mim."

Continuo fodendo, observando seus olhos ficarem cada vez mais enevoados. Quando ela geme, engulo o som com um beijo intenso, sentindo seu orgasmo apertando e ondulando ao meu redor. Uma onda de calor percorre o meu corpo. Fazê-la se sentir bem é a melhor sensação do mundo. Isso desencadeia meu próprio orgasmo, e gozo com um gemido estrangulado, minhas bolas formigando e o peito arfando.

Levamos um tempo ridiculamente longo para nos recuperar. Ficamos ali, deitados como dois bobos, meio vestidos, meu pau dentro dela, seus braços em volta de mim, enquanto respiramos com esforço.

"Ok", diz Grace, sonolenta. "Agora podemos congelar até a morte."

9

GRACE

23:59

"Só falta um minuto!", exclama Logan.

Juro por Deus, ele é uma das únicas pessoas que conheço que ainda fica empolgado com a virada de ano. Eu nunca liguei muito, e, com o passar do tempo, meu interesse pela coisa só diminuiu.

Mas meu namorado acompanha, sorridente, o relógio do celular. Graças à nevasca lá fora, nossos telefones estão há muito tempo sem sinal, mas pelo menos a bateria continua cheia.

A garrafa de espumante está preparada na mão de Logan. De repente, ele me olha, preocupado. "Quem vai dar o primeiro gole?", pergunta. "A gente não tem taça!"

"Pode ser você", ofereço, gentilmente.

"Tem certeza?"

"Ah, acho que sim. Quer dizer, eu queria muito, mas..." Para falar a verdade, não estou nem aí para quem vai dar o primeiro gole do ano. Mas se eu o fizer acreditar que estou fazendo um favor e tanto a ele, posso trazer este momento à tona toda vez que ele vetar as minhas escolhas de filme na Netflix. "Tudo bem. Pode ser você."

Ele abre um sorriso radiante. Logan precisa de tão pouco para ficar feliz.

"Trinta segundos", avisa ele. "Senta direito, mulher."

Engulo uma risada e me ajeito. Os olhos de Logan continuam grudados no celular. "Está quase na contagem final. Acho bom gritar comigo. Pronta?"

"Claro. Mas a gente não precisa gri..."

"DEZ!"

Não creio.

"NOVE!", grita ele, me convidando a participar.

E porque amo esse cara com todo o meu coração, obedeço e grito com ele. Quando terminamos de gritar "UM!", Logan exclama: "FELIZ ANO-NOVO!" e me beija profundamente.

Retorno o beijo, afastando-me para sussurrar: "Feliz Ano-Novo, Johnny."

"Feliz Ano-Novo, Gracie."

Com um sorriso maroto, ele pega a garrafa e dá o primeiro gole de champanhe.

2:00

O reboque ainda não chegou.

Faz horas que deu meia-noite; e Logan e eu já matamos a garrafa de champanhe. Agora estamos meio bêbados e quentinhos no assento traseiro, contando histórias aleatórias da nossa infância.

As dele não têm a leveza das minhas, o que não é de surpreender. Os pais de Logan são separados, e o pai dele é um alcoólatra em recuperação, então ele não teve a infância mais fácil do mundo. Mas tem boas lembranças com o irmão. Meus pais também são separados, mas continuam amigos, então minhas histórias de família são muito mais felizes.

Enquanto rimos, nos abraçamos e compartilhamos nossas memórias, ficamos o tempo todo nos tocando. Ele acaricia meu cabelo. Eu brinco com a barba por fazer nascendo em seu queixo. O pelo arranha as pontas de meus dedos, mas quando ele diz, sem jeito, que precisa raspar, eu discordo. Acho sensual e masculino, e não consigo parar de tocá-lo. Tem sido assim desde que a gente se conheceu. A caloura universitária em mim caiu feito um patinho por John Logan, e desde então ele não sai mais de mim.

Espero que nunca saia.

"Será que eles vão aparecer?", pergunto, apertando o nariz contra a janela gelada. Do outro lado do vidro, o mundo é um redemoinho infinito de neve.

"Eles falaram seis horas", me lembra ele. "Ainda não deu seis horas."

"Tem cinco horas e meia."

"Cinco horas e meia não são seis."

"Mas por que eles ainda não chegaram?", resmungo.

"Porque ainda não deu seis horas!"

"Para de falar isso!"

Logan dá uma gargalhada, e eu continuo olhando tristonha pela janela.

"E se a gente morrer de fome?"

"A gente não vai morrer de fome", garante ele.

"E se a gente morrer de frio... Ai, meu Deus. Acabei de me dar conta de uma coisa. E se a gente estiver sendo punido?"

Ele suspira. "Tá bom. Vou entrar na sua. Punido por quem e pelo quê?"

"Pelo Alexander! Por odiá-lo. E se tiver sido ele que fez isso?" De repente, respiro ofegante. "Ai, meu Deus, Logan, você acha que foi assim que o Willie se sentiu quando estava no pé do penhasco com a perna quebrada? Antes de o espírito dele entrar no Alexander? Você acha que ele sabia que ia morrer?"

Logan não fala nada por um momento. Então balança a cabeça. "Tomei a decisão de ignorar você pelos próximos dez minutos, ou pelo tempo necessário até o terror deixar o meu corpo."

2:42

Afasto os olhos da janela e solto um longo suspiro sem força. "Tá bom. Acho que tá na hora."

Ele franze a testa. "Na hora de quê?"

"De fazer um pacto."

"Que pacto?"

Aperto a colcha junto a nossas cinturas. "A gente pode ficar dias preso aqui. Semanas, quem sabe."

“Não vão ser dias nem semanas, sua louca.”

Ergo o queixo em desafio. “*Podem* ser. E, se acontecer, tem uma boa chance de a gente morrer de fome ou frio, que nem Willie, na Rota da Califórnia. E, a menos que a gente decida se suicidar ao mesmo tempo, obviamente um de nós vai ter que morrer antes do outro. Se isso acontecer, a gente precisa de um pacto.”

“Que merda de pacto?”, resmunga ele.

“Se a gente estiver lidando com um cenário de fome, a pessoa que continuar viva come o corpo da que morreu.”

Logan me encara.

“Qual o problema?”, pergunto, na defensiva. “É uma questão de sobrevivência.”

“Você quer que a gente coma um ao outro.”

“Não, não um ao outro. Só um de nós vai precisar fazer isso. E, só pra você saber, se eu morrer primeiro, te dou total permissão para se alimentar de mim. Faça o que tiver que fazer para sobreviver. Não vou ficar te julgando do além.”

Ele continua me encarando.

“Então, combinado? O vivo come o morto? Tem um canivete no kit de emergência. Ah, e acho que a bunda é a melhor parte. Tem mais carne.”

“Não”, diz ele, decidido.

“É, sim”, insisto. “A bunda é a melhor parte...”

“Não, quis dizer que não vou cortar um pedaço da sua bunda linda e comer”, explica ele. “Preferia que a gente morresse um nos braços do outro, dois velhinhos, tipo *Titanic*.”

Balanço a cabeça, decepcionada. “Tá bom, não precisa concordar com o pacto. Mas eu vou fazer.”

“Um pacto exige que as duas partes estejam de acordo”, argumenta ele.

“Não se a minha *vida* estiver em risco.” Mostro a língua pra ele. “Foi mal, gato, mas vou comer a sua bunda, você querendo ou não.”

Só me dou conta de como me expressei mal quando as palavras saem da minha boca, o que rende uma imensa gargalhada do meu namorado imaturo.

"Certo, já deu umas catorze horas..."

"Seis", Logan me corrige.

"...e eles ainda não chegaram." Meus dentes estão quase abrindo um buraco na parte de dentro da bochecha. "Acho que eles não vão conseguir achar a gente."

"Eles têm a localização exata."

"É, mas o carro tá coberto de neve. Eles não vão ver a gente. E quando a nevasca passar, a gente vai ter que cavar pra sair." Olho feio pra ele. "Você tem que concordar com o pacto."

"Nunca. E a gente não vai ter que cavar pra sair. Vai dar tudo certo." Mas minhas preocupações despertam uma ação dele. Logan pega a maçaneta e solta um palavrão, pois precisa empurrar várias vezes para conseguir abrir. "Já volto."

"O que você vai fazer?"

"Raspar a neve para eles verem o carro. E acho melhor ligar o pisca-alerta também. O socorro vai chegar a qualquer momento."

Começo a sair de debaixo da colcha. "Deixa eu te ajudar."

"De jeito nenhum. Tá frio demais. Fica aqui."

Ele sai e começa a raspar a neve, até seu rosto bonito finalmente aparecer do outro lado da janela. Está concentrado, o que me faz sorrir. Não importa o que Logan faça, ele sempre se concentra por inteiro.

Quinze minutos depois, está de volta dentro do carro, se sacudindo feito um cachorro que acabou de voltar de um mergulho. Ele se arrasta pra dentro da colcha, e tento esquentá-lo.

"Obrigado", murmura, o corpo grande tremendo em meus braços.

"Ah, tadinho." Esfrego suas costas, tentando transmitir calor. Não funciona, então tomo uma decisão executiva de ligar o aquecedor no máximo, embora saiba que estamos pouco a pouco acabando com a bateria e o combustível.

3:46

"Nada do reboque ainda. Já estão quase uma hora atrasados, e acho que a gente vai morrer. Ninguém sabe se eles vêm mesmo nos resgatar. A gente pode ficar preso aqui para sempre. Nossos corpos vão ser achados daqui a vários anos e..."

"Ah, nem vem." Logan toma o telefone da minha mão e olha para a câmera. "A gente não vai morrer. Estamos bem." Ele pausa por um instante. "Mas, caso a gente morra: mãe, te amo. Quero te dizer que você é o máximo..."

"Ei!" Dou um soco no ombro dele. "Para de gastar a bateria do *meu* celular pra se despedir da sua família. Você nem acha que a gente vai morrer." Tomo o telefone de volta e começo a me dirigir à tela. "Ele nem aceitou fazer um pacto de que a gente pode comer o corpo um do outro! Que tipo de namorado é esse? Tô aqui oferecendo sustento pra que ele possa sobreviver, e ele nem aceita me comer!"

Logan pressiona os lábios contra minha bochecha. "Você quer que eu te coma, é?", pergunta, manhoso. "Pode deixar que eu te como, linda."

"John", suspiro, horrorizada. "Finja que você não ouviu isso, pai!"

Então paro de gravar, e Logan e eu começamos a nos pegar, a neve ainda caindo sobre o carro.

4:22

"Bem, lá se vai o nosso tanque", anuncia Logan, enquanto o aquecedor bafeja os últimos sopros de ar quente. O guincho ainda não chegou, e estamos oficialmente sem combustível.

"A oferta de me comer depois que eu morrer ainda está de pé", digo a ele. "Esse é o tanto que eu te amo."

Ele suspira.

4:49

Estou enrolada nos braços fortes de Logan, sonolenta e satisfeita, enquanto seus longos dedos fazem um cafuné no meu cabelo.

"Estava com saudade disso", murmura ele.

Viro a cabeça para olhar para ele. "De quê?"

"Ficar abraçado com você. Só ficar junto."

Sinto um nó na garganta. "Eu também."

Um silêncio paira sobre nós. Minha mente repassa os últimos anos. Como ficamos juntos. Como nosso relacionamento mudou depois que Logan se formou na Briar. Quando ele começou a jogar para a equipe de base do Boston, achei que *aquela* agenda era puxada. Agora que ele está na liga profissional, sua agenda é mil vezes mais intensa.

Acaricio seu queixo tão bem desenhado. "Se eu tivesse que escolher alguém com quem morrer congelada, não escolheria ninguém além de você."

Seu peito treme com o riso. "Eu também te escolheria, linda."

5:13

Sou acordada pelo som de alguém buzinando. Logan me afasta de seu peito e se aproxima da porta.

"Acho que chegaram", diz.

Sento na mesma hora. "Até que enfim! Dezoito horas atrasados."

"Duas", ele me corrige, fazendo uma careta na minha direção.

"No meio de uma nevasca, equivale a dezoito horas."

"Sua dramática." Ele dá uma risada e salta do carro, antes que eu possa me ofender.

Fecho o casaco e saio atrás dele, e na mesma hora meu coração dá uma pirueta feliz. Dois feixes de luz branca na noite escura. Ou melhor, manhã.

Vislumbro uma silhueta, então uma voz masculina fala conosco do alto do barranco.

"Alguém aqui pediu socorro?"

10

LOGAN

Depois de uma parada rápida no posto para reabastecer, e de mandar uma mensagem para os donos da pousada para avisar que estamos a caminho, Grace e eu voltamos para a estrada. Está completamente vazia esta manhã. Imagino que estejam todos dormindo depois de um festão de fim de ano e vão todos acordar de ressaca.

Grace e eu não estamos de ressaca, mas parecemos estar. Passar a noite tremendo, apertados no banco traseiro de um carro faz isso com as pessoas. Ainda assim, apesar dos olhos fundos e do corpo dolorido, foi uma das melhores noites da minha vida. Comemorar o Ano-Novo com Grace, uma garrafa de espumante e um pacto de comer nossos corpos.

Rio diante da lembrança.

“Qual a graça?”, pergunta ela, do banco do carona.

“A nossa noite.” Ofereço um sorriso torto. “Estava só pensando em como foi divertido.”

“Divertido? A gente quase morreu.”

“A gente não quase morreu.” Vejo uma placa para a nossa pousada e ligo a seta. “A gente teve uma aventura.”

O conselho de Garrett na semana passada foi certeiro. Passar o máximo de tempo junto possível, viver aventuras, construir memórias. A noite passada não foi como eu tinha planejado, mas ainda assim foi o máximo.

“Tenho um pacto melhor pra gente”, anuncio.

Grace bufa. “Melhor que canibalismo? Duvido, meu amor.”

Deixo escapar uma risada. “Vai por mim, *meu amor*, é muito melhor.”

“O quê, então?”

"Isso aqui." Gesticulo, apontando alternadamente para mim e para ela.

"Como assim?"

Então explico, com um tom mais gentil. "Você e eu. O pacto é a gente passar o máximo de tempo possível junto. Não deixar as agendas ocupadas controlarem o nosso relacionamento. Se não tiver tempo, a gente arruma tempo." Fico surpreso de ouvir minha voz falhar. "Hóquei não é tudo. Faculdade, trabalho. Nada disso importa se eu e você não estivermos bem. Se não estivermos em sintonia."

Fico igualmente surpreso ao ver minha namorada lacrimejando.

"Merda", murmuro. "Não queria te fazer chorar."

"Tudo bem." Ela limpa o rosto. "É só que... você tem razão. O resto não importa. Tá, a gente tem um compromisso com a escola e o trabalho, mas a gente também tem um compromisso um com o outro. Não fico feliz quando a gente tá separado."

"Nem eu", digo, meio rouco. "É por isso que a gente tem que manter o pacto. O que importa é a gente. Acho que no momento em que um de nós estiver triste com o relacionamento, ou se a gente sentir que a distância tá afetando negativamente, então na primeira oportunidade a gente tem que fazer uma coisa assim."

"Ficar preso numa nevasca?", provoca ela.

"Viver uma aventura", corrijo. "E aí, o que me diz? Combinado?"

Ela não hesita. "Combinado."

Entro na ruazinha da pousada, e posso ouvir a neve quebrando sob os pneus do carro. Caiu uma tonelada de neve durante a noite, pintando tudo de branco na paisagem. O lugar está lindo. E a mulher ao meu lado também.

"Chegamos", digo, parando diante de uma casa de dois andares pitoresca. Então me viro para Grace com um sorriso triunfal.

A porta da frente se abre e revela um casal de cinquenta e muitos anos de idade. Estão todos empacotados em parcas e cachecóis, a mulher segurando duas canecas enormes exalando fumaça.

"John e Grace?", pergunta o homem assim que saímos do carro.

"Somos nós", respondo.

"Desculpa chegar tão cedo", diz Grace.

A mulher dispensa as desculpas. "Que é isso, querida! Só estamos felizes que vocês conseguiram chegar inteiros. Aquela nevasca da noite passada! Meu Deus, foi terrível!" Ela oferece as duas canecas. "Um chá bem quente pra vocês. Achei que iriam precisar."

"Obrigada." Grace aceita a caneca muito grata.

Eu pego a outra, feliz com a sensação do vapor quentinho envolvendo meu rosto.

"Como vocês já devem ter notado, somos os donos da pousada", diz a mulher. "Meu nome é Amanda, e este é o meu marido, Pastor Steve."

"É um prazer recebê-los", diz o marido. "Ainda que por tão pouco tempo." Então oferece um sorriso acanhado na minha direção. "Sou um grande fã, filho."

Não vou mentir — nunca me canso de receber elogios. "Obrigado, senhor. E... desculpa, mas o jeito como a sua esposa o apresentou foi meio, hum..." Quase digo "esquisito". "Diferente", concluo. "Devemos te chamar de Steve ou Pastor?"

"Como preferir", diz ele, animado.

"Você é pastor?", pergunta Grace, depois de outro ávido gole de chá.

"Isso mesmo. Coordeno uma pequena congregação aqui na nossa comunidade."

Sua esposa sorri, orgulhosa. "Ele é tão modesto! Steve atende quase todos os habitantes de Bowen County."

Avalio os cálidos olhos castanhos do Pastor Steve, então me volto para Grace. Pensativo. Quer dizer... a gente não acabou de ter uma conversa sobre aproveitar todas as oportunidades que surgem no nosso caminho?

"O que foi?" É o tom que ela usa sempre que suspeita de mim.

Ofereço um sorriso tímido, então me volto para o pastor. "Então, só por curiosidade..." Meu sorriso se expande. "Você faz casamentos?"

PARTE II
O PEDIDO

1

DEAN

"Allie, por onde eu começo? Resumindo: você é incrível. Desde o dia em que nos conhecemos, eu sabia que a gente estava destinado um pro outro... Quer dizer, na verdade, não. Quando a gente se conheceu, você namorava outro cara e eu era o maior pegador. Mas desde o dia em que a gente ficou pela primeira vez — merda, não, foi uma coisa de uma noite só, e você tinha vergonha de mim e ficou dias sem falar comigo..."

Faço uma pausa para começar de novo.

"Desde o dia em que você me aceitou de volta, depois que a gente terminou, porque eu fui um babaca, fiquei doidão e perdi a sua estreia."

Também não. Péssimo.

Tento de novo.

"Allie, nem sei por onde começar."

"Tá na cara", diz Garrett, com uma voz seca. "Aliás, a resposta é não. Pode fechar a caixinha."

Observo a caixa aberta em minha mão, toda forrada de veludo azul, com um diamante reluzente, e tento conter a frustração. Ainda estou ajoelhado na frente de Garrett, meu ex-colega de república na faculdade e melhor amigo da vida, na sala de seu casarão em Boston, enquanto nossos outros melhores amigos nos assistem, divertidos, do sofá.

"Eu achei legal", diz Logan, com franqueza. "Achei muito mais sincero que a maioria dos pedidos de casamento."

"Foi péssimo", corrige Garrett. "E não vou casar contigo, Dean Heyward-Di Laurentis. Sinto lhe informar. Agora tenta de novo."

"Tá bom." Em geral, não deixaria G ficar me dando ordens deste jeito, mas sou um homem com uma missão importante. Não posso entrar numa coisa dessas sem me preparar.

Então, mais uma vez, assumo a posição. Joelhos no chão. Caixinha de veludo na mão. É a minha terceira tentativa de pedido de casamento, porque, ao que parece, Garrett Graham é muito exigente. Eu me pergunto se Hannah sofre pra satisfazer o cara.

"Allie", começo.

"Olha nos meus olhos", ordena ele.

Cerro os dentes e fito seus olhos cinzentos.

"Abre direito esses olhos."

Arregalo os olhos.

Logan ri. "Cara, você tá parecendo possuído. Pode piscar."

Pisco os olhos.

"Allie, você é a melhor coisa que já me aconteceu", começo, mantendo os olhos fixos em Garrett.

"E não é que isso é verdade?", comenta Logan.

Eu me volto para ele. "Sem conversa paralela, seu babaca. A ideia é vocês me ajudarem."

"Eu tô ajudando. Tô concordando que ela é a melhor coisa que já te aconteceu. Sem aquela mulher, você ainda ia estar por aí comendo geral, trabalhando num tribunal e ganhando uma fortuna, dirigindo um Lamborghini ou algum outro carro esportivo ridiculamente caro e... quer saber? Até que não soa tão mal assim. Talvez você não precise se casar com ela."

Garrett deixa escapar uma risada.

Solto um suspiro. Esses dois idiotas, junto com nosso amigo Tucker, cujo casamento é o motivo pelo qual estou de visita na cidade, são mais próximos de mim do que meu próprio irmão. O que não é pouca coisa, porque eu e meu irmão, Nick, somos muito chegados. Mas eles estão certos. Sem Allie, não sei como minha vida estaria agora. Antes dela, eu ia seguir os passos dos meus pais e cursar direito em Harvard, algo que nunca foi a minha praia. Também nunca curti compromisso. A namorada que tive no colégio tentou se matar depois que terminei com ela, e — não vou mentir — isso me assustou.

Mas foi então que uma transa de uma noite mudou tudo. Allie Hayes é a minha vida. Faz quatro anos que estamos juntos, e não tenho dúvida de que vou casar com ela, ter filhos, envelhecer a seu lado. Nunca senti muita urgência em pedi-la em casamento, mas recentemente tenho tido vontade de acelerar logo isso. De saber que o nosso relacionamento está indo pra algum lugar. E, sim, agora que Tucker e Sabrina estão finalmente se casando e estamos todos em Boston para comemorar com eles, acho que fui mordido pelo mosquitinho do casório. Não sabia que ele picava homens também, mas parece que acontece. De alguma forma, me vi escolhendo uma aliança na Tiffany & Co. ontem de manhã, e até agora não me arrependi.

"Certo. Allie", tento de novo, fitando os olhos atentos de outro homem. "Eu te amo. Amo tudo ao seu respeito. Amo o seu senso de humor. Amo quando você é dramática..."

"Corta", interrompe Garrett. "Você não pode falar mal dela no pedido."

"Mas é um elogio", reclamo. "Amo o dramalhão."

"É, mas as mulheres não gostam de ser chamadas de dramáticas."

"Verdade", concorda Logan. "Falei pra Grace que ela estava sendo dramática quando a gente ficou preso no Ano-Novo, e ela ficou louca." Ele faz uma pausa. "Quer dizer, tecnicamente ela ficou louca porque eu não quis comer a bunda dela."

"Pera aí... como é que é?", pergunta Garrett, educado.

"Não é o que você tá pensando." Ele dá uma risadinha. "Ela queria que eu prometesse que, se um de nós morresse na nevasca, a gente ia comer o corpo do outro."

G faz que sim com a cabeça. "Ah, que nem no filme."

Logan não parece entender.

"Aquele bem famoso, sobre um time de futebol ou alguma coisa assim que sofreu um acidente na montanha e eles tiveram que comer um ao outro pra sobreviver, sabe? É comovente."

"Parece mesmo", digo, secamente.

"É, igualzinho ao filme, então", Logan diz a G. "Mas eu me recusei, então ela ficou uma fera. Ainda bem que isso não a impediu de..." Ele para, de repente.

"Do quê?", pergunto.

Logan passa a mão por seu cabelo baixo. Por um instante tenho a impressão de que está nervoso. Escondendo alguma coisa. Mas então abre um sorriso maroto. "...de passar o primeiro dia do ano todinho na cama comigo. Enfim. Vai por mim, mulher não gosta de ser chamada de dramática."

Penso no cenário hipotético sugerido por Grace. "Você *me* comeria se eu morresse primeiro?", perguntei.

"Ah, sem dúvida. Você também, G."

Garrett parece intrigado. "Então você comeria a gente pra sobreviver, mas não comeria a sua namorada?"

"Não ia conseguir. Não parece certo. A ideia de cortar a carne perfeita dela..." Ele estremece. "Não, não sou capaz. Prefiro morrer. E, se ela morrer, morro junto. Não posso viver sem ela."

"É isso", diz Garrett, levantando o indicador no ar. "É esse tipo de coisa que você tem que falar."

"Que eu não seria capaz de cortar a carne perfeita dela e comer?"

"Não, que você não é capaz de viver sem ela. Que a vida não tem sentido se ela não estiver com você, blá-blá-blá."

Enfim, alguma orientação. "Saquei", digo. "Então tá, deixa eu tentar de novo."

Desta vez, começo logo com o papo de que não posso viver sem ela, enquanto Garrett entrelaça as mãos sobre o coração, assentindo o tempo todo. Animado pela reação dele, continuo.

"Não quero saber de mais ninguém. Não quero transar com mais ninguém. Amo cada centímetro do seu corpo, e mal posso esperar para passar o resto da vida te vendo pelada..."

"Não! Agora ficou demais", repreende Garrett. "Muito sensual. Sensualidade não tem nada a ver com pedido de casamento."

"Discordo", contrapõe Logan. "Eu faria ainda mais sensual."

"Não ouve esse cara."

"Mais sensual", insiste Logan.

"Menos", devolve Garrett.

Eu me alterno entre os dois, as têmporas começando a latejar. Isso é impossível. O que fazer? Não sou bom com discursos românticos. Sou bom com sacanagem, dizer pra ela que estou louco pra transar até cansar.

Sou bom em dizer que a amo, porque é verdade. Amo do fundo do meu coração. Por que um pedido de casamento tem que envolver todo um discurso?

"Quer saber, tenta comigo", sugere Logan. "Tá na cara que o G não é bom de receber pedido de casamento."

"Nem vem, o problema não é comigo. É que o pedido tá ruim. Não vou dizer sim pra uma coisa que não seja irrecusável. Você tem que me surpreender."

"Vai se surpreender sozinho", resmungo, mostrando o dedo médio pra ele.

Garrett abre um sorriso do tamanho do mundo. "Já faço isso. Todo dia, quando me olho no espelho."

Babaca. Ele não tem jeito. Mas esse ego todo não é à toa. Tem um motivo pelo qual ele foi o centro das atenções nos quatro anos que passou na Briar. *O* Garrett Graham, constantemente cercado de mulheres sedentas. Tudo bem que eu pegava bem mais gente que ele, até porque Garrett ficava ocupado demais com o hóquei e deixava isso bem claro para todas as mulheres que tentavam alguma coisa mais séria. De vez em quando até pegava alguém, mas não como eu e Logan. Deu certo pra ele, no entanto. A dedicação ao esporte garantiu um contrato com o Bruins, e agora ele é um dos jogadores mais bem pagos da liga, além de ter uma namorada que ama.

O que acho mais surpreendente é o fato de que G e Logan estão no mesmo time de novo. Eles jogaram juntos na faculdade por quatro anos, depois passaram dois anos separados, até que Logan acabou no Boston — na linha de ataque de Garrett. Pensa numa pegadinha do destino!

"Como sou o único entre nós que já escreveu com sucesso uma poesia para uma mulher, acho que sou o mais adequado para julgar um pedido de casamento", diz Logan, me despertando de meus pensamentos.

Garrett revira os olhos. "Tá bom, Shakespeare."

"Ele não tá errado", digo a G.

"Tá vendo?" Logan me chama com o indicador. "Chega mais, bonitão."

Dou uma risadinha e me arrasto até ele. Ele se ajeita no sofá, as pernas compridas pendendo na lateral. Está de jeans e camisa preta de manga comprida, e quando se inclina na minha direção, sinto um perfume e balanço a cabeça em sinal de aprovação.

"Que cheiro bom, cara. Que perfume é esse?"

"Acabou meu sabonete líquido, então usei o da Grace", diz ele, com um sorriso. "Bom, né?"

"Muito. Agora tô entendendo por que o Garrett de vez em quando entra escondido no seu quarto de hotel."

"Tá com ciúme?", pergunta Garrett, com um sorrisinho.

Com uma careta, assumo a posição, abrindo a caixinha pela milionésima vez.

O diamante brilha diante do lustre sobre nossas cabeças, fazendo Logan me encarar admirado. "Meu Deus, como isso brilha, vai queimar minhas retinas. Não estava brilhando desse jeito quando eu estava do outro lado da sala."

Concordo, satisfeito. "Sei escolher bem."

"Que coisa gigante. Tem certeza que a Allie tem força no braço pra carregar isso?"

"Vai por mim, já falamos de aliança antes. Ela gosta das grandes." Dou uma piscadinha. "Diamante grande também."

Garrett ri pelo nariz. Ele se aproxima e senta na poltrona de couro. "Falando sério, cara. Desta vez você tem que mandar bem."

Resisto à vontade de estalar os dedos do jeito que fazia antes de um jogo importante. Certo. Agora vai.

"Allie", digo para Logan. "Eu te amo tanto. Você mudou a minha vida inteira quando decidiu me abençoar com o seu amor. Você faz meu mundo melhor."

"Mais sensual", murmura Logan.

"Toda vez que estou contigo, parece que meu coração vai explodir." Faço uma pausa. "E o meu pau também."

De canto de olho, vejo Garrett gargalhando.

Logan, no entanto, assente. Nossos olhares estão tão intimamente fixos um no outro que chega a ser desconfortável.

"Você é tudo que quero para mim, gata."

"Mais contato físico", pede ele.

Não sei se está de sacanagem com a minha cara ou não. Decido que está, então entro na jogada.

"Você não tem ideia de quão bonita é." Ainda segurando a caixinha com uma das mãos, me aproximo e pouso a outra em sua coxa musculosa.

Logan estreita os olhos.

Você que pediu, penso, contendo o riso.

"Toda vez que te vejo, nem acredito que você é minha. Sua beleza é de outro mundo. Me faz querer tirar a sua roupa. Você me deixa com tanto tesão." Minha mão sobe por seu torso até o colarinho. Por fim, seguro sua bochecha barbada, fazendo de tudo para não rir. "Quer casar comigo?"

Silêncio.

Então Logan fica de queixo caído. Ele se vira para Garrett, de olhos arregalados. E então de volta para mim.

"Fiquei todo arrepiado", murmura. "Tô falando sério, cara. Olha só." E enrola a manga da camisa para me mostrar o braço. "Mandou ver."

"Mandou ver coisa nenhuma!", resmunga Garrett da poltrona. "Não fala nada disso ou você vai perder a garota."

Fico de pé, porque tudo isso é inútil. "Acho que já chega", anuncio. "Vocês dois são os piores."

"Ou você quer dizer os melhores?", contrapõe Logan.

Reviro os olhos. "Vou pegar uma cerveja, alguém quer?", pergunto.

Eles assentem, e sigo para a cozinha espaçosa de Garrett, na direção da geladeira de aço inoxidável.

"Quando você vai fazer o pedido?", pergunta Logan, da sala.

Enfio a cabeça na geladeira para procurar a cerveja. Pego três garrafas. "Não sei. Tô esperando a hora certa", admito, voltando à sala. "Estava pensando talvez no casamento, o que vocês acham?"

"No casamento?", exclama Garrett. "Tá louco? Tucker vai te matar."

"Você não pode pedir ninguém em casamento no meio do casamento de outra pessoa", concorda Logan.

"Mas não é romântico?", pergunto, meio sem entender. A reação deles me parece incompreensível. "É uma festa para jurar amor eterno, eu tô jurando meu amor eterno. Um monte de amor eterno no ar. Qual o problema de vocês com amor eterno?"

"Cara, presta atenção", diz Logan. "Você não quer fazer isso."

Não vejo qual o problema.

"Tá. Não esquenta. Vou pensar em outra coisa."

"Acho bom." Garrett estremece. "Essa ideia foi quase tão ofensiva quanto Logan querer dar o Alexander de presente de casamento."

Encaro Logan, boquiaberto. "Tá maluco? Você não pode amaldiçoar o casamento deles com o boneco dos infernos."

"Ah, mas você pode roubar a festa deles?", retruca ele.

"Pelo amor de Deus, já falei que não vou fazer isso", resmungo, sentando na outra ponta do sofá.

Dou um longo gole de cerveja e, de repente, me dou conta da grandiosidade deste final de semana.

"Não acredito que o nosso menino tá se casando", digo, maravilhado.

"Eu acredito." Garrett sorri. "Quer dizer, ele já tem uma filha."

Verdade. Tucker não só já tem uma filha, como ela está prestes a completar três anos. Só de pensar na minha sobrinha Jamie, fico de coração derretido. Tuck e eu não somos parentes, mas ele é como se fosse da família, e amo sua filha de paixão. Cara, esses dias diria que amo até a Sabrina, que na época da faculdade eu achava uma megera. Mas já tem tempo que a gente fez as pazes, e não posso negar que ela faz bem a Tucker. Além de ser uma grande mãe.

"Verdade. Mas é que às vezes tenho a sensação de que a gente é jovem demais pra essa história toda de casamento", respondo.

"Disse o cara prestes a pedir a mão da namorada." Garrett ri.

"A gente tem vinte e cinco anos", argumenta Logan. "Isso não é ser jovem demais, é? Tem dias que saio dos jogos tão destruído e dolorido que me sinto um idoso."

Concordo, solenemente. "Você é um idoso. Logo, logo vai ter que se aposentar."

"Vira essa boca pra lá. Vou jogar até bem depois dos trinta."

"Trinta e muitos", diz Garrett.

"Quarenta."

Estou prestes a perguntar até que idade o pai de Garrett jogou antes de se aposentar, mas fico de boca fechada. Trazer à tona o nome de Phil Graham é certeza de acabar com o clima. No momento em que se formou na faculdade e deixou de depender financeiramente do pai, ele basicamente deserdou o cara que abusou dele quando era criança. Nem se refere a ele mais como "pai"; nas raras vezes em que fala dele, chama de "Phil".

Infelizmente, G não pode se livrar inteiramente dele, porque Phil Graham ainda é uma lenda do hóquei. Mas tenho certeza de que jogou até os quarenta e dois anos, o que é impressionante.

"Ah, obrigado por ajudar com a surpresa pro Tuck." Apoio a garrafa no joelho. "Nem acredito que vai dar tudo certo."

"O Tuck vai ficar louco", diz Garrett.

"Sério", diz Logan. "Odeio inflar ainda mais o seu ego, mas acho que foi a melhor ideia que você já teve na vida."

"Eu sei!"

Ah, mal posso esperar pra ver a cara do Tucker amanhã. E mal posso esperar para Allie chegar.

Que venha o final de semana do casamento.

2

ALLIE

“Vem sair com a gente!”

Olho para o meu colega, e a empolgação no rosto de Trevor me faz sorrir. Magro e de feições joviais, ele parece um adolescente, e não um homem de vinte e sete anos.

“Malcolm e eu vamos naquele bar novo de martinis na Broadway”, diz ele. “Tem um camarote VIP, então a gente não vai ser atacado pelos fãs.” Trevor ergue as sobrancelhas, animado.

Faço uma cara condoída. “Não posso. Vou pro aeroporto assim que tirar essa roupa.”

“Aeroporto?”

“É, lembra? Tenho um casamento esse final de semana.”

Caminhamos juntos pelos bastidores do estúdio que há três anos chamo de casa. Trevor é novo nesta temporada de *The Delaneys*, a novela em que consegui um papel assim que saí da faculdade. Ele foi escalado para ser meu par romântico na última temporada do programa, e ficamos muito amigos nesses últimos seis meses. Uma parte de mim queria que a novela não estivesse chegando ao fim, principalmente porque a audiência está nas alturas. Mas Brett e Kiersten, os criadores do programa, queriam desde o início que a história se passasse em três temporadas, e cada uma contou lindamente a trajetória dessa família terrivelmente disfuncional em que interpreto a filha do meio.

Ainda é surreal imaginar que estou trabalhando no programa de maior audiência do país nos últimos anos. E vai ser duro dizer adeus a isso, mas sou do tipo que gosta de se despedir com estilo.

“T! Tinha esquecido”, resmunga Trevor. “Já é nesse final de semana?”

"É."

"Quem tá casando mesmo?"

"Amigos de faculdade", respondo. "Ex-colega de time do meu namorado."

"Ah, o jogador de hóquei", provoca Trevor. "Nunca vou entender o fato de que você pega um atleta."

"Vai por mim, eu também não esperava por essa." Mas será que ainda dá pra chamar de atleta agora que ele não joga mais? Hoje em dia, Dean é professor na Parkland Academy, uma escola particular só para meninas em Manhattan, onde é técnico dos times de hóquei e vôlei.

Chegamos ao corredor dos camarins dos coadjuvantes. Os atores principais têm trailers no estacionamento, já nós ficamos com a plebe. Brincadeira! O fato de ter meu próprio camarim, com meu nome na porta e tudo, é a melhor coisa do mundo. Não tem um dia em que eu não acorde plena de gratidão.

Trevor entra atrás de mim no cômodo que arrumo como se fosse uma segunda casa há quase três anos. Ai, nem quero pensar no dia em que vou ter que juntar minhas coisas e fechar esta porta pela última vez. Ainda temos algumas noites de filmagem para terminar o último episódio, mas depois será o fim dos Delaneys. É um misto de sentimentos. Depois de interpretar a mesma personagem por tanto tempo, vou sentir saudade de Bianca Delaney. Mas, ao mesmo tempo, estou pronta para embarcar em algo diferente. Um novo desafio.

"Vai trazer o namorado na festa de encerramento?", pergunta Trevor. "Porque você sabe que o Malcolm vai querer dar uma última conferida no deus platinado."

Dou uma risadinha. Malcolm, que faz meu irmão no seriado, tem uma queda incontrolável por Dean e fica correndo atrás dele feito um cachorrinho, toda vez que Dean aparece no set. Não o culpo. Dean Heyward-Di Laurentis é talvez o homem mais atraente na face da Terra. A primeira vez que nossa diretora o viu, ficou uma hora tentando convencê-lo a atuar também. Chegou até a oferecer um papel no novo filme. Mas Dean não tem interesse em ser ator.

A menos que seja para uma plateia privada.

Sinto as bochechas esquentando diante da lembrança. Juro, nossa vida sexual é pra lá de quente, mas não esperava menos do homem que foi um dia o maior pegador da universidade Briar. No quesito sexo, Dean é… espetacular.

Mais do que isso, eu não podia querer namorado melhor, e ponto final. É atencioso, gentil, engraçado. Até se dá bem com o meu pai, o que é um feito e tanto, porque meu pai é um grande rabugento.

"Deve vir, mas depende da agenda do time de hóquei dele." Dou de ombros. "Eles vão ter um monte de torneios de final de semana depois que a gente voltar de Boston, mas tô torcendo pra isso não o impedir de dar uma passada, pelo menos."

"Que bom. E tô contando contigo no *after* do *after* da festa, viu?", diz Trevor, com firmeza, os olhos brilhando. "Seraphina, Malcolm e eu vamos pra balada."

"Rá. Não prometo nada. Preciso ver o nível etílico de vocês na festa antes de decidir se vou me meter no mesmo buraco."

"Não. Você tem que vir. Nunca se sabe quando a gente vai poder fazer a nossa coreografia de novo." Ele faz um beicinho exagerado para mim.

Trevor, no entanto, não está errado. Não sei se vamos manter contato depois que o programa terminar. Nós nos conhecemos este ano, e, quando as filmagens terminarem, ele vai voltar para Los Angeles e eu vou ficar aqui em Nova York. Amizades hollywoodianas em geral são instáveis e efêmeras.

"Vou pensar", digo a ele. "Agora, já pra fora. Preciso tirar essa roupa e limpar a maquiagem."

"Divirta-se no final de semana. Te amo, gata."

"Eu também."

Assim que ele sai, tiro depressa as roupas e limpo o rosto. Me olho no espelho, e minha pele está seca e vermelha. Fechando a cara, passo um monte de hidratante. Melhor não chegar com o rosto todo manchado no casamento. Inaceitável.

Lá fora, tem um carro preto esperando por mim. Todo mundo na produção tem direito a usar o serviço de motoristas do estúdio, é só reservar com antecedência. Quando me aproximo com minha mala de rodinha, o motorista contorna depressa o carro para pegá-la.

Eu o cumprimento com um sorriso caloroso. “Oi, Ronald.”

“Olá, Allie”, diz, descontraído. É um dos motoristas de sempre, e o meu favorito. “O itinerário diz que você vai para o aeroporto, certo?”

“Isso mesmo. Teterboro”, digo, dando o nome do aeroporto privado pelo qual bilionários e celebridades entram e saem da cidade despercebidos.

“Muito chique!”, brinca ele, os olhos brilhando.

Me sinto corar. Namorar Dean vem com vantagens que vão além da atenção e do sexo bom — como o jatinho particular que os pais dele compraram uns dois anos atrás. Isso mesmo. Os Heyward-Di Laurentis têm um jatinho agora. Faz anos que eles voam com tanta frequência de Connecticut e Nova York para a casa de St. Barth que Peter, o pai de Dean, decidiu que “fazia sentido financeiramente” comprar um jatinho. Pois é.

Não que eu esteja reclamando. Como namorada de Dean, sou rica por tabela. O que significa que tenho acesso ao jatinho da família quando não tem ninguém usando. Até hoje, só usei duas vezes, e, quando tentei perguntar pra mãe de Dean, Lori, quanto eu devia pela viagem, ela riu e disse para eu não me preocupar. Não quero nem pensar no quanto deve custar abastecer um jato, mas Dean me garantiu que um voo de uma hora para Boston não ia quebrar a conta dos pais.

Ronald e eu vamos batendo papo no caminho, enquanto converso por mensagens com minha melhor amiga, Hannah Wells. Como ela mora com o namorado em Boston, não vai ter que viajar para o casamento. Dean e eu vamos passar o final de semana na casa deles, mas Dean foi pra lá mais cedo.

EU: *No carro a caminho do aeroporto. Mal posso esperar pra te ver, Han-Han.*
ELA: *Ai, meu Deus, eu também. Muita saudade dessa sua cara de besta.*
EU: *Não tanto quanto eu da SUA cara de besta.*

Então escrevo para Dean para avisar onde estou.

EU: *A caminho do aeroporto. Até daqui a pouco.*

DEAN: *Bom voo.*
DEAN: *Mal posso esperar pra te comer.*

Engulo uma gargalhada. Eu ficava assustada com a franqueza com que ele fala de sexo, mas hoje em dia já me habituei.

E, pra ser sincera, bem que eu gosto.

3

DEAN

Allie chega por volta das nove. Mesmo tendo jantado no avião, Hannah a obriga a sentar num banco da cozinha, enquanto Garrett prepara um omelete. Parece que voltamos no tempo. De volta para a faculdade. Até este momento, não tinha me dado conta da falta que me faz ver meus amigos todos os dias.

A última vez que reunimos todo mundo foi há seis meses, quando Garrett jogou contra o Nova York. Hannah viajou com ele, e nós quatro saímos para jantar com o pai de Allie num restaurante no Brooklyn. E, se não me falha a memória, uma maria-patins invadiu o quarto de hotel de Garrett e acabou passando a mão sem querer em Hannah.

Cara, que saudade de jogar hóquei. Sempre uma surpresa.

Enquanto comemos, Hannah conta a Allie da novidade que comentou comigo outro dia: ela vai passar o verão num estúdio com um rapper revelação. Além de compositora de talento, Hannah também tem trabalhado com vários produtores musicais, e recentemente escreveu e coproduziu um hit para a popstar Delilah Sparks, o que abriu muitas portas para ela.

Allie faz uma careta. "Difícil imaginar você escrevendo letra de hip-hop."

"Pois é, já pensou? Mas não, vou só desenvolver umas batidas e escrever alguns dos refrões. Eles levaram uma cantora maravilhosa para fazer uma das músicas. Tô doida pra gravar com ela. Tem quinze anos, só."

Conversamos mais um pouco, até que minha paciência se esgota. Faz três dias que não vejo minha namorada, e estou ansioso pra ficar sozinho com ela. Acho que ainda estou meio inebriado pelo fato de que tem uma caixinha de veludo na minha mala lá em cima. Nunca fui muito romântico, mas, juro por Deus, só de imaginar aquela aliança no dedo de Allie já fico meio de pau duro.

No momento em que nos vemos sozinhos no quarto de visitas, meus lábios estão nos dela, e a beijo com vontade. Allie me beija de volta, tão intensamente quanto eu. Quando aperto sua bunda, ela me envolve com a perna e passa as unhas pela camisa sobre meu peito. Seu corpo quente e ansioso é tão tentador, quase como ela ali mesmo contra a parede, mas ela se afasta no momento em que alcanço o botão de sua calça jeans.

"Preciso de um banho primeiro", diz, sem fôlego. "Tô me sentindo tão suja. Trabalhei o dia todo e embarquei logo depois; tô exalando café velho de avião."

Enterro o nariz em seu cabelo dourado. Beijo-a, inspiro. Morango e rosas. O perfume foi feito sob medida para ela por uma conhecida de sua falecida mãe.

"Você tá cheirosa", corrijo. O problema das mulheres é que exigem muito mais de si do que nós esperaríamos delas.

"Banho", ela diz, com firmeza.

"Tá bom. Mas só se eu puder entrar junto."

Seus olhos azuis ficam tórridos. "Combinado."

Poucos minutos depois, estamos nus e abraçados sob a ducha quente. Eu a ensaboo, brincando com seus seios grandes antes de deslizar a mão entre suas pernas e segurar aquele paraíso quente e escorregadio. Inclino a cabeça para beijá-la, em seguida, levo a boca ao seu ouvido para que ela possa me escutar mesmo com o barulho da água.

"Quero te foder bem aqui. Posso?"

"Aham." Ela faz um barulho que é meio gemido, meio choramingo. Então se vira, e a visão de sua bunda redonda empinada quase me faz gozar no ato.

Sabemos por experiência própria que esta é a melhor maneira de desfrutar de sexo no banho. Quando eu a levanto, ela fica morrendo de medo de eu escorregar e derrubá-la, então acaba não aproveitando nada. Assim, ficamos os dois com o pé no chão, e nós dois podemos aproveitar.

Pego meu pau já dolorido e o esfrego em sua bunda. Ela estremece, apesar do calor do chuveiro. Pouso a outra mão sobre seu cóccix e então a deslizo provocantemente ao longo da coluna.

"Senti saudade", digo, a voz rouca. Foram três dias torturantes, e odeio ficar longe dela.

"Eu também", sussurra ela de volta.

É quase patético o quanto amo essa garota. O quanto a desejo. Depois que ficamos pela primeira vez na faculdade, aconteceu a coisa mais maluca: meu pau parou de responder a outras mulheres, só funcionava para Allie. E tem sido assim desde então. Posso até achar uma mulher bonita, mas a única com quem quero dormir é essa que está na minha frente agora, arrebitando a bunda num apelo silencioso.

Quando entro nela, nós dois gememos. Eu me movo devagar no início, mas não vou conseguir manter o ritmo. Preciso muito dela, e os sons que está fazendo são muito excitantes. Mal aguento três movimentos lentos, e meus quadris começam a se mover por conta própria, e estou entrando e saindo. Respirando com dificuldade, passo o braço em volta dela e seguro seus seios, aperto um deles, brinco com o mamilo, que se enrijece e pressiona meu polegar. Desço a outra mão e esfrego seu clitóris até suas costas arquearem, e sei que ela está perto.

"Mais fundo", diz ela, naquele tom mandão que adoro quando estamos transando.

E, como gosto de agradar, inclino o quadril para a frente e mudo o ângulo, dando-lhe os golpes fundos que ela quer. Seus ruídos ofegantes ecoam no boxe, misturando-se ao vapor que nos rodeia. Seu suspiro de prazer é tudo de que preciso. Logo a acompanho, gozando dentro dela. Me recuperando do êxtase alucinante, estou saciado demais para me mover, então só fico ali, apertando-a contra o meu corpo, meu rosto enfiado em sua nuca. Perfeição. Essa garota é perfeita.

Um pouco mais tarde, Allie está se preparando para dormir, enquanto me visto para o grande evento. "O Tucker ainda não sabe de nada?", pergunta, prendendo o cabelo num rabo de cavalo curto.

"Nem", confirmo. "Mal posso esperar para ver a cara dele."

"Não esquece de filmar."

"Claro." Fecho o zíper da calça jeans e começo a abotoar a camisa de manga comprida. "Vai esperar por mim?"

"Depende. Que horas você volta?"

"Duas? Três?"

"Então, sem chance. A despedida de solteira é às onze da manhã."

"Cedo assim?"

"É. Reservamos uma mesa no salão de chá do Taj."

"Chá?" Pra mim, isso é novidade. Sabia que as garotas iam fazer alguma coisa para Sabrina num hotel chique, mas presumi que fosse algum spa.

"É, a Jamie viu *Alice no País das Maravilhas* pela primeira vez no mês passado", explica Allie. "O desenho animado. Então agora tá obcecada com chá da tarde. E como a Sabrina disse que não queria sair tarde e aparecer toda inchada no casamento, decidimos fazer algo discreto e levar a filha dela."

"Meu Deus. Estamos falando de despedidas de solteiro e não vai ter striptease?", reclamo. "E vocês vão levar uma criança? Que piada."

"Ei, ninguém falou que vocês não podiam contratar uma stripper", ela me lembra. "Foi você que resolveu fazer uma festa da salsicha."

"É, achei que vocês iriam compensar, e não fazer um programa de menininha!" Ofereço meu sorriso magnânimo. "Ainda dá tempo de mudar de planos. Se joga, gatinha. Por que não passar a mão nuns volumões em sungas suadas?"

Allie finge que vai vomitar. "Isso é sem dúvida a coisa mais desagradável que já ouvi. Tô bem fora."

Eu rio. "Tá bom. Você que sabe. Se tomar chá é o que a Sabrina quer, quem somos nós para negar isso a ela? E a Jamie vai adorar."

"Nossa, que menina fofa. A Sabrina manda fotos no grupo das meninas todo dia, uma mais linda que a outra."

"Pode crer, eu sei. O Tuck manda pelo menos uma por dia."

Ela ri enquanto veste a blusa de dormir. É uma das minhas camisetas de hóquei do tempo da Briar; macia e gasta, bate nos joelhos dela. "Ele é um paizão."

"Verdade. Você devia ver o *nosso* grupo. O Tuck só fica exaltando as virtudes da paternidade. Ele acha que a gente devia engravidar vocês todas e povoar o mundo de crianças."

"Que imagem mais linda. E como está a campanha dele? Já convenceu alguém?"

“Que nada. O Garrett só quer saber de hóquei. E não sei se o Logan e a Grace querem ter filhos. Acho que vai sobrar pra gente.”

Revirando os olhos, Allie sobe na cama queen-size de hóspedes. “O Tuck pode ficar com a responsabilidade por enquanto. Crianças são minha última prioridade no momento.”

“Ei, não falei que tinha que ser agora”, digo, com uma risada. “Estou bem ciente de que existem algumas etapas antes disso.”

Em primeiro lugar, um noivado.

A expectativa borbulha em meu estômago, e espero que minha expressão não deixe nenhuma pista. Este fim de semana é de Tucker e Sabrina. Mas no momento em que voltarmos para Nova York, não vou perder tempo, vou colocar aquele anel no dedo de Allie.

4

DEAN

Já passou da meia-noite, e estamos na limusine. Só nós quatro, porque Tucker continua achando que vai ser uma comemoração pequena. Ele passou os últimos dez minutos reclamando que "gastamos uma fortuna" numa limusine, o que ele chama de "extravagância" para quatro pessoas. Por fim, Garrett enfiou uma taça de champanhe na mão dele e disse: "Ai, meu Deus, relaxa, a gente não gastou nada com o carro. Pedi para o time, e eles que marcaram".

Tucker o encara. "Você só pediu uma limusine e eles deram?"

Logan ri pelo nariz. "Você sabe com quem está falando?" Ele aponta o colega com o polegar. "É o Garrett Graham!"

Começo a rir.

"Tá bom, tinha esquecido", diz Tuck, rindo também. "Então, vocês vão me contar pra onde a gente tá indo? No mínimo uma boate de striptease, mas..."

"Muito melhor que isso", promete Garrett.

Como bons figurões que somos, ficamos bebendo champanhe e relaxando na limusine enquanto a cidade passa lá fora. Imagino as pessoas na rua vendo o carro e se perguntando quem está dentro. Boston é uma cidade do hóquei, as pessoas ficariam loucas se soubessem que Garrett Graham e John Logan estão atrás do vidro fumê.

"Ei, refil", digo, estendendo a taça.

Logan serve mais champanhe.

"A gente deve chegar logo", Garrett diz a Tuck. Ele está tentando conter o sorriso.

Eu também estou lutando contra a empolgação. A surpresa é mais do que sensacional. Foi preciso muita organização e cobrança de favores, mas, por milagre, conseguimos fazer acontecer.

"Ah, já ia esquecendo. Antes de a gente chegar lá", começa Tuck, voltando-se para mim. "Preciso falar uma coisa com você."

Franzo a testa. "Claro. O que foi?"

"O G comentou que você estava pensando em pedir a mão da Allie no casamento amanhã."

Na mesma hora lanço um olhar acusatório para Garrett. "Sério, cara?"

"É, e não vou nem me desculpar", diz G, imperturbável. "Achei melhor avisar, vai que você resolve ignorar o conselho."

"Idiota."

"Pera aí", interrompe Tuck, com seu sotaque sulista cantado bem marcado. "Não fiquei bravo. Pra falar a verdade, achei uma boa ideia."

Garrett e Logan o encaram, boquiabertos.

Eu pisco, surpreso. "Sério?"

"Sério." Ele leva a taça aos lábios, me olhando por trás dela. Seus olhos castanhos não demonstram qualquer sarcasmo. "Acho meio romântico."

"Foi o que eu falei!", exclamo, me sentindo vingado.

Ele coloca a taça no porta-copo ao seu lado, então pousa os braços nos joelhos e inclina-se para a frente, com um ar muito sério. "Acho que você devia seguir em frente."

"Como assim, de verdade?"

"Por que não? A Sabrina e eu iríamos adorar dividir nosso casamento com vocês. E isso abriria tantas portas, né? Pensa só. Todas as suas grandes realizações, a gente pode comemorar junto. Por exemplo, quando você e a Allie se casarem, a gente pode anunciar que estamos esperando um segundo filho. E quando você contar que a Allie está grávida? A gente conta que acabou de comprar uma casa nova."

Logan chega a engasgar no gole de champanhe.

Estreito os olhos. "Já entendi."

"Não, espera, só melhora", comenta Tucker, animado. "Quando a Allie der à luz o primeiro filho de vocês, adivinha quem vai estar lá! Eu de novo, te apresentando ao nosso cachorro novo, que vou batizar com o mesmo nome que o seu filho, em homenagem a você. E quando o seu filho crescer e se formar na faculdade, noivar e casar, eu vou estar lá na primeira fila. Fingindo ter um ataque cardíaco."

Logan sacode a cabeça, impressionado. "Deus do céu. O Tuck é um sociopata. Sempre disse que ruivos são loucos, não disse?"

Garrett desata a gargalhar.

"Tá bom, já entendi", murmuro.

O sorriso de Tucker chega a ser letal. "Entendeu mesmo, Di Laurentis? Porque, se você magoar a Sabrina amanhã pedindo a Allie em casamento, eu vou estar lá. Para sempre. A cada esquina, arruinando todos os momentos importantes da sua vida até o dia da sua morte. E então, quando você estiver quase morrendo, vou me suicidar logo antes, só pra roubar a cena. O que você acha, hein? Parece um futuro divertido?"

Garrett me lança um sorriso convencido. "Eu te disse."

Nossa. Ele tinha razão. E Logan também, aparentemente. E Tuck tá sentado aqui, bebendo champanhe e sorrindo para mim como se não tivesse acabado de ameaçar cometer suicídio em meu leito de morte.

Ruivos são psicopatas.

Quinze minutos depois, a limusine começa a reduzir a velocidade, à medida que nos aproximamos de nosso destino. Quando Tucker tenta vislumbrar alguma coisa pela janela, Logan o puxa pelo braço e o repreende: "Nada disso."

"A gente tá descendo uma ladeira?" Ele franze a testa, curioso.

"Não se preocupe com isso, amiguinho", diz Garrett, em tom misterioso.

"Amiguinho?" Ele ri. "Sou tão grande quanto vocês."

Pego a bandana que enfiei no bolso antes de sair. "Certo, tá na hora de te vendar."

Ele arregala os olhos para mim. "De jeito nenhum."

"Quanta desconfiança", comenta Logan, estalando a língua.

Garrett faz uma careta. "A gente promete que isso não vai acabar com você sendo jogado numa piscina de gelatina nem nada parecido."

Tucker nos avalia por um momento. Deve ter concluído que pode confiar em nós, pois deixa a gente pôr a venda. Amarro a bandana bem apertada, numa vingança pelo discurso psicótico.

Assim que saltamos da limusine, Logan guia Tucker pelo braço para que ele não caia de cara no chão. Enquanto caminhamos em direção à entrada dos atletas do TD Garden, estou pulando feito uma criança cheia de açúcar no sangue. O programa de hoje não é um presente só para Tuck. É para todos nós.

Nossas vozes ecoam nas paredes de concreto, à medida que seguimos pelo túnel em direção aos vestiários. Ganhamos acesso ao vestiário dos visitantes, foi o melhor que Garrett conseguiu fazer, mas não posso reclamar. O clube foi muito generoso quando aceitou o pedido de Garrett. Obviamente, ser o artilheiro do time tem suas vantagens. Eu me pergunto o que fariam por ele se fosse o artilheiro do campeonato. Talvez a chave da cidade. Mas, por enquanto, essa honra cabe a Jake Connelly, do Edmonton. Não é por acaso que o apelido dele é relâmpago. Sua temporada de estreia foi explosiva.

Chegamos à porta do vestiário. Garrett dá uma batidinha elaborada com os nós dos dedos, e as vozes do outro lado na mesma hora se calam.

Vendado, Tuck vira a cabeça de um lado para o outro. "Que merda é essa..."

Rindo, Garrett abre a porta, e Logan e eu guiamos Tuck para dentro. Quase grito feito uma adolescente diante do mar de rostos conhecidos diante de nós. Tenho de usar todas as minhas forças para me manter em silêncio, e vejo minha empolgação refletida nos olhares de todos os outros. Levo o indicador aos lábios, pedindo a todos para ficarem quietos.

"Pronto?", Garrett pergunta a Tuck.

"Mais que nunca", responde ele.

Alguém dá uma risadinha.

No instante em que Tucker baixa a bandana, deixando-a pendurada no pescoço, ele prende o fôlego. Boquiaberto feito uma carpa japonesa, ele olha para os trinta e tantos caras no vestiário. Então abre o sorriso mais feliz que já vi.

"Vocês estão de brincadeira!" Ele dá um tapa no joelho e leva uma das mãos ao quadril, feito uma velhinha tentando se sustentar, a felicidade invadindo-o por inteiro. "Como vocês conseguiram isso?", pergunta, enquanto seu olhar admirado se alterna entre cada um de seus antigos colegas de time na Briar.

Considerando que jogamos com dezenas de alunos ao longo dos anos, é impressionante que tenhamos conseguido juntar trinta deles em Boston. Entre eles estão Jake Bergeron, também conhecido como Birdie, nosso capitão antes de Garrett. Nate Rhodes, capitão depois de Garrett. Hunter Davenport, o atual capitão. E Simms, o goleiro que nos garantiu três campeonatos. Jesse Wilkes, Kelvin, Brodowski, Pierre. O outro goleiro, Corsen. Traynor, Niko, Danny. Colin Fitzgerald, namorado da minha irmã há alguns anos. E a lista continua.

"Não acredito que vocês estão todos aqui." Atordoado, Tucker começa a cumprimentar nossos antigos amigos, alguns dos quais não vemos há anos.

Como Mike Hollis, que voltou da Índia, onde passou um ano com a esposa, Rupi. Eles voltaram para os Estados Unidos há pouco tempo e hoje moram em New Hampshire, então não estão longe de Boston.

Tucker abraça todo mundo. O que toma um tempo enorme e provavelmente desnecessário, mas assim é John Tucker. Não pode simplesmente mandar um "oi" genérico para as pessoas. Tem que dar atenção personalizada.

Ele termina com Fitzy, que ajudou Tuck a reformar o bar. Sei que os dois são bem chegados. "Bom te ver, cara. Você devia aparecer mais."

"O trabalho tá puxado", diz Fitzy, meio pesaroso. "E a Summer ocupa todo o meu tempo livre."

Dou uma risada baixa. "Ei, eu te avisei que ela dava trabalho."

"Mas vale a pena", é sua resposta descontraída, o que me faz assentir, satisfeito. Minha irmã pode ser meio maluca, mas eu morreria para proteger sua honra e daria uma surra em qualquer um que a depreciasse, mesmo Fitz.

Ao meu lado, Tucker está avaliando o local a nossa volta, até que de repente se dá conta de onde estamos. "Cacete. É o TD Garden."

"Isso aí." Garrett abre um sorriso convencido, e não é para menos. É um feito e tanto.

"Olha os armários", peço a Tuck.

Ele acompanha meu olhar, então arregala os olhos ao notar que os armários estão todos equipados. A maioria dos caras está dividindo um armário, mas Tuck tem um só pra ele, e cada um de nós tem uma camiseta customizada, com nossos nomes nas costas. Foi ideia da Summer. Ela desenhou o uniforme e mandou fazer.

"Gente, isso..." Juro que ele está com os olhos marejados. "Isso é demais, gente. Não esperava encontrar todos vocês aqui e..." De repente, vejo a culpa anuviar seu rosto. "Ah, merda. Vocês vão todos ficar pra festa amanhã? A gente chamou todo mundo, mas nem todos confirmaram. Vou ter que ligar pro bufê, e a Sabrina, e..." Ele para no meio da frase, a cabeça obviamente fazendo milhões de cálculos por minuto diante do último acontecimento.

Alguns dos caras dão uma risadinha.

"Tá tudo resolvido", garanto a ele. "A gente não queria que você soubesse da surpresa, mas não esquenta, a Sabrina recebeu os nomes de todo mundo."

"Ela sabia de tudo", acrescenta Garrett, para que Tuck não ache que saímos incluindo trinta convidados adicionais no casamento.

Seus ombros relaxam de alívio.

"E agora, chega de falar de casamento", digo, com firmeza. "Hoje o programa é subir no gelo de novo."

"É sério? A gente vai jogar?" O rosto de Tucker se ilumina. "*Aqui?*"

Sei exatamente o que está pensando. A ideia de patinar no mesmo rinque em que os Bruins jogam já me deixa meio de pau duro. É o sonho de todo torcedor de hóquei.

"A gente só tem duas horas", Garrett avisa o grupo. "Então vamos nos aprontar e tirar proveito de todos os segundos antes que o pessoal da manutenção noturna nos coloque para fora."

Sem atraso, todos marcham para o seus armários e dispensam suas roupas no chão. É caótico e maravilhoso, e fico orgulhoso de ter tido uma ideia tão fenomenal, que levou meses para organizar. Garrett e Logan descolaram o rinque, mas eu paguei pessoalmente dois terços das passagens de avião para Boston e o hotel. Nem todo mundo podia pagar pelo final de semana fora de casa, e, embora alguns tenham reclamado de eu pagar para eles, no final os convenci a engolir o orgulho, por Tucker. Não é nada mal ter um fundo fiduciário em situações como esta.

Agora estou cercado de velhos amigos, colegas com quem patinei durante quatro anos, e não posso imaginar uma noite melhor. Nada de strippers peladas e danças sensuais constrangedoras, em que sempre tem um cara que goza na frente de todo mundo. Esta é a melhor despedida de solteiro da história.

5

ALLIE

Sabrina James, futura Sabrina Tucker, é dessas mulheres irritantemente bonitas, capazes de parar o trânsito. Cabelo escuro sedoso e brilhante, olhos castanhos profundos e um corpo perfeito que não mostra sinal algum de ter carregado uma filha. Se não a conhecesse, provavelmente a odiaria. Ou, no mínimo, morreria de ciúme. E além de deslumbrante, está prestes a se formar em direito. Ou seja, bonita e inteligente. Tem gente que simplesmente nasce com sorte.

Ainda assim, é muito difícil não gostar de Sabrina depois que você a conhece. Ela é uma amiga do tipo leal até a morte, e mais engraçada do que a aparência externa sugere.

Assim que entra no salão de chá reservado para nós, um sorriso brilhante ilumina seu rosto. É como se fosse uma alegria inesperada nos encontrar aqui, embora ela mesma tenha ajudado a planejar isso.

"Não acredito que vocês todas vieram." Sua voz treme com uma pitada incomum de emoção. Sabrina costuma ser fria feito um pepino. Segura de si. Não se permite arroubos de emoção. Só sei que vejo lágrimas em seus cílios impossivelmente longos, enquanto ela segura a pequena Jamie nos braços.

A criança de três anos, entretanto, está clamando para descer e se soltar dos braços de anaconda da mãe.

A pedido de Sabrina, a lista de convidados é pequena, nosso grupo reduzido mal ocupa o grande e elegante salão. Sabrina nunca foi muito de curtir eventos sociais. Trabalhou durante toda a faculdade, e teve uma filha logo antes de começar o curso de direito, então não sobra muito tempo para festas. Nosso grupo hoje é composto por mim,

Hannah e Grace; a irmã de Dean, Summer; Hope e Carin, as melhores amigas de Sabrina na Briar; e Samantha e Kelsey, duas amigas de Harvard.

Mas é Jamie quem chama a atenção de todas. A criança tem o cabelo ruivo escuro de Tucker e os olhos grandes e castanhos de Sabrina. É a mistura perfeita dos dois, e não tenho dúvidas de que será tão linda quanto os pais. Hoje está usando um vestido roxo com um tutu de bailarina, e o cabelo arrumado em duas trancinhas.

"Tia Allie!", grita ela, antes de laçar meus joelhos com os braços gordinhos.

Eu me abaixo para abraçá-la direito. "Ei, princesa", digo, usando o apelido de Dean para ela. Todo mundo parece ter o próprio apelido para Jamie. Garrett a chama de docinho. Logan, de baixinha. D'Andre, o marido de Hope, fala pipoquinha, que acho que é o meu preferido.

"Ai, meu Deus, isso é uma tiara?", pergunto, admirando a coroa prateada no topo de sua cabeça ruiva.

"É! O papai comprou pra mim!" Orgulhosa, Jamie mostra a tiara para o grupo, e todas exclamamos devidamente.

Então nos cumprimentamos e conversamos umas com as outras até um funcionário do hotel muito elegante anunciar que o chá será servido em breve.

"Animada, fofinha?", Sabrina pergunta à filha. "Vamos tomar chá. Igual a Alice."

"Igual a Alice!", grita Jamie, porque crianças pequenas não têm controle de volume. Acho que Jamie Tucker não tem muita noção do que significa a palavra *barulho*.

Nós nos acomodamos ao redor da mesa em nossos assentos designados. Estou entre Hannah e Summer, com Sabrina e Jamie bem na nossa frente. No momento em que ela se acomoda em sua cadeirinha, Jamie tenta pegar uma xícara de chá da mesa lindamente arrumada, com uma toalha florida impecável. Sabrina intervém como um profissional, bloqueando a mão de Jamie com a habilidade de um goleiro.

"Não, essa xícara é da tia Hope", diz, movendo a porcelana fina em direção à mulher sorridente de tranças escuras. "*Esta* é a sua."

Escondo um sorriso. A xícara de Jamie é obviamente feita de plástico.

"Estamos numa fase em que tudo vai parar no chão", explica Sabrina, notando meu sorriso. "Nada de porcelana para esta figurinha aqui. Vai custar uma fortuna substituir todos as xícaras que ela deixar cair."

Quando um trio de garçons aparece para servir nosso chá, noto que Hannah parece um pouco pálida. Eu a cutuco de leve. "Tudo bem?", murmuro.

"Tudo. Só um pouco enjoada", responde ela. "Acho que devorar um omelete inteiro logo antes de dormir ontem não foi uma boa ideia."

"Acho que eles falaram que tem chá de gengibre. Gengibre é bom pra enjoo." Olho para o garçom que se aproxima. "Você disse que tem chá de gengibre? A gente pode experimentar, por favor?"

"Claro, senhora."

Senhora. Não sei se isso me faz sentir sofisticada ou só velha.

"O cheiro é bom", diz Hannah, enquanto leva a xícara de chá à boca. Ela dá um gole contido. "Perfeito. É exatamente disso que preciso."

Do outro lado da mesa, uma adorável Jamie imita Hannah. "Hum!", anuncia, sorvendo seu chá. "Perfeito!"

Estamos todas tentando não rir.

"Ela gosta mesmo de chá?", pergunta Kelsey, surpresa, do outro lado de Sabrina. "Não é amargo demais pra ela?"

"É S-U-C-O-D-E-U-V-A", soletra Sabrina, sorrindo. "De jeito nenhum encheria essa criança de cafeína. Tá louca?"

"Tem descafeinado", ressalta Carin.

"Não quero correr o risco de ela tomar outra coisa por engano. Não depois do desastre do café, no ano passado. Ela ficou tão elétrica que o Tuck quase a levou pra emergência."

Os garçons trazem a primeira rodada de sanduíches em bandejas extravagantes de três camadas. E, pelos próximos noventa minutos, as bandejas não param de chegar. Me sinto encenando um episódio de *Downton Abbey*, enquanto mastigamos sanduíches minúsculos de pepino e *macarons* recheados. Apesar de o dia ser de Sabrina, Jamie é o centro das atenções. Ela é inteligente pra caramba, além de muito doce, o que me faz lembrar de Tucker. Quando acho que não tem como ela ser mais fofa, descubro que acabou de adquirir o hábito engraçado de perguntar a todos se estão bem, o que faz saltitando ao redor da mesa.

"Você tá bem, tia Samanda?", pergunta, parando ao lado da cadeira de Samantha.

A amiga de Sabrina em Harvard claramente luta contra o riso. "Estou ótima, obrigada por perguntar."

"De nada." Com um sorriso radiante, Jamie vai até o próximo assento, que por acaso é o meu.

"Você tá bem, tia Allie?", pergunta.

Meus lábios se contraem. "Estou muito bem, princesa."

Ela segue adiante. "Você tá bem, tia 'Annah'?"

Hannah sorri com bondade. "Estou ótima, docinho."

Jamie continua. Olho para Sabrina e digo: "Ela está muito mais calma do que da última vez que a vi." Foi no outono, e Jamie estava impossível, fazendo travessuras por todo o canto.

"Confia em mim, ela ainda é um pesadelo", responde Sabrina. "Tomei o cuidado de botar pra tirar uma soneca depois do café da manhã. E tentei cansá-la antes de vir pra cá, assim ela fica mais calma."

Os garçons voltam para encher novamente as xícaras de chá, e a conversa muda de Jamie para a festa hoje à noite. A cerimônia vai acontecer uma hora antes, mas é um evento privado. Só para Sabrina, Tucker e a mãe de Tucker.

Isso faz Carin reclamar, fazendo beicinho. "Não acredito que não vamos ver você recitar seus votos."

Hope dá uma risada de desdém. "Eu acredito. De jeito nenhum essa va... V-A-C-A vai expor seus sentimentos na frente de duzentas pessoas."

Sabrina faz uma careta. "Você me conhece bem, Hopeless." Ela dá de ombros. "Foi o nosso acordo. O Tuck ganha uma festa de casamento, e eu posso dizer a ele como o amo sem quatrocentos pares de olhos cravados em mim."

Ao meu lado, Summer também está fazendo beicinho. "Estou com tanto ciúme que você vai se casar", diz a Sabrina. "Sério, não acredito que o Fitzy ainda não me pediu em casamento. Que desaforo."

Arqueio uma sobrancelha. "Você tem só vinte e dois anos", lembro.

Ela joga o cabelo louro sedoso por cima do ombro. "E daí? Gente de vinte e dois anos não pode se casar?"

"Não, claro que pode. É só... você é nova. Vou fazer vinte e cinco anos, e definitivamente não quero me casar agora."

Summer me dispensa com um aceno de mão. "Vinte e cinco? Ai, meu Deus. Você é praticamente uma solteirona." Seus olhos verdes cintilantes me dizem que está brincando. "Não sei, sempre me imaginei casando jovem. E sendo uma mãe jovem", admite ela. "Quero ter pelo menos quatro filhos."

"Quatro?", gaguejo.

Ela sorri. "Quatro garotos grandes e fortes como o pai."

Sabrina dá uma risadinha. "Fale comigo depois do primeiro. Vamos ver se você ainda vai querer os outros três."

Summer defende sua posição. "Amo ter dois irmãos, e o Fitz é filho único, então acho que ele gostaria de ter uma família grande." Ela faz beicinho de novo. "Mas tudo isso é irrelevante, porque o idiota não me pediu em casamento ainda." Ela suspira. "Ai, meu Deus. E se ele não achar que sou *a* pessoa?" Antes que alguém possa responder, ela solta um suspiro apressado e começa a rir. "Tá, é besteira. Claro que sou *a* pessoa dele. Nossa."

Apenas aceno com a cabeça. Aprendi há muito tempo que Summer Heyward-Di Laurentis é capaz de ter conversas inteiras sozinha.

De repente, ela se volta para mim. "Espera. Você tá querendo dizer que não se casaria com o Dicky se ele fizesse um pedido hoje?", desafia ela.

O apelido de infância de Dean me faz sorrir. "Bem, ele não vai fazer, então a pergunta também é irrelevante."

"Mas e se ele fizesse?", insiste ela. "Você não ia dizer sim?"

"Eu... não sei. Sinceramente, acho que nem o deixaria perguntar."

"Sério?" Hannah parece assustada.

Dou de ombros, porque não sei como colocar em palavras.

Não é que não ame Dean. Claro que amo. E é claro que imagino a gente casado e com uma família um dia. Com ênfase na expressão *um dia*.

Grace se junta à discussão, uma sobrancelha arqueada. "Você tá dizendo que ele pode não ser *a* pessoa?"

Isso provoca um grunhido de Summer. "É melhor você não estar dizendo isso, porque já tenho um projeto em mente para nossas roupas de cunhadas customizadas para o Natal."

"Não quis dizer isso", protesto. "O Dean é absolutamente *a* pessoa certa. Somos feitos um para o outro. Mas, para mim, ficar noiva não é só um passo. É, sei lá, três etapas ao mesmo tempo. Depois do noivado, vem um casamento, e então, logo em seguida, uma família, e não estou pronta para nenhuma dessas etapas. Ser mãe num futuro próximo parece assustador." Olho para Sabrina. "Sem ofensa."

"Relaxa." Ela oferece um sorriso seco. "Foi assustador para mim também. Ficar grávida no meu último ano de faculdade definitivamente não fazia parte do plano. Se você não está pronta para ter um filho, não deixe ninguém te pressionar."

"O Dean não está me pressionando", asseguro a ela. "Mas, como disse, pra mim, todas essas etapas estão conectadas. Prefiro me casar quando souber que estou pronta para o resto. Faço tudo de uma vez, sabe? Acho que não tô explicando direito."

Summer dá de ombros. "Não, faz sentido. Eu, por exemplo, não me importo de passar cinco anos noiva. Ficaria feliz só de ter uma coisa brilhando aqui no dedo enquanto espero o sinal verde para planejar o casamento mais épico." Ela ergue a mão, já coberta de coisas brilhantes. Summer é basicamente um ícone da moda. Roupas e joias caras são sua religião.

"Você não tá muito longe disso", digo, com um sorriso.

"É diferente. Quero um do Fitzy. E mal posso esperar para desenhar meu próprio vestido de casamento." Ela lança um olhar severo para Sabrina. "E você, melhor usar seu vestido na festa. Estou louca pra ver."

Sabrina enrubesce de leve. "Não é nada demais", diz à designer de moda.

"Não importa. Sei que você vai ficar linda com ele de qualquer jeito", proclama a irmã mais nova de Dean. Seus olhos verdes brilham, alegres. "Ai, eu adoro casamentos! Vocês estão animadas? Isso é tão divertido!"

"TÃO DIVERTIDO!", grita Jamie, do nada. Então olha para a mãe. "O que é divertido?"

Sabrina ri. "A vida", responde ela à filha. "E sim, estou animada. Embora essa seja outra coisa que não fazia parte do plano — me casar. Mas Tuck e eu já temos uma filha. E quero ficar com ele pro resto da vida, então..." Ela dá de ombros.

O eco de "ahs" ao redor da mesa a faz corar ainda mais.

"Mamãe, você tá toda vermelha." Jamie sobe no colo da mãe e cutuca a bochecha de Sabrina com um dedo pegajoso.

Sabrina estreita os olhos. "E você tá coberta de chocolate."

De repente, percebo que a boca rosada de Jamie está toda suja de chocolate.

"Onde foi que ela arrumou chocolate?", pergunta Sabrina.

Todas olhamos ao redor. A maioria dos bolos já foi devorada, e só o que sobrou foi biscoito. Acabamos com qualquer coisa que levasse chocolate logo no começo.

"O biscoito da tia Carin caiu no chão e eu o peguei e comi!", anuncia Jamie, com orgulho, e quase engasgo com a risada.

Sabrina suspira. "Tudo bem. Vamos te limpar, fofinha."

Ela pega um guardanapo e limpa o chocolate da boca de Jamie. Assim que pousa o guardanapo amassado na mesa, Jamie enfia um doce na boca, e agora está com açúcar de confeiteiro por todo o rosto.

Sabrina pega outro guardanapo.

Meu Deus. Criança dá muito trabalho. Testemunhar a paciência infinita de Sabrina é algo do outro mundo. E só reforça minha decisão de adiar todos aqueles pequenos passos até outro momento da vida.

Um momento bem mais pra frente.

6

DEAN

Às seis horas, estamos todos esperando os recém-casados entrarem no salão de festas do hotel. A cerimônia particular acabou tem pouco tempo, mas a mãe de Tucker apareceu dizendo que eles estavam tirando fotos no terraço do hotel e que logo iriam descer.

O salão deve ter uns duzentos convidados, muitos dos quais são ou já foram jogadores de hóquei, todos dentro de ternos desajeitados. Não eu, claro. Fico bem demais de terno. Allie está com um vestido azul--claro da cor dos olhos e saltos que a deixam mais alta e fazem suas pernas parecerem infinitas. O cabelo louro está preso num penteado elegante, exibindo os brincos de brilhante do nosso aniversário de namoro do ano passado. De nada.

"Coleção nova do Tom Ford?", pergunta minha irmã, deslizando as mãos pegajosas em meu paletó caríssimo. Tá, a manicure dela provavelmente custa mais do que o terno, mas não se enfia a mão assim nas roupas sob medida dos outros, um tecido misto de lã, algodão e seda.

"É", afirmo, convencido. "Tá com inveja?"

"Tô, Dicky, tô morrendo de inveja", responde Summer, revirando os olhos dramaticamente. Então suspira. "Na verdade, meio que tô. Você tá mais bonito que eu."

"Obrigado por admitir", digo, solene.

Fitz balança a cabeça. "Vocês dois são loucos."

"Melhor ignorar esse aí", ordena Summer. "Ele não entende de roupa que nem a gente."

Ela tem razão. Fitz ficaria satisfeito usando calça jeans rasgada e camisetas velhas pro resto da vida. Não entende nada de roupa de grife.

Mas é uma das muitas coisas que Summer e eu temos em comum, além da nossa sorte na vida. Vai ser bom tê-la em Nova York durante o verão. Depois que se formar na Briar, no mês que vem, ela e Fitz vão se mudar para Manhattan.

"Tô doida pra morar perto de você de novo", diz Summer, como se estivesse lendo minha mente. "Na verdade, não só de você. De você e do Nicky!", corrige ela com um sorriso radiante. "Tô empolgada para aparecer no escritório dele de surpresa pra almoçar e fazer compras, e ter que ver as desculpas que ele vai inventar pra não ir."

Summer gosta de atormentar nosso irmão mais velho, que trabalha demais. E me atormentar também. E o namorado dela. Resumindo, é uma praga. Mas somos loucos por ela.

Um burburinho irrompe na multidão.

"Chegaram", alguém diz.

Todos os olhares se voltam para as portas duplas do salão. Um instante depois elas se abrem, e Jamie Tucker surge, parecendo um anjinho num vestido rodado de tule branco. Está com uma tiara prateada no cabelo ruivo, e um sorriso radiante no rosto de anjo.

A mãe de Tucker, Gail, vem correndo atrás, dando bronca: "Jamie! Era pra esperar o sinal."

Todos riem, e depois suspiram, quando Sabrina e Tucker aparecem.

"Ai, meu Deus", murmura Allie. "Eu sei que ela provavelmente tá odiando que estamos todos olhando pra ela, mas *olha* só pra ela."

Minha namorada tem razão. Sabrina está linda no vestido simples de cetim com um belo decote redondo. O cabelo escuro desce por um dos ombros expostos, preso em parte por uma presilha de diamante. Embora ela esteja usando saltos altíssimos, Tuck tem bem mais que um metro e oitenta, e continua muito mais alto que ela. Eles entram de mãos dadas. Sabrina está corada, Tucker sorri, e eu os invejo terrivelmente.

Aperto a mão de Allie, e, quando ela aperta a minha de volta e inclina a cabeça para mim com um sorriso, meu coração se comprime um pouco. Que sorte a minha!

"Um dia vai ser a gente." Não quero estragar a surpresa, mas não posso deixar de sussurrar essas palavras no ouvido dela.

Ela ri baixinho. "Um dia", concorda. "Mas bem lá pra frente."

Eu vacilo por um instante. Quero pedir que defina "bem lá pra frente", mas não tenho como fazer isso sem estragar a surpresa, então mantenho o tom leve. "Não sei... não tenho nada contra te ver num vestido de noiva um dia desses. Você ia ficar um tesão."

"Claro", responde ela, e eu sorrio. Sua autoconfiança rivaliza com a minha. É uma das razões pelas quais a amo.

"Quer que eu ligue para a Vera Wang?", ofereço, gentil. Estou só brincando. Com meus contatos familiares, poderia facilmente contatar Vera.

Allie pensa um pouco enquanto estuda meu rosto. Não sei o que ela vislumbra em mim, mas, seja o que for, provoca outra risada em seus lábios. "Melhor esperar. Quer dizer, provavelmente vai demorar um pouco pra você convencer o meu pai."

O pai dela?

Ela nota meu olhar de incompreensão. "Ah, lindinho", diz, os olhos azuis brilhando. "Você sabe que teria que pedir a bênção *dele*, né?"

Meu estômago vai parar no pé. Ai, meu Deus do céu. Tenho que pedir a bênção dele?

Não me levem a mal — Joe Hayes e eu desenvolvemos uma espécie de amizade cautelosa ao longo dos anos. Quer dizer, ele ainda me chama de "playboy", mas sei que gosta de mim.

Porém é o suficiente para me casar com a filhinha dele? Sua única filha?

Ah, merda.

Com cara de pena, Allie entrelaça os dedos nos meus e me puxa. "Vamos lá dar parabéns para o casal feliz."

E eu que pensei que jogar hóquei com meus antigos amigos no TD Garden tinha sido a noite mais feliz da minha vida. Mas esse casamento? É muito melhor. Depois de um jantar fantástico e alguns dos discursos mais engraçados da história dos casamentos, a banda sobe ao palco e a pista de dança logo enche. Após algumas músicas, no entanto, abandono Allie e ela dança com as amigas enquanto tento botar o papo em dia com o máximo de amigos que consigo. Porque sabe Deus quando vou vê-los de novo.

Quando estávamos prestes a nos formar, eu ficava preocupado se iríamos nos distanciar. E alguns dos caras se distanciaram mesmo. Birdie e a namorada de longa data, Natalie, se casaram e se mudaram para Oklahoma. Traynor mora em Los Angeles e joga para o Kings. Pierre voltou para o Canadá.

Perder o contato com amigos da faculdade é uma daquelas coisas tristes e inevitáveis da vida, mas tenho sorte de ainda ter muitos desses caras na minha. Vejo Fitzy sempre, porque está namorando a minha irmã. Sempre escrevo para Hunter, então estou a par do que está acontecendo na vida dele. Conheci a namorada dele, Demi, que não pôde vir hoje, e sei que eles vão morar juntos, dividindo uma casa com o colega de time dele, Conor, e a namorada. Converso com Garrett, Logan e Tuck e os encontro com mais frequência do que imaginava.

Só tem um amigo que não posso ver e com quem não posso conversar: Beau Maxwell. Porque ele morreu. Acho que Beau teria se divertido na festa hoje se tivesse vindo.

Sinto um nó na garganta, então viro a cuba libre que estou segurando para engolir a emoção.

Por sorte, tenho uma distração, quando o técnico Jensen interrompe a pequena reunião de jogadores aproximando-se do grupo.

"Oi, treinador", cumprimenta Tucker, sorrindo para o homem que nos desafiou e repreendeu durante quatro anos. "Que bom que você pôde vir. Você também, Iris", acrescenta ele, sorrindo para o mulherão ao lado do técnico.

Não vou mentir — fiquei surpreso quando o técnico apareceu com a namorada nova. Não consigo entender como alguém poderia namorar um sujeito tão rabugento e constantemente irritado como o técnico. Mas Iris March parece divertida, e sem dúvida é atraente. Essa parte, no entanto, não é nenhum espanto. Chad Jensen é um cara bem bonito para quem já tem quarenta anos. Claro que estaria mandando bem com as mulheres.

"Obrigado por convidar", diz o técnico, bruscamente.

Há um silêncio.

Então ele assente. "Certo. Podem voltar pra sua conversa." Ele pousa a mão grande nas costas de Iris, tentando afastá-la do grupo.

Logan desata a rir. "É sério? Você vai embora assim sem nem um discurso? Sem nem dar parabéns pro noivo?"

"Que tipo de sociopata faz isso?", acrescenta Nate Rhodes.

"Desprezível", emenda Garrett, concordando com a cabeça, muito sério.

O técnico aperta o osso do nariz, como se estivesse tentando afastar uma dor de cabeça. É um gesto que já o vi fazer milhares de vezes ao longo dos anos.

Ao seu lado, Iris ri baixinho. "Ah, qual é, Chad. Fala alguma coisa."

Ele suspira pesadamente. "Tá bom." Mas então não fala nada.

Ainda rindo, Iris abre o discurso por ele. "Vamos erguer nossas taças para Tucker..."

Todos nós erguemos as taças ou garrafas de cerveja.

Por fim, o técnico Jensen limpa a garganta. "Bem", diz ele, voltando os olhos semicerrados para o grupo. "Como vocês sabem, não tenho filhos homens. E, depois de treinar vocês por tantos anos, cheguei à conclusão de que é melhor assim."

Mike Hollis dá um grito alto. Contenho o riso com a palma da mão.

O técnico nos encara feio.

"Dito isso", continua ele, "de todos os jogadores com que já trabalhei, John, você foi o que me causou menos sofrimento. Então, obrigado por isso. Parabéns por tudo. A esposa advogada. A filha bonitinha. Estou muito orgulhoso de você, garoto."

Tucker está com os olhos úmidos. Ele pisca algumas vezes e então diz: "Obrigado, treinador".

Então os dois dão um abraço masculino. Até que o treinador dá um passo para trás e ajeita a gravata, meio tímido. "Preciso de outra bebida", murmura, antes de segurar Iris pelo braço e escapar do grupo.

Nós os assistimos se afastar. "Saudade dos discursos dele", comenta Garrett, meio triste.

"Estão cada vez mais curtos e menos animadores", observa Hunter.

Logan dá uma risadinha. "Vou pegar outra bebida e procurar a Grace. Já volto."

Meus olhos continuam acompanhando o treinador e Iris, que acabaram de chegar ao bar. Eles formam um casal bonito. Com um corpo musculoso, o treinador foi feito para usar terno; e a bunda de Iris fica muito bonita no vestido preto de festa.

"Não acredito que o treinador tem uma namorada." Então outro pensamento me ocorre. Fico quieto e estreito os olhos na direção deles.

"Já prestes de ter um derrame?", pergunta Hunter, educado.

Balanço a cabeça. "Não... tava tentando imaginar o treinador transando."

Todos a minha volta estouram em gargalhadas. Hollis, no entanto, assente, vigorosamente. "Penso nisso o tempo todo", diz ele.

"O tempo todo?", repete Fitzy.

Hollis ignora o melhor amigo. "Sim. Passei anos tentando resolver o mistério."

"Anos?" Fitz de novo.

"Que mistério?" Hunter parece divertido.

"O mistério de como ele transa", explica Hollis. "Porque o negócio é o seguinte: o treinador é um cara grandão, né? Então seria de imaginar que ele é do tipo bruto, vocês não acham?" Hollis fica cada vez mais animado. "Que gosta de meter rápido e com força."

"Não tô gostando dessa conversa", observa Garrett, com franqueza.

"Mas talvez isso seja óbvio demais", continua Hollis.

"Então o que você acha?", pergunta Nate, fascinado pela teoria.

"Submisso", sugiro, na mesma hora. Talvez não seja uma conversa muito adequada para um casamento, mas agora estou interessado. "Aposto que ele se deixa amarrar e que façam o que quiserem com ele."

"Duvido", interrompe Hunter. "Ele precisa de controle."

"Também acho", diz Hollis, assentindo, animado. "Mas o que eu acho é o seguinte: gentil."

"Que é isso...", diz Hunter.

"Gentil", insiste Hollis. "Ele se dedica às preliminares. Passa horas agradando a mulher. Mas tá totalmente no controle da situação, entendeu? Aí, depois que ela já gozou umas quatro vezes, ele entra devagar..."

"Entra devagar?", exclama Nate.

Fitz solta um suspiro.

"... e eles fazem amor", termina Hollis. "Fazem amor."

Aperto os lábios. Sinceramente, posso imaginar a cena. O treinador é durão por fora, mas aposto que gosta de fazer surpresas na cama.

"Não...", insiste Hunter. "Continuo achando que ele bota pra foder."

"O treinador não fode", argumenta Hollis. "Ele faz amor."

Alguém limpa a garganta. "Senhores."

Damos um pulo ao notar Iris Marsh atrás de nós, mordendo os lábios, tentando não rir. Ela então passa casualmente por Tucker e pega a bolsa prateada na mesa em que ele está apoiado.

"Esqueci minha bolsa", diz, num tom descontraído.

Hollis sequer parece constrangido. Acho que o cara é incapaz de sentir vergonha.

"Hum, gostando da banda?", pergunta Garrett, como se não soubéssemos que ela acabou de nos ouvir dissecando a sua vida sexual com o namorado.

"Adorando", responde ela. "Gostei muito do cover de Arcade Fire." Ela coloca a bolsa debaixo do braço e dá um passo para trás. "Enfim, desculpa interromper."

No entanto, logo antes de se afastar, aproxima-se de Hollis e murmura uma coisa. Tão baixinho que, num primeiro instante, acho que estou ouvindo coisas.

"Ele fode sim."

Hollis fica boquiaberto.

"Mas não fui eu quem te contou", diz, por sobre o ombro, caminhando na direção do técnico.

"Eu disse!", comenta Hunter, convencido.

7

ALLIE

"Você está linda." Me aproximo da noiva, tocando seu braço.

Sabrina se volta para mim, com um sorriso meio triste. "Obrigada. Parece que tá todo mundo me olhando."

"E está mesmo." Sorrio. "Sinto informar, mas estariam todos te olhando mesmo que você não estivesse usando esse vestido. Você é linda."

Meu olhar se volta para o outro lado da sala, onde Dean está reunido com os antigos colegas. Os comentários que ele fez sobre me ver num vestido de noiva ainda estão me incomodando. Ele sabe que não é algo que eu queira agora. Ou pelo menos *deveria* saber. Deixei bem claro que casamento e filhos não estão na minha lista de prioridades quando conversamos sobre isso no ano passado. Mas Dean é impulsivo. É o tipo de cara capaz de ver Sabrina e Tucker felizes se casando e decidir me pedir em casamento do nada.

"Do que você acha que eles estão falando?" Aponto o grupo com a cabeça. A conversa parece intensa.

"Hóquei, no mínimo." Ela dá uma segunda olhada na direção deles, então faz que não. "Não, estão falando de sexo."

"Rá. Como você sabe?"

"Olha a cara do Fitzy. Ele parece que quer sumir e morrer ali mesmo."

Acompanho o seu olhar e rio de novo. É, Fitz sempre fica com essa cara de sofrimento quando se vê envolvido numa conversa que preferia não ter. Em geral, é Hollis quem o arrasta para essas situações. E sim, Mike Hollis parece estar conduzindo o assunto, o que nunca é boa coisa.

Sinceramente, estou um pouco triste que a mulher dele não tenha aparecido hoje. Adoraria conhecer a pessoa que se casou com Mike Hollis. Ou ela tem a paciência de uma santa, ou é maluca de pedra feito ele. Summer chegou a morar com ela, e diz que é a segunda opção.

"Você sabe da Hannah?", pergunto, olhando ao redor. Está difícil achar minha melhor amiga hoje. E desde que cheguei a Boston ela não tem sido a mesma. Quando eu estava fazendo a maquiagem dela, estava tão distraída que chegou a esquecer aonde a gente ia.

"Acho que vi a Hannah a caminho do banheiro", diz Sabrina.

"Certo. Vou atrás dela, tentar trazer ela para a pista de dança. Já volto." Espero conseguir fazê-la cantar também. Tenho certeza de que a banda toparia, e sei que Tucker iria gostar.

Saio do salão e aproveito o silêncio. É um alívio estar longe do barulho constante e do burburinho da festa. Enquanto ajeito o vestido, vejo Logan e Grace encostados em uma coluna do saguão do hotel. Dando uns amassos, como diria um colunista de fofocas. Ainda não me viram, e estou prestes a dizer oi, quando ouço suas vozes. O que ouço faz meu coração parar.

"O que você acha de ir embora daqui a pouco, sra. Logan?"

Humm.

O quê?

"Você não cansa de falar isso, é?" Grace está rindo.

"Nunca." Ele a beija nos lábios. "Sra. Logan."

Sim. Ouvi direito da primeira vez.

Saio em disparada. "Desculpa... o QUÊ?" Minha voz espantada ecoa pelo saguão.

Eles se afastam um do outro com cara de culpados, enquanto me aproximo dos dois. Caminho depressa, quase tropeço no salto. Não estou funcionando direito. Nem pensando direito. Minha boca fica abrindo e fechando, enquanto me dou conta do que isso significa.

"Por que ele não se cansa de te chamar disso?", pergunto a Grace. "Ai, meu Deus. Vocês..."

Ela me interrompe no meio da frase. "Vem! Vamos retocar a maquiagem!" E me segura pelo braço, praticamente me arrastando dali.

Olho por cima do ombro e vejo Logan sorrindo meio tímido. Ele dá de ombros, então dá uma piscadinha. É só disso que eu preciso. Puta merda. *Puta* merda.

"Vocês se casaram?", exclamo, assim que entramos no banheiro. Por sorte, está vazio.

"Não", diz Grace.

Olho para ela e aperto os olhos.

"Casamos", diz Grace.

"Ai, meu Deus. Como? Quando?"

Seus olhos castanho-claros se concentram em absolutamente tudo, menos em mim. Ela finge admirar as toalhas empilhadas junto de uma das torneiras elaboradas.

"Quando?", repito.

"No Ano-Novo", confessa ela.

"O quê?!", exclamo. "Tem quatro meses que vocês se casaram e não contaram pra ninguém?" Então algo terrível me ocorre. "Espera, todo mundo sabe e só eu e o Dean que não sabemos?"

"Ninguém além da gente sabe", me garante Grace, depressa. "A gente não queria falar pro meu pai antes da formatura. Ele ia ficar louco se achasse que não estou me concentrando nos estudos."

Chocada, avalio a expressão de menina comum de Grace e seu sorriso incerto. Ela é o par perfeito para Logan, sim, mas é dois anos mais nova que ele. E eles se casaram?

"Então vocês dois simplesmente... casaram escondido?" Não consigo acreditar.

"Mais ou menos... Não planejamos nada. Só aconteceu."

"Aconteceu", repito. "Como uma coisas dessas 'só acontece'?"

"Ah, a gente já tinha falado de se casar antes e sabia que nenhum dos dois queria festa. O pai e a mãe dele não podem ficar no mesmo ambiente, e o Logan não queria ter que escolher quem convidar. Aí, no Ano-Novo, fomos parar na pousada de um pastor. E ele não só celebrava casamentos como conseguiu uma licença de última hora porque o escrivão da cidade era membro da paróquia dele, e foi, sei lá, uma conjunção de fatores. Nem sei explicar." Ela está tão vermelha que até as sardinhas do nariz estão vermelhas. "Enfim, não me arrependo. Nem ele. A gente é pra sempre."

Sinto a emoção formar um nó na minha garganta e inundar meus olhos. Sempre fui uma bobona. “É a coisa mais romântica que já ouvi”, exclamo.

“Você tem que prometer que não vai contar pra ninguém, Allie. Ainda não estamos prontos pra explicar para as pessoas, não até a formatura.”

“Eu prometo”, digo, usando a pontinha dos indicadores para limpar de leve as lágrimas. “Fica só entre nós...”

É quando ouvimos um barulho vindo de uma das cabines do banheiro.

“...e quem quer que esteja vomitando ali”, termino.

Grace fica pálida. Ela lança um olhar apavorado na direção da cabine. Eu estava tão desnorteada quando ela me arrastou até aqui, que não percebi que havia uma porta fechada. Achei que estávamos sozinhas.

“Tudo bem aí dentro?”, pergunto, diante da porta.

Há uma longa pausa, então: “Tá tudo bem. Me dá um segundo”.

É Hannah.

Ela aparece um instante depois, ainda no vestido verde que ajudei a escolher, depois que Dean a informou que, se fosse de preto a um casamento, passaria a mensagem de que está desejando aos noivos tristeza eterna. Não sei se isso existe mesmo, mas pelo menos serviu para colocar um pouco de cor na vida de Hannah. O vestido é do mesmo tom dos olhos dela, que neste instante parecem exaustos, enquanto ela se aproxima da pia e dos espelhos.

“Quanto você ouviu?” Grace suspira.

Hannah oferece um sorriso sem-jeito. “Tudo.”

Ela põe as mãos em cuia diante da torneira automática e as enche de água. Então leva a água à boca, antes de nossos olhos se encontrarem no espelho de novo.

“Você tá bem?”, pergunto, preocupada.

Ela balança a cabeça lentamente. “Tô começando a achar que não.”

Um nó se forma em meu estômago. “Qual o problema?”

“Acho que preciso de... humm... um teste de gravidez.”

Ficamos em silêncio. Ele dura mais ou menos um segundo, até que meu suspiro de surpresa ecoa no banheiro.

Grace aperta os lábios. "Tenho certeza de que tem um episódio de *Friends* assim. Eu sempre assisto às reprises."

Na mesma hora meu olhar cai para a barriga de Hannah, embora a parte racional do meu cérebro saiba que, mesmo que esteja grávida, ainda não daria para ver.

Hannah percebe e me encara com um olhar severo. "Não conta pro Dean." E então se volta para Grace. "Nem pro Logan. Por favor. Eles iriam abrir o bico para o Garrett em dois tempos, e ainda não fiz teste nenhum. Até onde sei, é alarme falso."

"Quanto tempo você tá atrasada?", pergunta Grace.

Hannah morde o lábio.

"Quanto tempo?", pressiono.

"Três semanas."

Suspiro de novo.

"Sério, não quero que Garrett saiba antes de eu fazer um teste", continua Hannah, com firmeza. "Vocês não podem dizer nem uma palavra."

"Nem vocês podem falar do meu segredo também." A expressão de Grace é igualmente severa.

"Mas...", murmuro.

"Nem uma palavra até eu ter novidades", ordena Hannah, enquanto Grace assente.

E eu fico ali, olhando embasbacada para as duas.

Este casamento está REPLETO DE NOVIDADES, e eu não posso contar pra ninguém? Nem para o Dean?

É o meu pior pesadelo.

8

DEAN

"Playboy! O que você tá fazendo aqui?"

"Escrevi avisando que vinha." Revirando os olhos, entro pela porta da frente do casarão no Brooklyn em que Allie nasceu.

"Eu sei, e eu perguntei por quê. Então. O que você tá fazendo aqui?"

Joe Hayes se sustenta na bengala enquanto me observa entrar. Seu olhar transmite um quê de hostilidade, o que é melhor do que a média. O pai de Allie nunca foi com a minha cara, mas gosto de pensar que, com o passar dos anos, acabou me aceitando. A única vez em que falei isso, no entanto, Joe assentiu e falou: "Igual a gente aceita que tem uma doença". É um amor de pessoa.

"Comprei umas coisas no mercado", digo, tirando o sapato.

"Por quê?"

"Meu Deus, parece a filhinha de três anos do Tucker. Porque achei que podia estar precisando." Me volto para ele com uma cara feia fingida. "Quer saber a resposta adequada pra quando alguém traz comida? *Ah, muito obrigado, playboy, fico muito agradecido. Que sorte a minha de ter você na vida da minha filha!*"

"Dean, para de me enrolar. Você é um cara legal. Mas não é do tipo que leva compras pros outros. O que significa que quer alguma coisa." Ele observa as duas sacolas de papel que estou carregando. "Trouxe carne em conserva?"

"Claro." Já estive aqui tempo suficiente para saber que ele gosta da delicatéssen da esquina. "Vamos, vou preparar uns sanduíches enquanto te conto o que quero."

Com uma risada, ele vai até a cozinha atrás de mim, confiando um pouco demais na bengala. Quase sugiro que seria melhor tirar a poeira da cadeira de rodas, mas me contenho no último segundo, porque isso só vai piorar seu humor. O pai de Allie se recusa a usar a cadeira. Eu não o julgo — não deve ser fácil para um homem forte e ativo se ver tão enfraquecido por causa de um distúrbio degenerativo. Infelizmente, esclerose múltipla não tem cura, e Joe um dia vai precisar aceitar o fato de que sua condição só vai piorar. Cara, já piorou. Ele está mancando cada vez mais. Mas é orgulhoso. Teimoso como a filha. Sei que vai resistir a usar a cadeira de rodas o quanto puder.

Enquanto Joe senta lentamente numa cadeira, preparo dois sanduíches na bancada, depois pego duas cervejas na geladeira.

"É meio-dia", ressalta ele.

"Preciso de coragem líquida."

Na mesma hora, sua expressão fica mais sofrida que o normal. "Ah, não. É isso? Hoje é o dia?"

Franzo a testa. "Que dia?"

Ele esfrega uma das mãos nos olhos e a outra na barba escura. "Você vai pedir minha bênção. Puta que pariu. Acaba logo com isso e pergunta, então. Precisa mesmo aumentar a tortura e deixar nós dois desconfortáveis? Preferia sofrer uma sessão de afogamento simulado. Droga. Nós dois já sabemos que vou dizer sim, não é? Então fala logo."

Eu o encaro boquiaberto por um segundo. Então sou tomado por uma crise de risos. "Com todo o respeito, o senhor é o pior. Eu tinha preparado todo um discurso."

Mas acho que estou feliz de não ter que proferi-lo. Não consigo imaginar nada mais humilhante do que abrir meu coração para um homem que compara isso com tortura.

Coloco um prato na frente dele e sento do outro lado da mesa. Praticamente sem fôlego, resmungo: "Então, tenho a sua bênção?".

Ele dá uma mordida no sanduíche e mastiga lentamente. "Trouxe a aliança?"

"Trouxe. Quer ver?"

"Mostra, garoto."

Pego a caixa de veludo azul no bolso. Quando a abro, suas sobrancelhas escuras se erguem feito dois balões de hélio.

"Não arrumou nada maior, não?", pergunta, sarcástico.

"Acha que ela não vai gostar?" Me desespero por um momento.

"Ah, ela vai adorar. Você conhece AJ. Quando o assunto é joias, quanto maior e mais brilhante, melhor."

"Foi o que eu pensei", digo, com um sorriso. Fecho a caixa e guardo de volta no bolso. "Mas, falando sério, tudo bem se eu a pedir em casamento? Você não era exatamente meu maior fã quando nos conhecemos."

"Ah, você não é tão ruim." Seus lábios se contraem, contendo o riso. "Mas vocês são jovens."

"Que idade você tinha quando ficou noivo da mãe de Allie?", pergunto, curioso.

"Vinte e um", admite ele. "Casamos com vinte e dois."

Inclino a cabeça como se dissesse: *tá vendo?* "Muito mais novo que a gente."

"É, mas os tempos são outros", responde, rispidamente. "AJ tem uma carreira, metas. E as mulheres têm filho cada vez mais tarde. Não existe mais pressa." Joe dá de ombros. "Mas se é algo que vocês dois querem, então não vou atrapalhar. AJ te ama. Eu gosto um pouco de você. Pra mim, é o suficiente."

Contenho o riso. É a melhor bênção que vou conseguir de Joe Hayes.

Brindamos com as garrafas de cerveja e depois conversamos sobre hóquei, enquanto comemos nossos sanduíches.

Minha próxima parada é Manhattan. Allie e eu moramos no Upper East Side, mas o escritório da minha mãe fica na ponta oeste, que é onde o táxi me deixa quase uma hora depois.

Mamãe sorri, feliz, quando a recepcionista me conduz até a sua sala. "Docinho! Que surpresa boa!"

Ela se levanta da cadeira de couro macio e dá a volta na mesa para me abraçar. Eu a abraço de volta e dou um beijo em sua bochecha. Mamãe e eu somos próximos. Papai e eu também. Verdade seja dita, meus pais são incríveis. Ambos são advogados de alto nível, o que significa que, sim, meus irmãos e eu ficávamos com babás quando éramos crianças. Mas também tivemos muito tempo em família. Meus pais sempre estavam por perto quando precisávamos deles, e definitivamente não nos deixaram soltos feito selvagens. Bem, talvez Summer, um pouco. Ela fazia os dois de gato e sapato.

"Tenho um favorzão pra pedir", digo a minha mãe, enquanto ela se recosta no canto da mesa. "Posso pegar a cobertura emprestada hoje?"

Durante toda a minha infância, dividíamos nosso tempo entre a casa de Greenwich e a cobertura no Heyward Plaza Hotel. A família da minha mãe, os Heywards, construiu um império imobiliário de bilhões de dólares, e o Heyward Plaza é uma das joias da coroa. Embora a casa de St. Barth também não seja pouca coisa.

"Parece que você virou adolescente de novo", diz mamãe, estreitando os olhos. Eles têm o mesmo tom de verde-claro que os meus e os de Summer. Meu irmão Nick foi o único que herdou os olhos castanhos do meu pai. "Você não tá planejando uma festança nem nada assim, tá?"

"Não. Nada disso."

"O que é, então?"

Incapaz de conter o sorriso, coloco a mão no bolso da calça. E pouso a caixa com a aliança na mesa de cerejeira sem uma única palavra.

Mamãe entende na mesma hora. Ela dá um grito de alegria e de repente está me abraçando de novo.

"Ai, meu Deus! Quando vai ser? Hoje?" Ela bate palmas, animada. Meus pais adoram Allie, a reação dela não me surpreende.

"É o que eu queria. Sei que é estranho fazer isso no meio da semana, mas sábado é a festa de encerramento do programa da Allie, e domingo meu time tem um torneio em Albany, então não vou estar na cidade. Não queria esperar até domingo à noite." Encolho os ombros. "Achei que tinha que ser hoje. Sei que você ia passar a semana na cobertura, mas queria saber se você podia sair por algumas horas enquanto..."

"Nem mais uma palavra. Vou de carro pra Greenwich hoje."

"Não precisa sair da cidade", protesto.

"Eu ia na sexta-feira mesmo. Não faz diferença ir um pouco antes." Ela bate palmas de novo. "Ah, seu pai vai ficar tão feliz!"

"Não. Você não pode contar pra ele antes de eu fazer o pedido."

O queixo dela cai. "Você realmente espera que eu guarde esse tipo de segredo do seu pai?"

"Você não tem escolha. Papai conta tudo para a Summer, e ela é incapaz de manter a boca fechada."

Depois de um tempo, mamãe se rende. "Tem razão. Sua irmã é péssima."

Dou uma risada.

"Tá. Não vou contar ao seu pai." Ela sorri para mim. "Meus lábios permanecerão selados até receber uma ligação dizendo que meu filho está noivo."

Solto um suspiro. "Mãe, não me envergonhe."

Isso só a faz rir.

9

ALLIE

Dean está com seu terno Tom Ford preferido, e isso é um problema.

Não porque não fique bem nele. Fica muito bem. Dean é o cara mais gostoso que existe, e não estou dizendo isso porque sou sua namorada. É sério, tecnicamente, não acho que exista homem mais bonito. E ele fica bem em qualquer roupa. Calção de banho, moletom, calça cáqui — ele é um modelo de catálogo ambulante. Mas quando esse homem veste seus ternos de grife, é um perigo.

Assim, fica difícil controlar o tesão só de olhar o paletó de lã e seda sobre seus ombros largos. A camisa branca engomada, desabotoada no alto, revelando o pescoço forte.

Mas o fato de estar em seu terno de ocasiões especiais e ter preparado um jantar romântico na cobertura me diz que fiz merda. E feia.

Que ocasião especial esqueci? Droga.

Não é o meu aniversário. Nem o nosso aniversário de namoro, embora essa data seja mais difícil de identificar, porque temos algumas opções. Tem o aniversário de quando ficamos pela primeira vez, que não conta porque estávamos bêbados. Não tão bêbados que não soubéssemos o que estávamos fazendo, mas não posso deixar o álcool contaminar um dia especial.

Pessoalmente, considero que nosso início foi na primeira vez em que transamos sóbrios, o que aconteceu algumas semanas depois da noite da bebedeira. De qualquer jeito, nenhuma dessas datas foi na primavera.

Talvez seja o aniversário de quando fizemos as pazes depois que terminei com ele? Ai. Mas tenho certeza de que foi abril. E hoje é cinco de maio.

Espera. *Cinco de Mayo?* A gente comemora essa data agora?

Me sinto a pior namorada do mundo.

"Você vai falar alguma coisa?", pergunta Dean, animado.

E é então que percebo que faz quase quatro minutos que estou perdida em meus pensamentos, tentando descobrir por que estamos jantando. Sou uma imbecil.

"Desculpa." E então, porque sou sempre honesta com ele, agarro a toalha de mesa e digo: "Fiz merda."

Seus olhos verdes brilham, divertidos. "Certo... como assim?"

"Não sei por que estamos aqui!", lamento.

Ele ri. "Aqui na Terra? No universo? É uma questão existencial, Allie-Cat?"

"Não, aqui na cobertura. Você me ligou e me mandou te encontrar aqui e me disse que era uma ocasião especial e que eu devia me vestir bem. E agora estou aqui com este vestido, e estamos sentados nesta mesa, e não sei por quê. É por causa do *Cinco de Mayo*?"

"*Cinco de Mayo?*" Ele franze a testa. "Não, mas se você quiser a gente pode começar a comemorar essa data também."

Solto um suspiro triste. "Esqueci o nosso aniversário de namoro?"

"Não. Isso é em outubro."

"Obrigada! Então você também conta desde a primeira vez que fizemos sexo de verdade?"

"É." Ele começa a rir. "Sexo de verdade." Ele então sorri. "Será que a gente pode só aproveitar o jantar, por favor? Não é um aniversário. Só relaxa. Olha, pedi seu pão favorito."

Ele pediu todas as minhas coisas preferidas. Tem uma quantidade obscena de macarrão na mesa. Fettuccine ao molho Alfredo com abobrinha grelhada e cogumelo. Ziti assado com molho rosé. Penne e frango recheado com espinafre, gratinado no molho de tomate com muçarela. Minha boca enche de água, enquanto tento decidir o que experimentar primeiro. Normalmente não me permitiria carboidratos durante as filmagens, mas é a nossa última semana no set, e não preciso mais ficar de olho no peso.

Não como desde que cheguei em casa do estúdio, horas atrás, porque Dean me mandou chegar com fome. Então começo a me servir, empilhando macarrão em meu prato. Dean não me acompanha. Em vez disso, fica me observando comer, até que eu começo a me ajeitar na cadeira, desconfortável.

"Você vai ficar sentado aí me olhando comer? Que coisa estranha."

"O que tem de estranho?"

"É *estranho*! Pega o garfo e come alguma coisa."

Ele obedece, ainda que revirando os olhos. Sua garganta sobe e desce, enquanto ele engole um pedaço de pão. É da nossa padaria preferida, do lado do nosso apartamento. Acho que eles assam o pão numa tigela de alho e óleo, mas não me importo.

"Tããão bom", murmuro, com a boca cheia de pão.

Dean está me observando de novo, desta vez com olhos semicerrados.

"Por que você tá me olhando assim?" Só que sei exatamente por quê. Porque minha boca está cheia, e ele só pode estar me imaginando fazendo um boquete.

"Estou imaginando você me fazendo um boquete", diz ele.

Quase engasgo com o macarrão de tanto rir. "Deus, não mude nunca, gato."

"Não planejo mudar." Ele faz uma pausa. "Na verdade, esquece que falei isso. Nem todas as mudanças são ruins, são?"

"Acho que não." Imagino que esteja se referindo ao fato de que *The Delaneys* está acabando e vou ter que encontrar um trabalho novo. "Mas você não tem que tentar me agradar por causa do trabalho. Já falei para a Ira me mandar o máximo de roteiros que puder. Tenho certeza de que logo aparece um papel importante."

"Ah, sim, claro. Mas não estava falando só de mudanças na carreira. Quis dizer outras mudanças também."

Onde diabos ele está indo com isso?

Ele dá um pequeno gole de água, em seguida, enxuga a boca com um guardanapo de linho que provavelmente custou mais que metade dos móveis da casa do meu pai. É sempre tão surreal quando venho nesta cobertura multimilionária. E nem me fale da mansão Di Laurentis em Greenwich, que, juro por Deus, tem um rinque de patinação completo e mais de uma piscina.

Examino o rosto de Dean, sentindo a desconfiança subir por minha coluna. Ele está agindo de forma estranha de novo. Uma de suas mãos grandes se move da mesa para descansar no alto de seu abdome, como se estivesse prestes a enfiar a mão no bolso do paletó e...

Puta merda.

Ai, não.

Ele não vai...

Quando ele enfia a mão no bolso, eu me dou conta, vai sim.

De repente, tudo faz sentido. Um jantar chique com todas as minhas comidas preferidas de vários lugares diferentes. Essas roupas. A cobertura. Eu sei que a mãe de Dean está na cidade, o que significa que ele deve ter mandado ela de volta para Connecticut, para ficar com a cobertura à disposição.

Dean está prestes a tirar a mão do bolso, quando o interrompo com um brusco: "Não faz isso."

Ele para. "O quê?"

"Você vai me pedir em casamento?", exijo saber.

O brilho tímido em seus olhos é tudo que preciso.

"Dean." É um aviso.

"O quê?"

"Por que você tá fazendo isso? Logo hoje?"

Ele parece confuso. "Por quê? Porque é *Cinco de Mayo*? Caramba, não sabia que você se importava com..."

"Não ligo pra isso! O que eu ligo é que a gente já conversou sobre isso. *Várias* vezes, Dean. A gente concordou que ia deixar pra falar de casamento, filho, tudo isso, no futuro."

"Já estamos no futuro", argumenta ele. "Tem quatro anos que a gente tá junto."

Sinto a frustração fechar minha garganta, e fica difícil falar. Além disso, sou tomada por uma irritação que sei que não devia estar sentindo, mas... sério? Ele não ouviu uma palavra do que falei nas nossas conversas? Falei que não estava pronta. E falei de novo logo antes de Tucker e Sabrina se casarem, porque suspeitava que alguma coisa assim iria acontecer, que o mosquitinho do matrimônio ia picar todos os meninos. Os quatro já são ridiculamente próximos e copiam tudo o que os outros fazem. Garrett começa a namorar sério, a gente pisca o olho, Logan tá se declarando para Grace no rádio, e Tucker tá engravidando Sabrina. Então, sim, fiz questão de deixar tudo bem claro para Dean.

E o fato de que ele não me ouviu ou então decidiu ignorar minhas vontades me irrita.

"Você tá brava", diz ele, cauteloso.

"Não tô brava." Tento conter a irritação. "Só não sei por que você resolveu fazer tudo isso, sabendo que eu não tô pronta pra isso."

"Achei que você quisesse dizer que não estava pronta, sei lá, pra ter filhos, pro casamento." Ele corre a mão pelos cabelos. "Não vejo o problema de ficar noivo."

"Porque uma coisa leva à outra. Noivar é dar um passo na direção de casar, e casar é dar um passo na direção de ter filhos, e não sei se quero isso agora."

"Então você tá falando que, se eu tirar essa caixa do bolso e te pedir pra casar comigo, você vai dizer não?" Seu tom é tão sério quanto sua expressão.

Meu peito se aperta, fazendo meu coração ficar pequenininho. Nunca imaginei uma pergunta dessas. Achei que, quando ele me pedisse em casamento, estaríamos os dois prontos. E ele saberia disso, porque eu sempre, sempre disse a ele como estou emocionalmente. Parece que ele escolheu ignorar.

"Eu diria... talvez?", gaguejo. "Não sei, Dean."

"Você diria *talvez*?" Sua voz é tão fria quanto gelo. Seus olhos ficam escuros e brilhantes. "Não acredito que você acabou de dizer isso."

Contraio a mandíbula. "E eu não acredito que você não ouviu quando eu disse que não estava pronta para noivar."

Dean suspira fundo. Ele me observa por um momento. Vejo a dor em seus olhos, e sei que o magoei. Mas ele disfarça depressa, com uma expressão impassível, pega a taça ainda cheia de vinho e bebe metade num único gole.

Ainda segurando a taça, me fita novamente. "Você me ama?"

Eu o encaro, sem acreditar. "Você sabe que sim."

"Você se vê ao meu lado no futuro?"

"Você sabe que sim."

"Mas não quer se casar comigo."

Minha frustração volta com toda força. "Você sabe que quero. Só não quero agora."

"Que diferença tem se for agora ou daqui a um ano?", rebate ele.

"Vou ter que explicar de novo? Acabei de dizer o que eu acho. Você está preferindo não ouvir!" Inspiro fundo, tentando me acalmar. "Toda vez que a gente falou disso antes, você disse que podia esperar."

"Bem, talvez não possa. Talvez eu queira me casar. Logo."

"E por que a gente tem que fazer o que você quer?"

"Não, aparentemente, a gente tem que fazer o que você quer."

"Ah, nem vem." Agora ele está só sendo um babaca. "A gente sempre faz concessões um pro outro. Nosso relacionamento sempre foi de igual pra igual, Dean, você sabe disso."

"O que sei é que quero pedir minha namorada em casamento hoje, e ela não quer ouvir, então... foda-se."

Ele baixa o copo com violência e arrasta a cadeira para trás. Sem olhar na minha direção, levanta e caminha em direção à porta.

"Dean!", grito por ele.

Mas ele já saiu da elegante sala de jantar. Um momento depois, ouço a campainha do elevador que leva para o Heyward Plaza Hotel abaixo de nós.

E fico sentada ali, olhando para a cadeira vazia de Dean, tentando entender que merda acabou de acontecer.

10

ALLIE

Dean não está falando comigo. Faz dois dias desde o "não pedido", e ele está oficialmente me dando um gelo. Para piorar as coisas, nos últimos dias, tenho trabalhado de manhã cedo, o que significa acordar às quatro da manhã para chegar ao estúdio às cinco. Como Dean não vai para a escola antes das oito, estava pregado no sono nas duas últimas vezes em que saí de casa. E, nas duas tardes, se recusou a falar comigo quando chegou do trabalho.

Está agindo feito uma criança. Não quer tentar entender meu raciocínio, nem reconhecer que talvez eu não esteja pronta para casamento e noivado e todas essas coisas de adulto.

Então, depois de quarenta e oito horas morando num mausoléu, quando Trevor manda uma mensagem me convidando para uma boate com alguns de nossos colegas, fico feliz com a distração. Digo a ele que topo, e marcamos de ir juntos, de táxi, até o Soho.

Claro que, quando Dean me encontra em nosso quarto entrando num vestido cintilante, é o momento em que de repente decide falar comigo de novo.

"Aonde você vai?", murmura, apoiando-se na porta do closet.

"A uma boate. Com Trevor, Seraphina e Malcolm. E talvez Evie. Quer vir?"

"Não." Seu olhar de pedra me avalia, enquanto calço um par de sapatos de salto prateados.

"Tem certeza?", insisto.

"Tenho."

Vou arrancar os cabelos se ele continuar assim. Rangendo os dentes, tento tocar no assunto pela bilionésima vez. "A gente pode pelo menos conversar?"

"Não temos nada pra conversar." Dean dá de ombros e se afasta.

"Temos um monte de coisas pra conversar!" Corro atrás dele assim que ele deixa o quarto.

Ele para e me lança um olhar apressado por cima do ombro. "Eu te pedi em casamento, você disse não", diz, sem emoção.

"Não, eu não te deixei me pedir em casamento. Falei pra você não fazer isso."

"Pior ainda, Allie!", resmunga ele. "Eu fui falar com o seu pai e tudo! Tem noção de como eu tô me sentindo?" Ele passa as mãos pelos cabelos.

Fico boquiaberta. Isso pra mim é novidade. Ele não tinha falado nada sobre o meu pai quando tentou me pedir em casamento. "Você pediu a bênção do meu pai?"

"Claro! Esse é o meu nível de seriedade com este relacionamento!" Ele me encara. "Mas parece que eu tô sozinho."

"Ah, isso não é justo. Você sabe que eu levo este relacionamento a sério. Eu te amo. Tô nessa até o fim. Só não quero ter que lidar com..."

"*Lidar?*"

"Eu me expressei mal." Inspiro fundo. "Olha, a gente acabou de voltar do casamento de outra pessoa. Foi caótico e estressante. E não quero isso pra mim agora. Não quero ter que planejar um casamento ou..."

"A gente não tem que casar de cara", interrompe ele, bravo.

"Então qual o sentido de ficar noivo? Não entendo por que você..." Eu paro. "Quer saber, não vou entrar nessa briga de novo."

"Tá bom. Você não quer se casar. Tanto faz. Divirta-se."

Com isso, ele caminha até o corredor do nosso apartamento, onde pega um casaco azul do cabide junto à porta de entrada.

"Aonde você vai?", pergunto.

"Vou sair."

"Nossa, tão maduro." Cerro os pulsos junto ao corpo. "Você tá sendo um babaca agora, sabia?"

"Tô nem aí."

Então passa pela porta.

* * *

No camarote VIP da boate, em meio às luzes estroboscópicas e à música ensurdecedora, passo mais tempo trocando mensagens com Hannah do que prestando atenção em meus colegas. E nem posso afirmar que é uma conversa útil. Nenhuma de minhas conversas com Hannah desde o casamento têm sido muito produtivas.

Toda vez que pergunto se ela já fez o teste, ela diz que não.

Toda vez que pergunto se ela contou a Garrett, ela também diz que não.

Toda vez que ela pergunta se Dean e eu fizemos as pazes, eu digo não.

É assustadoramente alto o número de respostas monossilábicas para perguntas tão monumentais.

Esta noite, porém, Hannah parece ter muito a me dizer. Depois que contei a ela sobre como Dean saiu furioso, fico surpresa ao descobrir que ela não está do meu lado.

HANNAH: *Ah, mas dá pra culpar o cara? Ele planejou todo um pedido, e você... sabe como é...*

Olho furiosa para o meu telefone.

EU: *Não, não sei.*
ELA: *Você o magoou.*
ELA: *E o deixou envergonhado.*
ELA: *(Não me bata.)*
EU: *Ele podia ter se poupado da vergonha se tivesse me ouvido nas DEZENAS de conversas que tivemos sobre isso. Falei que não estava pronta.*
ELA: *É, mas estamos falando do Dean. Você sabe como ele é. Sr. Impulsivo. Quando está a fim de uma coisa, se dedica por inteiro.*

Ela tem razão. Quando Dean decidiu que estava a fim de mim, não sossegou mais. E, depois que terminei com ele, no final do último ano de faculdade, ele se esforçou ao máximo para me provar que estava crescendo e mudando. E tem sido um parceiro incrível desde então. Eu o amo com todas as minhas forças.

Então por que não pode ficar noiva dele?, uma voz me pressiona.

"Allie! Já chega! Vou ter que jogar seu telefone neste balde de champanhe?", exclama Trevor, impaciente.

Ele não está brincando. Tem mesmo um balde no nosso camarote, com quatro garrafas caras de espumante. Custou uma fortuna, mas Trevor fez questão de pagar. Ele gosta de esbanjar.

"Sério, o que tá acontecendo contigo?" Seraphina me fita com olhos preocupados. Ela faz o papel da minha irmã mais velha, mas, apesar de três temporadas trabalhando juntas, nunca ficamos muito próximas na vida real. Ela é muito séria, e nosso senso de humor não combina.

Dito isso, me dou conta de que é talvez a melhor pessoa para me aconselhar. Acontece que Seraphina é casada desde que tinha dezesseis anos. Isso mesmo. Dezesseis. Ela teve que pedir permissão aos pais para casar com o namorado da escola, mas faz quinze anos que estão juntos.

"Briguei com meu namorado", revelo.

"Nãããão! O deus platinado?", suspira Malcolm. Seu personagem em *The Delaneys*, nosso irmão mais novo, é sombrio e agressivo. Um viciado em heroína que se transformou em assassino da máfia e que está sempre de cara fechada. Na vida real, Malcolm não poderia ser mais diferente. "O que você fez?", me acusa ele.

"Por que acha que foi minha culpa?"

"Porque um homem como ele não erra."

"Mentira", argumenta Trevor. "Como é que se diz? Errar é humano."

"Ele não é humano!", replica Malcolm, antes de sentar no banquinho de camurça do camarote. E então encarna uma espécie de Tom Cruise quando foi ao programa da Oprah e começa a se sacudir feito um louco. "Ele é um deus enviado do paraíso para deslumbrar a nós mortais com sua beleza masculina absoluta!"

Não posso negar. Dean é bem deslumbrante.

"O que aconteceu?" Seraphina se levanta, afastando-se das pernas agitadas de Malcolm, e senta ao meu lado.

"Ele tentou fazer um pedido de casamento romântico, e eu não deixei", confesso.

Então engulo um gemido, porque falar isso em voz alta parece ridículo.

A expressão deles confirma minhas suspeitas. Ignoro Malcolm, porque ele ficaria horrorizado na mesma medida se Dean tivesse me oferecido um sanduíche do Subway e eu tivesse recusado. Mas Trevor e Seraphina me olham como se eu tivesse ficado louca.

"Você não é louca de paixão pelo cara?", pergunta Trevor, sem entender.

"Sou."

"Então por que não deixou ele te pedir em casamento?", pergunta Sera.

Depois de não conseguir explicar para Dean, tento me sair melhor expondo meus sentimentos para os meus colegas. "Sempre fui do tipo que planeja muito as coisas", digo a eles. "E adoro relacionamentos. Mas vejo eles como... não sei, como uma sequência de etapas. É como se fosse uma escada, e cada degrau é um passo." Eu começo a resmungar. "Primeiro vem o amor. Depois o noivado. Depois o casamento, e aí a porcaria do bebê no carrinho."

Trevor desata a rir. "Você parece adorar crianças."

"Desculpa. Só estou de mau humor porque o Dean não está falando comigo. Mas vocês entenderam."

O sorriso de Sera é gentil. "Claro. Mas o negócio é o seguinte. Sim, esses são os passos naturais na maioria dos relacionamentos..."

"Não nos meus. Eu sou poliamoroso", interrompe Trevor. "Nossos passos são muito loucos."

Ela o ignora. "Mas é você que decide o tamanho da escada. Quanto espaço tem entre os degraus."

"Não seria uma escada muito boa se o espaço entre os degraus não fosse igual", argumento, franzindo a testa. "Como é que você iria subir uma escada dessas?"

"Ai, meu Deus, é só uma analogia", diz ela, rindo. "O que estou tentando dizer é que você não precisa considerar que o primeiro degrau é o noivado e o segundo tem que ser o casamento. Talvez o primeiro seja o noivado, mas você continua subindo e o casamento é só no passo cinco. Essas coisas não têm regra. E só porque você planejou uma coisa pra você...” Seu olhar se suaviza, e seu tom segue firme, ainda que cheio de compaixão. “Você não está sozinha na escada, Allie. Tá na cara que ele não vê os degraus da mesma maneira que você. Vocês estão na mesma escada, subindo para o mesmo lugar, mas os degraus do Dean estão em posições diferentes, e ele tá numa situação precária. Você se sente segura na escada, mas ele não. *Ele* precisa que vocês estejam no mesmo degrau.”

Malcolm, que sentou de novo, a encara, impressionado. “Uau. Que *profundo*.”

“Praticamente um oceano.” Assente Trevor.

Ai, Deus, será que ela tem razão? Será que Dean não estava só sendo impulsivo? Presumi que estava me pedindo em casamento porque é espontâneo e estava querendo seguir os amigos. Mas e se ele tiver feito isso porque precisa de um compromisso mais forte, porque precisa saber que vamos avançar juntos?

“Galera!”

O grito me desperta de meus pensamentos, e vejo Elijah se aproximando. É um amigo de Malcolm que saiu com a gente hoje e passou a maior parte da noite se gabando do fato de o pai ser dono de uma rede de hotéis de luxo na costa atlântica. Assim que fomos apresentados, ele passou quinze minutos inteirinhos falando do Azure Hotel Group até Trevor enfim me salvar.

Por sorte, Elijah é incapaz de ficar sentado por muito tempo. O cara corre toda hora para o banheiro para cheirar cocaína. E não estou inventando coisas. Todas as vezes que ele sai do camarote, dá uma piscadinha e diz: “Vou passar pó no nariz. Literalmente!”

“Por que tão sééééérios?”, diz Elijah, tentando dar uma de Coringa. “Estamos numa boate!”

Trevor o coloca a par dos fatos. “Estamos dando conselhos amorosos para a Allie.”

Elijah passa os rapazes e se planta ao meu lado. Quando, sob a calça jeans, sua coxa toca a minha, eu muito obviamente me aproximo de Sera. Ele flertou comigo a noite inteira e parece não perceber que não estou sendo muito receptiva.

“Meu conselho é o seguinte: larga esse otário e vem pra casa comigo.” E me oferece um sorriso viscoso.

"Não, mas obrigada pela oferta", respondo, educada.

"Ah, vamos, não seja assim." Sua mão rasteja em direção ao meu joelho.

Malcolm me faz um favorzão e dá um tapa na mão dele.

"Elijah", repreende. "Se comporta!"

"Me comportar? Eu?", pergunta ele, antes de me lançar outro sorriso obsceno, desta vez colocando a língua para fora.

E é então que percebo algo.

E se eu estivesse numa escada com esse cara?

E se, em algum universo alternativo terrível, houver uma Allie Hayes namorando um viciado em cocaína nojento que parece mais disposto a vender a escada para pagar as drogas do que a querer subi-la comigo?

Enquanto isso, esta Allie Hayes está deprimida porque o namorado não está seguindo as etapas específicas do plano?

Se um noivado vai fazer Dean se sentir mais seguro em nossa escada de relacionamento, e se já sei que vou me casar com ele um dia, então qual o meu problema?

Uma lâmpada se acende em minha cabeça, mostrando as palavras: Sou uma imbecil.

"Preciso mandar uma mensagem pro Dean." Suspiro e pego meu telefone de novo. Desta vez, nenhum de meus amigos ameaça afogar o aparelho no balde de champanhe. O leve sorriso de Sera me diz que ela sabe que entendi meu erro.

EU: *Onde você está?*

Então, me dando conta de que ele pode ignorar a mensagem, acrescento duas palavras que tenho certeza que ele não vai ignorar.

EU: *Tô preocupada.*
DEAN: *Tudo bem aqui.*

Eu o conheço bem. Não importa o quão chateado possa estar comigo, Dean nunca se permitiria me deixar preocupada.

EU: *Aqui onde?*

ELE: *Newark.*

EU: *?*

Ele demora um pouco a responder, como se estivesse avaliando se mereço sua preciosa explicação. Mas não estou chateada. A culpa dá cada vez mais voltas em meu estômago, quanto mais imagino meu incrível e sexy Dean sozinho em sua escada instável.

ELE: *G & Logan jogaram contra o NJ Devils hoje. Estamos no quarto do Logan, destruindo o frigobar agora.*

EU: *Ah, legal. Que hotel?*

ELE: *Azure Tower, perto do Prudential Center.*

EU: *Alguma ideia de quando vai chegar em casa?*

ELE: *Cedo. O voo deles é bem cedo amanhã.*

ELE: *Acabou o interrogatório?*

Ai. Mas eu mereço.

Como não quero dar início a nenhuma conversa importante por mensagem, acho que vou ter que esperar até encontrá-lo em casa mais tarde. Ele está com os amigos mesmo, e...

Suspiro.

"Elijah!", meio que grito.

O sujeito bajulador e nadando em perfume ao meu lado parece emocionado ao ouvir seu nome. "O que foi, gostosa?"

"Você disse que a sua família é dona do Grupo Azure? Isso inclui o Azure Tower, em Newark?"

"Claro."

Ai, meu Deus. Que acaso mais maravilhoso.

Ele balança as sobrancelhas. "Por quê? Quer um tour privado?"

Credo. "Não, mas..." Sinto a empolgação fazer cócegas em minha coluna. "Preciso de um favorzão."

11

DEAN

"Acho que ele não vai mais voltar." Sorrindo, aceno em direção à porta fechada que leva ao quarto adjacente. Começamos uma hora atrás, no quarto de Logan, mas acabamos no quarto de Garrett depois que esgotamos todas as bebidas do frigobar. Ou melhor, depois que eu acabei com todas as bebidas do frigobar. Em minha defesa, havia só duas cervejas e duas minigarrafas de uísque. Patético. É assim que estão tratando jogadores profissionais de hóquei no Azure Tower hoje em dia?

Então percebemos que simplesmente esqueceram de reabastecer a geladeira de Logan, porque, quando chegamos no quarto vizinho, a de Garrett estava abarrotada de garrafinhas de bebida. Estou preparando um cuba libre para mim enquanto esperamos por Logan. Ele disse que ia tomar uma chuveirada rápida antes de se juntar a nós para a saideira, mas já tem uns vinte minutos que saiu.

"Aposto que tá transando pelo telefone com a Grace", Garrett cogita. "Ou então mandando nudes. Sabia que toda vez que a gente viaja, ele vai ao banheiro do avião e tira foto do pau pra mandar pra ela?"

Dou uma gargalhada. "Rá, como se você não fizesse igualzinho pra Wellsy."

"Ah, claro. Não vou privar minha senhora dessa belezura..." Ele aponta para o próprio corpo, depois faz uma pose com sua camiseta do Bruins e a calça de pijama xadrez.

Minha coisa preferida sobre meu círculo social? Nenhum de nós carece de autoconfiança.

"Por que os quartos de vocês se comunicam?" Olho para a porta de

Logan. "O mundo inteiro já sabe que vocês chupam o pau um do outro. Sejam homens e dividam logo um quarto."

"Muito engraçado."

"Obrigado."

"Logan precisa da minha proteção", explica G. "Tá com medo de outra maria-patins invadir o quarto dele."

"Como é que é?"

"Aconteceu com ele lá em San Jose." Garrett dá uma risadinha. "Ele veio todo mal-humorado pelo corredor do hotel e me acordou. Agora está exigindo um quarto do lado do meu, pra não ter que andar muito se tiver que dividir o quarto comigo."

"Nossa. Que diva!"

"Pois é..."

Enquanto me apoio na escrivaninha bebendo meu drinque, Garrett adota uma expressão séria. "E aí, o que você vai fazer? Tipo, de verdade. Porque não dá pra fingir que não aconteceu."

Assim que cheguei ao hotel, contei para eles o que aconteceu na outra noite com Allie. Toda a rejeição sórdida da minha namorada que supostamente me ama. Mas paramos aí.

Garrett balança os cubos de gelo em seu uísque antes de levar o copo aos lábios. "Então, resumindo, ela falou uma porção de vezes que não estava pronta para noivar?"

"É", digo, com cautela.

"E você recebeu toda essa informação e interpretou como, humm, acho que vou pedi-la em casamento, então."

Olho feio para ele. "Ah, vai se foder. Não foi assim."

"Tô tentando entender como não foi, porque parece que ela te disse que não tava pronta, e a sua reação foi comprar uma aliança e organizar um jantar bacana e colocar ela contra a parede."

"Não acredito que você tá do lado dela."

"Não tô. Tô do lado da lógica. Quer saber de uma coisa, cara? A gente deu sorte. A gente podia ter arrumado namoradas que dizem uma coisa quando querem dizer outra. Do tipo que soltam suspiros enormes, e quando a gente pergunta qual o problema, elas vêm com um 'naaaaaada'..." Ele faz uma vozinha esganiçada. "Mas não foi o que aconteceu. A gente arrumou duas namoradas que, quando dizem uma coisa, não estão de brincadeira."

"Certo, e a Allie sempre disse que um dia vamos nos casar", murmuro.

"É. Um dia."

"Então qual a diferença se a gente noivar agora e se casar daqui a dez anos?"

"Exatamente", diz ele, inclinando a cabeça num desafio. "Qual a diferença? Por que você precisa colocar aquela aliança no dedo dela agora?"

Isso me faz parar por um instante. Acho que ele não está errado. A gente não precisa ficar noivo. Já moramos juntos. Sabemos que estamos nessa pra valer.

É só um anel, não é?

Minhas mãos envolvem o copo. Mas não. Não é.

É um *símbolo*.

Um símbolo do nosso compromisso. Sim, nós moramos juntos e estamos nessa pra valer, e sim, sei que todo dia alguém rompe um noivado, mas... meu Deus, não consigo nem mais pensar direito. E não deixo de notar a ironia da situação. O cara que pegava geral na faculdade, o autoproclamado pegador cujo apelido era Dean, a Máquina de Sexo, precisa de um compromisso oficial, ou seu coraçãozinho não vai se sentir seguro?

"Pelo que estou entendendo, você está num impasse. Você não pode forçá-la a aceitar o pedido de casamento."

"Não", concordo.

"Então o que vai fazer? Terminar com ela?"

Olho feio para ele.

"Qual o problema? É uma pergunta válida."

"Não vou terminar com ela." Exausto, viro quase metade da bebida antes de pousar o copo na mesa. "Acho que minha única opção é aceitar que ela me ama, mas não está pronta. E então continuar levando a vida até isso mudar."

"Caramba. Isso foi muito maduro."

Dou um sorriso triste. "Tenho meus momentos."

O telefone de Garrett toca na cabeceira. Ele se inclina para olhar a tela. "É a Wellsy. Um segundo. Deixa só eu mandar uma mensagem..."

"QUE MERDA É ESSA!"

Nós dois pulamos ao ouvir a voz masculina berrando atrás da porta de Logan. Ela é seguida por um grito estridente de mulher.

Um grito que conheço bem.

Franzindo a testa, vou em direção à porta e bato com força. "Logan, isso foi a minha namorada?", pergunto.

"Dean?" É a voz inconfundível de Allie.

"Allie-Cat?", respondo. "É você?"

"Sou, tô aqui com o Logan." Pausa. "E o pau dele."

Garrett ergue o rosto do telefone, uma expressão radiante. "Meu Deus. Nem ligo que o time levou um banho do Jersey. Esta noite acabou de ficar muito boa."

Ele salta da cama e corre para o meu lado. Um de seus passatempos preferidos é — para citar o próprio idiota — "ser um espectador da nossa estupidez".

Bato à porta de novo. "Abre!"

Quando ouço um clique, abro a porta e entro no quarto de Logan, onde encontro Allie e Logan se encarando. Minha namorada está de pé de um lado da cama king-size, com o vestido de paetê que colocou para ir à boate. Mas só com um dos sapatos. Olho ao redor e encontro o outro no chão, perto do banheiro.

Logan está do outro lado da cama. Completamente pelado.

Levanto uma sobrancelha. "Belo pau", digo a ele.

Ele suspira.

"Alguma razão pela qual você tá mostrando ele pra minha namorada?"

"Não mostrei nada pra ela." Ele ergue as mãos para pentear o cabelo úmido, e seus músculos peitorais se contraem. A água escorre por seu pescoço. "Saí do chuveiro, e ela estava bem ali, sentada na minha cama. Achei que fosse outra maria-patins sedenta."

"E aí você resolveu deixar a toalha cair?", replica Allie.

"Já tava caindo quando saí do banheiro. Não pense que eu estava me exibindo pra você." Ele ri. "Vai sonhando."

Garrett também ri. Prestativo, ele pega a toalha e joga para Logan, que se cobre depressa.

Minha atenção se volta para minha namorada. "Por que você tá no quarto do Logan?"

"Por que você não tá no quarto do Logan?", devolve ela. "Sua mensagem dizia que você tava no quarto do Logan!"

"O frigobar dele tava vazio, então mudamos pro quarto do G. Você não achou estranho que o quarto estava vazio?"

"Vi seu casaco na cadeira e ouvi alguém no banheiro. Achei que era você." Ela cruza os braços na defensiva. "Não imaginei que seu amigo idiota ia aparecer com esse pênis idiota pra fora."

"Meu pênis não é idiota", protesta Logan. "E como você entrou aqui?" Seu olhar exasperado se volta para Garrett. "Como que elas conseguem?!"

Garrett chega a sacudir de tanto gargalhar.

"Malcolm, que trabalha comigo, levou um amigo na boate hoje", explica Allie. "E acontece que o pai do cara é dono de todos os hotéis Azure. Nem pensem em denunciar, mas ele pediu para um dos carregadores me dar uma cópia da chave do quarto de Logan." Ela abre um sorriso radiante. "Ele me encontrou na entrada de serviço atrás da cozinha e me passou o cartão escondido. Foi tipo contrabando de drogas."

Luto para não rir. Só Allie poderia se divertir com um falso contrabando de drogas. No mínimo memorizou todo o encontro, caso precise se preparar para um papel no futuro.

"Genial", diz Logan, a voz transbordando de sarcasmo. "Aparentemente, qualquer um pode pedir a chave do meu quarto, que ninguém está nem aí. Por que eu não posso mais me sentir seguro num hotel?"

"Ah, pobrezinho", zomba Garrett. "Acontece comigo todo mês."

Sorrio para G. "Vai tirando onda, vai."

"Por mais divertida que seja essa reuniãozinha", interrompe Allie, fixando os olhos azuis em mim. "Será que a gente pode conversar? Sozinhos?"

"Pode usar o meu quarto", oferece G.

Eu me volto para ele agradecido. "Obrigado."

"Espera, deixa eu pegar meu sapato", diz Allie, mancando num salto só até o outro lado do quarto.

Estreito os olhos. "O que o seu sapato tá fazendo aí?"

"Ela jogou na minha cabeça", resmunga Logan.

Garrett dá outra gargalhada. "*Que* noite", comenta, animado.

Um momento depois, Allie está com o outro sapato, pego o casaco da cadeira, e nós dois seguimos para o quarto vizinho. Chuto a porta atrás de nós e fico em pé diante dela, enquanto Allie senta, meio tímida, na beirada da cama.

Depois de um instante de silêncio, ela diz: "Desculpa".

"Você veio de Jersey só pra me falar isso?", pergunto, seco.

"Não, só isso não."

"O que mais?"

"*Mil* desculpas."

Tento esconder o sorriso. Ela é uma graça. Os olhos brilhantes. O corpo perfeito nesse vestido curto. É, de longe, minha pessoa preferida no mundo.

"Tem mais", acrescenta ela, entrelaçando as mãos delicadas sobre os joelhos. Ela inspira. "Passei quarenta minutos no táxi planejando o que iria dizer pra você, mas todos os discursos ensaiados pareciam tão piegas e forçados. Cheguei a testar alguns em voz alta para o motorista, e ele falou que eu tava pensando demais."

Franzo a testa. "Pensando demais? No seu pedido de desculpas?"

"Não." Ela expira, apressada. "No meu pedido de casamento."

Dessa vez não consigo conter o sorriso. Ele se expande por todo o meu rosto, fazendo minhas mandíbulas estalarem. "No seu pedido de casamento", repito.

Allie assente. "Eu tava conversando com a Seraphina, e ela me ajudou a entender uma coisa importante. Minha vida inteira, sempre planejei tudo. Gosto de dar um passo de cada vez. Me ajuda a manter o foco, e, sei lá, acho que me ajuda a não me sentir sobrecarregada quando me vejo diante de uma mudança muito grande." Ela balança a cabeça mais para si mesma do que para mim. "Mas não estou sozinha neste relacionamento. Tem você também, e os meus passos não são necessariamente do tamanho dos seus. A gente não pode fazer tudo sempre do meu jeito."

Eu caminho até ela e sento ao seu lado. "Não, fui um idiota hoje mais cedo quando falei isso de você. Você tem razão. Sempre foi meio a meio com a gente."

"É, mas às vezes não precisa ser. Às vezes um de nós precisa dar cem por cento para o outro." Ela pega minha mão e entrelaça os dedos. "Eu te amo, Dean. Sou sua cem por cento. E até o casamento — que sei que a sua mãe e a Summer vão transformar num evento gigantesco e extravagante —, toda vez que eu conhecer alguém, quero te apresentar e poder dizer que este é o cara com quem eu vou me casar."

Meu coração bate um pouco mais depressa.

"Quero casar com você um dia. E, até esse dia, quero ser sua noiva." Ela engole em seco, e sua garganta se move. "Então, dito isso, você, Dean Sebastian Kendrick Heyward-Di Laurentis, quer ser meu noivo?"

Preciso morder a boca por dentro para conter a onda de emoção que me aperta a garganta. Engulo duas vezes, então levo a mão livre até sua boca e deslizo o polegar por seu lábio inferior.

"Claro que sim." Minha voz soa tão rouca, que tenho que pigarrear antes de continuar. "Se você me aceitar."

"Sempre", responde Allie, inclinando o rosto na direção do meu toque. "Serei *sempre* sua."

Ela então joga os braços ao redor do meu pescoço, e enterro o rosto em seu cabelo, inspirando um aroma de morango com rosas. Quando levanto a cabeça, seus lábios encontram os meus num beijo que vai de doce a sedento em dois segundos. A sensação de sua língua na minha envia uma comichão até a minha virilha.

Ofegante, me afasto e digo: "Merda. Queria estar com o anel agora. Mas tá em casa."

Seus olhos se enchem de curiosidade. "É grande?", pergunta.

"Enorme."

"Enorme quanto?"

"Gigante. Até o seu pai se espantou."

"Você mostrou o pau pro *pai* dela?"

Garrett entra às pressas no quarto, com um Logan de calça de moletom logo atrás dele, e Allie e eu levamos um susto.

"Que é isso?", exclamo. "Vocês estavam escutando?"

A defesa de Garrett é: "Você tá no meu quarto!".

"E eu sou só intrometido mesmo", acrescenta Logan. Ele me lança um sorriso satisfeito. "Mandou bem em falar do pau no final. Eu te disse, todo pedido de casamento precisa de uma pitada sensual."

"Não tava falando do meu pau", esbravejo. "Tava falando da aliança!"

"Ah." Ele pisca. Então olha para Allie. "Aquela coisa é gigantesca. Vai quebrar seu dedo."

Allie se volta para mim, sorrindo, radiante. "Você me conhece bem demais."

Acordo na manhã seguinte com Allie enrolada ao meu lado em nossa cama. Um braço esguio jogado sobre meu peito nu, os dedos relaxados sobre o meu quadril. Quando olho para eles, quase fico cego com o diamante em seu anelar. Juro por Deus, quando abri a caixinha na noite passada, assim ela que viu a aliança, ficou tão excitada que tirou a roupa na mesma hora e enfiou meu pau na boca.

Agora, deslizo suavemente os dedos ao longo da curva de suas costas nuas e sorrio para o teto. Estamos noivos. Outros homens talvez estivessem surtando um pouco, mas eu estou muito empolgado. Este anel gigante no dedo de Allie é como um outdoor anunciando a todos que conhecemos e a todos que vamos conhecer que esta mulher é minha. Ela é dona do meu coração.

A mesa de cabeceira vibra. Não estou pronto para olhar o telefone ainda, porque antecipo uma enxurrada de mensagens de texto e chamadas perdidas. Estava tarde demais para ligar para as pessoas quando viemos de Jersey para casa ontem à noite, mas mandamos uma mensagem para o pai de Allie e para minha família inteira para contar as novidades. Em seguida, ignoramos cinco ligações de FaceTime da minha irmã e da minha mãe, e, em vez disso, transamos até cansar. Pouco antes de adormecermos, recebemos uma mensagem de Joe Hayes. Um simples polegar afirmativo. Amo aquele homem.

Mas quando meu telefone vibra de novo, percebo que não é uma ligação normal. Ele está vibrando com o toque de quando é uma ligação da portaria.

Pego o telefone depressa. “Alô?”, atendo, sonolento.

“Desculpe incomodá-lo, sr. Di Laurentis, mas tem uma entregadora aqui com um pacote para a srta. Hayes. Posso mandar subir?”

Como a segurança do nosso prédio é mais rígida do que a de Fort Knox, sei que não é trote, então digo: “Pode sim, sem problemas. Obrigado”.

Desligo e tento me desvencilhar das garras de Allie. Ela não se move.

“Gatinha, você precisa mexer o braço”, digo a ela, descendo a mão para beliscar levemente seu quadril.

Ela murmura algo ininteligível.

“Tenho que atender a porta. Tem uma entrega.”

Sonolenta, Allie rola de lado, me mostrando a bunda nua. Nossa. Preciso de toda a minha força de vontade para não esfregar o pau que já ficou duro naquele doce espaço entre as nádegas. Sufocando um gemido, me forço a sair da cama e pego a cueca no chão. Visto-a e caminho até a porta da frente, coçando o peito e bocejando.

“Entrega para Allie Hayes?”, anuncia uma garota baixinha de cabelo rosa e piercing no nariz, quando abro a porta.

“É minha noiva.” É, nunca vou me cansar de ouvir isso. “Precisa de assinatura?”

“Não. Todo seu.”

Quando me dou conta, ela está enfiando uma caixa média em minhas mãos e voltando para o elevador. Estudo o rótulo, levantando uma sobrancelha ao perceber que a remetente é Grace Ivers. Tá na cara que Logan não perdeu tempo em dar a grande notícia do noivado para a namorada.

“De quem é?” Allie está sentada quando entro no quarto, o cabelo amarrotado. Ela esfrega os olhos sonolentos.

“Grace e Logan”, digo a ela.

“Que rápido.”

“Pois é.”

Pouso a caixa na cama, levanto uma ponta da fita adesiva, em seguida, arranco a fita inteira.

“Mal posso esperar para mostrar isso na festa de despedida hoje”, exclama Allie, admirando a aliança enquanto abro a caixa.

Sob as abas de papelão, encontro um pedaço de papel dobrado. A mensagem é curta e direta.

Parabéns pelo noivado! Nós três estamos tão felizes por vocês!

"Nós três?" Allie lê o bilhete por cima do meu ombro, estendendo as mãos ansiosas na direção da caixa.

Um mal-estar me invade a garganta. Tenho uma suspeita terrível de que sei exatamente o que...

"Não!", geme ela, quando o boneco de porcelana sai da caixa. "Ai, meu Deus, Dean, ele tá na nossa cama! Temos que queimar os lençóis agora!"

Fito as bochechas vermelhas e os olhos vazios de Alexander. "Filho da puta", resmungo. "Você tem noção que Logan deve ter pedido a Grace pra mandar isso durante a noite? Isso é a mais pura traição."

"Traição do último nível."

Nós dois fixamos o olhar no boneco, nenhum de nós querendo pegá-lo e tirá-lo da cama. Sei que fui eu quem abriu essa caixa de Pandora grotesca quando comprei Alexander para Jamie, mas quantas vezes preciso pedir desculpas? Por que esses psicopatas continuam me mandando de volta?

Cerro os dentes. "Não acredito que Logan faria uma coisa dessas com a gente. E depois de a gente ter elogiado o pau dele?"

Minha noiva suspira. "A gente?"

"Ah, até parece que você não ficou impressionada também", acuso.

"Tá, fiquei", cede Allie. Ela dá de ombros. "A sra. Logan é uma mulher de sorte."

Concordo com a cabeça. "Muita sorte mes..." paro, de repente. "Espera. O quê?"

PARTE III
A LUA DE MEL

1

TUCKER

Um dia antes

Nada melhor do que a paternidade para colocar um homem no seu lugar. Eu costumava caminhar pelas ruas de paralelepípedo da universidade Briar com meu casaco do time de hóquei, enquanto meninas de olhos vidrados se jogavam na minha direção. Agora, estou caminhando por nosso subúrbio em Boston, no início de junho, com uma pessoinha toda de babados cor-de-rosa me levando pela mão. Tá, eu podia ser o pai do dinossauro. No parquinho coberto, os personagens que tomaram conta de nossos filhos feito demônios possuidores de almas travam batalhas míticas e criam sociedades complexas numa linguagem secreta que nos impressiona tanto quanto nos alarma.

Eu e os outros pais estamos amontoados no nosso canto, observando as crianças brincarem. A maioria dos homens está na casa dos trinta, o que faz de mim o mais jovem do grupo. Quando descobriram que tive Jamie aos vinte e dois anos, metade deles ficou impressionada, e a outra metade perguntou o que eu tinha contra a camisinha. Mas eu entendo. Criar um filho é cansativo.

"O Christopher está há seis semanas na fase dinossauro", diz Danny, o pai do dinossauro, quando alguém enfim pergunta sobre a fantasia digna de palco. "Primeiro ele parou de usar talher. Agora come com a boca direto no prato porque 'dinossauros não usam as mãos'." Ele pontua com aspas no ar e exasperação. "A mãe dele tem toda a paciência do mundo, mas o meu limite é servir carne crua no chão para o meu filho de três anos."

Caímos na gargalhada.

Considerando a alternativa, a fase princesa de Jamie é tranquila. Colar pedrinhas de strass toda noite depois que ela passou o dia destruindo o vestido não é o pior detalhe da vida de pai que eu poderia citar.

Quando Jamie aparece algumas horas depois, os olhos pesados e o cabelo ruivo ondulado soltando do rabo de cavalo, noto que está sem alguns dos acessórios com que saiu de casa.

"Cadê a tiara e as joias, princesa?" Pego-a no colo, porque é capaz de dormir de pé. "Perdeu no túnel de corda?"

"Eu dei", responde ela, descansando a bochecha no meu ombro.

"Por que você fez isso?"

"Porque a Lilli e a Maria também queriam ser princesas, mas não tinham nada de princesa, então dei pra elas as minhas coisas de princesa."

"Ah, cara", Danny diz para Mark. "Por que ele tem a princesa fofinha, e o meu tenta comer o cachorro?"

"Tem certeza de que não se importa de ficar sem as suas coisas?", pergunto a Jamie.

"Não! Devia ter mais princesas." Então ela se aconchega mais perto, e quase derreto ali mesmo.

Que criança mais doce. Odeio ter que dizer tchau pra ela amanhã. Vou sentir muita saudade, mas essa lua de mel está mais do que atrasada. Já tem um mês que nos casamos. Um mês inteiro. Mas agora que Sabrina se formou oficialmente na faculdade de direito, posso enfim roubá-la por algum tempo só pra nós.

Meu plano é passar os próximos dez dias fazendo minha esposa gozar seis vezes por dia até domingo.

"Até daqui a duas semanas, rapazes", digo aos outros pais, antes de pegar a bolsa rosa de lantejoulas de Jamie e carregar minha filha sonolenta para fora do parquinho coberto.

Quando chegamos em casa, quinze minutos depois, o carro de minha mãe está estacionado em frente ao bar. Não importa quantas vezes eu veja o letreiro — Bar do Tucker —, ainda tenho essa sensação surreal. Abri este lugar logo depois que Jamie nasceu, em quase três anos já estava tendo lucro, e abri uma filial perto de Fenway. O que ainda não consegui fazer é tirar minha pequena família do apartamento em cima do bar. Quer dizer, não tem nada de errado em morar em cima de um bar e, com certeza, o apartamento é bem espaçoso para nós três. Mas quero que Jamie tenha um quintal. Quero que Sabrina tenha um escritório de verdade. Talvez um para mim também.

Agora que Sabrina terminou a faculdade, talvez sobre um pouco de tempo para procurar uma casa. Faço uma nota mental disso enquanto carrego Jamie pela escadaria estreita na lateral do prédio de tijolos. Assim que passo pela porta da frente, ouço mamãe e Sabrina na cozinha.

"Chegamos", digo. Coloco Jamie no chão, e ela cambaleia meio grogue na direção da voz da mãe.

"Ela em geral acorda entre sete e oito", Sabrina está dizendo para a minha mãe, de pé, junto à ilha da cozinha. "Ela vai te dizer o que quer de café da manhã. Tem cereal e aveia na despensa. Iogurte na geladeira. Sempre deixo umas frutas cortadas pra uns dois dias, ou você pode fatiar uma banana. Ela vai dizer que quer torrada ou muffin, e tudo bem, mas ela só vai dar duas dentadas e, depois pedir iogurte, então é mais fácil já deixar pronto."

Sabrina quase não me nota. No piloto automático, coloca Jamie numa cadeirinha para fazer um lanche antes do cochilo da tarde.

"Vamos nos dar bem", garante minha mãe, um pouquinho aborrecida. Sabrina às vezes se estressa muito com essas coisas.

Quanto mais perto chegamos da viagem, mais neurótica Sabrina tem ficado com o planejamento da rotina de Jamie. Nossa casa está cheia de bilhetes lembrando minha mãe onde estão as coisas e quando Jamie tem que dormir e sei lá mais o quê. Está demais. Felizmente, minha mãe está levando na esportiva.

"Não é nossa primeira vez juntas, né, lindinha?" Minha mãe bagunça o cabelo ruivo escuro de Jamie e fita a neta com adoração. Ela ama essa menina tanto quanto nós. Talvez até mais. Quer dizer, ela se mudou do Texas para Boston para ficar perto de nós, e ela odeia inverno. Com todas as suas forças.

"Cadê as coisas dela?", me pergunta Sabrina, depois de perceber que os acessórios de Jamie sumiram.

"Ela quis dividir com as amigas. Minha mãe pode sair com ela para comprar mais."

A cara feia me diz que Sabrina não gostou da resposta, mas a criança está adormecendo diante de seu prato de frutas e legumes, então ela a toma nos braços, e eu sigo as duas pelo corredor em direção ao quarto de Jamie.

"Acho que a Gail não ouviu uma palavra do que eu disse a manhã toda", sussurra Sabrina, colocando Jamie na cama.

Luto contra o sorriso. "Vai dar tudo certo, princesa. Elas sempre se divertem juntas."

"Uma noite só. Mas dez dias é muito tempo. Foi uma péssima ideia." Sabrina morde o lábio inferior. "Não sei o que eu estava pensando."

Eu sei o que eu estava pensando. Estava pensando que estamos casados há um mês, e ainda não consegui comer minha mulher direito porque a orelhuda da minha filha ouve tudo o que acontece neste apartamento. E Sabrina não me deixa trancar a porta do quarto porque tem pesadelos com Jamie tentando nos avisar, sem conseguir, que a casa está pegando fogo. Como se ela fosse um cachorrinho. Mas estou me segurando para não reclamar, porque sei como foram difíceis para Sabrina os últimos meses antes da formatura, principalmente tendo que conciliar os estudos com a maternidade. Ela trabalha tanto para ser uma supermulher, que parece errado despejar minhas frustrações nela também.

"Vem cá." Fora do quarto de Jamie, puxo-a num abraço e tiro o cabelo de seu rosto.

Então fico ali, momentaneamente embasbacado pela profundidade de seus olhos escuros.

"O quê?", pergunta ela, sorrindo para mim.

Lambo os lábios subitamente secos. "Você é linda, sabia disso? A gente mal consegue passar cinco minutos juntos hoje em dia. Acho que acabo me esquecendo de como você é bonita."

Sabrina revira os olhos. "Cala a boca."

"É sério. Linda demais. E isso não foi má ideia. Você precisa dessa viagem, princesa. Faz anos que você mal tira um dia de folga. Eu também." Dou de ombros. "A gente precisa disso."

"Precisa?" Ainda está estressada.

"Claro que precisa. Sol, areia, dormir até tarde, o quanto a gente quiser", lembro a ela.

Parece um sonho só de falar em voz alta. Dez dias na casa de férias da família de Dean, em St. Barth. As passagens, uma cortesia de minha mãe, presente de casamento. Vai ser a mistura perfeita de descanso, relaxamento e o máximo de sexo possível, porque ter um ser humano em miniatura aqui em casa tem sido um empata-foda constante. Cara, amo aquela figurinha, mas mamãe e papai precisam se divertir um pouco.

"Confie em mim", asseguro a ela. "Vai ser perfeito."

Ela arqueia a sobrancelha. "Não sei. Faz um tempo. Melhor não prometer coisa demais."

"Rá. Pelo contrário, tô prometendo coisa de menos." Eu a seguro pela cintura e me abaixo para beijá-la.

Sabrina corresponde o beijo, então se afasta e inspira fundo. Ela fecha os olhos. Expira. "Tem razão. A gente merece escapar um pouco. Vai ser bom."

Isso virou praticamente um mantra. Ela tentando se convencer a tirar um tempo para si mesma, de que o mundo não vai desabar por causa disso. Planejar essa viagem a fez oscilar entre a empolgação e o terror pelo menos seis vezes ao dia. Se eu conseguir fazê-la passar pela porta da frente, já vai ser uma vitória.

2

SABRINA

Dia 1

Tucker começou a me oferecer vinho no bar do aeroporto. No avião, ele não deixa um comissário passar sem pedir outra taça de champanhe para colocar na minha mão. Não que eu esteja reclamando. Admito que deixar Jamie foi mais difícil do que eu imaginava, mas ele tem razão: ela está em boas mãos com Gail. E, se algo der errado, é um voo rápido. Vamos sobreviver.

"Vi você olhando os sapatos dela, Harold."

"Juro por Deus, Marcia, não olhei pra sapato nenhum."

"Não me trate com condescendência. Sei do que você gosta, seu pervertido."

O casal de meia-idade à nossa frente na primeira classe, no entanto, pode não durar o voo todo.

"Tô torcendo pra Marcia", sussurra Tucker no meu ouvido. "Ele é um tarado por pé."

"De jeito nenhum. Ela que é a pervertida, e não ele. Ela gosta de brigar em público com ele pra manter viva a chama."

Eles estão nessa desde que sentaram. Discutindo sobre pacotinhos de açúcar e a televisão de bordo. Marcia repreendendo Harold por pedir uma gim-tônica. Harold fingindo ânsia de vômito por causa do perfume forte dela, que ele jura que ela comprou só para piorar a alergia dele e ele morrer.

Ainda bem que Tuck e eu não brigamos assim. Cara, a gente não briga por nada, embora minhas amigas tenham opiniões diferentes sobre isso. Carin acha que é uma coisa boa, que significa que o nosso relacionamento está um nível acima dos outros. Já Hope insiste que não é normal um casal que não briga. Mas, sério, que culpa tenho eu? Tucker é o homem mais descontraído do planeta. Posso contar nos dedos de uma das mãos o número de vezes que o vi perder a cabeça.

"Bunda grande", diz Harold, orgulhoso. Uma das comissárias de bordo se volta para ele da cozinha, onde está preparando o café, e o encara, assustada. "É disso que eu gosto, e você sabe muito bem. Quando olho para outra mulher, não é por causa do sapato, Marcia."

"Tá querendo dizer que a minha bunda não é grande o suficiente para você? Tá me chamando de magrela?"

"Prefere que eu te chame de gorda?"

Ela rosna feito um gato selvagem. "Você me acha gorda?"

Tuck chega mais perto de novo. "Ah, as mulheres..."

Aperto o rosto contra seu ombro para abafar uma risada. Não sei se vou aguentar mais quatro horas de Harold e Marcia. Acho que vou precisar de mais champanhe.

Enquanto olho na direção da cozinha na esperança de chamar a atenção da comissária, sinto um cheiro forte de fumaça. Ela vem do homem que estava sentado na cadeira 3E assim que ele passa por nós no corredor. Eu o vi fumando um cigarro atrás do outro na calçada do aeroporto, no check-in externo, enquanto despachávamos a bagagem. Ou o cara está com dor de barriga ou está chupando um cigarro eletrônico de cinco em cinco minutos no banheiro.

"Se mandarem o avião voltar por causa daquele cara, vou ficar muito brava", murmuro para Tucker.

"Não se preocupe, acho que os comissários estão de olho." Ele acena com a cabeça em direção aos dois funcionários na porta da cozinha, que estão sussurrando um para o outro enquanto olham diretamente para a 3E.

Quando percebe que estamos vendo, o comissário se aproxima e oferece aquele sorriso plástico da indústria de serviços. "Mais champanhe para os recém-casados?"

"Por favor", digo, agradecida.

"É pra já."

Assim que ele se afasta, o braço musculoso de Harold se estende para impedi-lo. "Outra gim-tônica, por favor."

"Não se atreva", avisa Marcia. "Peter e Trixie-Bell vão buscar a gente em St. Marteen."

"E daí?"

"E daí que você não pode aparecer bêbado no dia em que vai conhecer a noiva do seu filho!"

"Ela é uma stripper, Marcia. O nome dela é Trixie-Bell! Com hífen! Você acha que eu tô preocupado em impressionar a dançarina que o bobão do nosso filho conheceu há duas semanas numa boate no Caribe e com quem enfiou na cabeça que tinha que casar?"

É a vez de Tucker enterrar o rosto no meu ombro, tremendo com uma risada silenciosa. O pobre comissário de bordo está parado no corredor feito um cervo congelado na mira de um caçador, sem saber o que fazer a respeito da gim-tônica.

"Senhor?", pergunta ele.

"Gim-tônica", responde Harold, teimoso.

Só que o discurso apaixonado sobre o filho idiota deve ter causado um impacto em Márcia, porque ela levanta a mão carregada de bijuterias e murmura: "Dois, por favor".

Enxugando lágrimas de alegria dos olhos, meu marido me olha. "Quer ver o mesmo filme que eu?" Ele aponta para nossas telinhas, abertas no menu principal.

"Tá. Só um segundo. Quero entrar no wi-fi e ver se a sua mãe mandou alguma mensagem."

Pego o telefone na bolsa aos meus pés e, assim que consigo ligar o wi-fi, a tela se enche de e-mails.

"Tá popular", brinca Tucker.

Dou uma olhada nas notificações, mas não há nada de Gail. "É. O RH da Billings, Bower e Holt não para de me mandar coisas." Continuo repassando as mensagens. "Ai. Chegou um e-mail da Fischer and Associates também."

"Quando você tem que responder?"

"Depois da viagem."

"Você tem preferência por alguém?"

"Não sei", suspiro.

"Quer parar de mexer na tela!?" Marcia está brigando com o marido de novo.

"Mas o filme não carrega", resmunga Harold. "Quero ver *Vingadores*, droga."

"Não vai carregar se você continuar apertando todos os botões!", ela bufa. "Olha o que você fez. Agora congelou."

"Por que você não cuida da sua vida e presta atenção na sua tela?"

Por sorte, nosso champanhe chega. Dou um muito necessário gole enquanto avalio as opções pela milionésima vez. Depois da formatura, recebi uma proposta de emprego do segundo escritório de advocacia mais importante de Boston. Um emprego dos sonhos, para quem está só começando. Não havia dúvida de que eu tinha que aceitar. Só que recebi uma ligação de um escritório pequeno de defesa civil que me fez perceber o quanto minhas prioridades mudaram nos últimos anos.

"Qual a diferença, em termos práticos?", pergunta Tucker.

"O escritório grande é bem na minha área. Direito penal. Clientes corporativos grandes. É onde tá o dinheiro", explico. "Os casos sem dúvida iriam ser difíceis. Estimulantes."

Ele assente, lentamente. "Tá. E a Fischer?"

"Basicamente defesa civil. Não é nada glamouroso, mas é um escritório antigo. Existe há uns cem anos mais ou menos. O salário é bom, o que provavelmente significa clientes importantes."

"Parecem boas opções."

"A primeira seria oitenta horas por semana. No mínimo. Plantão de dia e de noite. Disputando promoção com cem outros advogados juniores."

"É, e você gosta de uma competição", me lembra Tucker, com um sorriso divertido.

"Se pegar a segunda, vou poder ficar mais em casa com você e Jamie."

Durante a faculdade inteira, me convenci de que não ia me sentir realizada se não conseguisse o emprego perfeito. Defendendo casos com unhas e dentes, lutando nas trincheiras. Desde a formatura, no entanto, ficar em casa com Jamie o dia inteiro mudou minha perspectiva. Passei a me preocupar com o equilíbrio entre o trabalho e a família no longo prazo.

Tucker, como sempre, se oferece como minha fortaleza. Minha rede de apoio de uma pessoa só. "Não se preocupe com a gente", diz, a voz meio rouca. "Você trabalhou a vida toda para chegar aqui, princesa. Não abandone os seus sonhos."

Avalio sua expressão. "Tem certeza de que topa se eu pegar o emprego em que teria que trabalhar mais? Seja sincero."

"O que você escolher pra mim tá bom."

Não vejo nada além de sinceridade em seu rosto, mas com Tucker nunca dá pra saber ao certo. Ele não é bom em dizer quando alguma coisa o incomoda, nas raras ocasiões em que isso acontece.

Ele pega minha mão, os dedos calejados acariciando os meus. "Posso ajudar e fazer mais em casa. A Jamie vai ficar bem. O que você decidir, a gente dá um jeito de fazer funcionar."

Para uma pessoa que veio de um lar desfeito em Southie e engravidou na faculdade, eu poderia ter terminado com alguém muito pior do que Tucker. Mesmo que fizesse metade do que faz, já seria um cara ótimo, mas este cara grande e bonito decidiu ser excepcional.

Mal posso esperar para passar dez dias numa ilha com ele só para mim. Às vezes, sinto muita falta do início do namoro. Antes de a nossa monstrinha chegar, quando eu passava todo o tempo que tinha em aula ou com a cara enfiada num livro. Quando a gente transava na caminhonete dele, ou quando ele aparecia na saída do trabalho, me encostava contra a parede e levantava a minha saia. Aqueles momentos em que nada mais importava, exceto a necessidade esmagadora de tocar um no outro. Ainda existe essa necessidade. É só que outras coisas apareceram para atrapalhar. Nem sei se lembro como ser espontânea.

Então, Tucker coloca a mão em meu joelho, me acariciando com os dedos, e começo a olhar para o letreiro do banheiro.

Devo ter cochilado em algum momento, porque mais ou menos na metade do voo sou acordada por uma breve turbulência e as vozes elevadas de Marcia e Harold.

"Ela tá grávida, pode apostar."

"Harold! Peter disse que ela não estava."

"O menino é um mentiroso compulsivo, Marcia."

"Ele não mentiria sobre isso."

"Tudo bem então, vamos apostar. Se a Trixie-Bell não estiver com barriga, não vou tocar em uma gota de álcool nesta farsa de casamento."

"Rá! Até parece!"

"Mas se estiver..." Ele pensa um pouco. "Posso jogar o vidrinho inteiro daquele seu perfume horrível no mar."

"Mas custou trezentos dólares!"

Adorei a aposta. Já estou pensando numa maneira de descobrir o desenlace. Será que tem algum registro dos casamentos feitos em St. Marteen? Talvez a gente possa alugar um barco em St. Barth e entrar de penetra na festa.

Viro para Tucker, para perguntar se ele tem alguma ideia, mas ele está ocupado olhando ao redor.

"Tudo bem?", pergunto, inquieta.

"Tá sentindo esse cheiro?"

"Ah. Tô. É o fumante inveterado da 3E."

"Não acho que seja fumaça de cigarro", diz ele em voz baixa, olhando para fora da janela.

Tucker fecha a cara. Está com aquele olhar que costumava assumir depois de passar cinco horas seguidas assistindo a documentários sobre desastres de avião na televisão, às quatro da manhã, entre as mamadas de Jamie.

Os mesmos dois comissários de bordo passam casualmente de um lado para o outro no corredor, com seus sorrisos profissionais, mas há agora uma diligência em seus movimentos, chega a ser desconcertante observá-los. Quase imperceptivelmente, o avião começa uma descida gradual.

"Estamos descendo?", sussurro para ele.

"Acho que sim."

E o cheiro de fumaça está piorando. Juro que chega a haver uma ligeira névoa no ar, e não sou a única a notar. Um murmúrio percorre a primeira classe.

"Harold, querido, tá sentindo esse cheiro?", ouço Marcia perguntar, em pânico.

"Tô, meu amor. Tô sim."

Ai, não. Se a fumaça é ruim o suficiente para fazer esses dois se chamarem com carinho, então a coisa está feia.

O avião continua a perder altitude, e meu estômago se revira. "Tuck", chamo, preocupada.

Ele coloca o rosto na janela de novo, e então pega a minha mão. "Tô vendo uma pista de pouso", diz ele, querendo me assegurar de que não estamos prestes a bater no meio do nada ou algo assim.

"Atenção passageiros, aqui é o capitão", diz uma voz monocórdica nos alto-falantes. "Como vocês devem ter percebido, estamos de fato descendo. O controle de tráfego aéreo nos deu autorização para pousar no Aeroporto Internacional de Jacksonville. Nós alteramos nossa rota e vamos fazer um pouso de emergência em breve devido a uma falha mecânica. Por favor, retornem para os seus assentos e coloquem os cintos de segurança. Tripulação, preparar cabine para pouso."

Fim do anúncio.

Aperto a mão de Tucker e tento conter meu pânico crescente. "Isto está mesmo acontecendo."

"Tá tudo bem. Não é nada demais. Esses caras fazem pousos de emergência o tempo todo." Não sei se Tucker está falando isso para mim ou para si próprio.

A tripulação segue com suas tarefas com os mesmos sorrisos artificiais, recolhendo educadamente o lixo e pedindo aos retardatários que fechem as mesinhas. Esses sociopatas são capazes de esconder a verdade até a gente explodir numa bola de fogo e metal retorcido.

Na nossa frente, Marcia e Harold se abraçam, esquecendo todas as desavenças, enquanto professam seu amor.

"Eu te amo, Harold. Desculpa ter te chamado de pervertido."

"Ah, meu amor, nunca mais se desculpe comigo por nada."

"É tarde demais para mudar o beneficiário do testamento? E se escrevêssemos alguma coisa num guardanapo? Não quero que a Trixie-Bell herde o apartamento de férias em Galveston!"

Eu me viro para Tuck, horrorizada. "Ai, meu Deus. Não temos um testamento."

A voz do nosso piloto surge nos alto-falantes novamente. "Passageiros e tripulação, por favor, adotar posição de impacto."

Tucker coloca a mão sobre a minha, e nós dois nos agarramos aos apoios de braço e nos preparamos para o impacto.

3

TUCKER

Noite 1

Não morremos.

O avião pousa com segurança em Jacksonville, sob suspiros de alívio e algumas palmas e assobios desconfortáveis. A tripulação pede desculpas profusamente junto à porta enquanto deixamos a aeronave e somos escoltados pela equipe do aeroporto até uma área de espera, onde ficamos encurralados e somos compensados com lanches e café grátis. Uma senhora de blazer não ri quando peço uma cerveja em vez de café.

"Quem vai ficar com a Jamie?", pergunta Sabrina, depois de mandar uma mensagem de texto para minha mãe para saber como elas estão. Avó e neta estão bem.

Minha esposa, por outro lado...

"Oi?" Eu a olho, sem entender.

"No testamento. Precisamos de um plano de custódia para a Jamie." Ela começa a vasculhar a bolsa. "Acho que a sua mãe seria a melhor tutora, né?"

"Aqui, princesa. Come um biscoito." Pego três sacos de mini Oreos da cesta na cadeira à nossa frente e jogo no seu colo. "É só a adrenalina. Vai passar."

Sabrina ergue os olhos da bolsa e me encara com um olhar mortal. "Você tá tentando me calar com biscoito? Quase morremos num acidente de avião, e não temos nada para dizer sobre o que vai acontecer com a nossa filha se nós dois morrermos."

“Achei que ela ia se juntar a uma trupe de circo e acabar fazendo joias de turquesa no deserto.”

“Legal, John, que bom que você acha tudo isso muito engraçado.”

Merda. Ela me chamou de John. Agora sei que é sério.

“Não é engraçado”, garanto a ela. “Mas é uma conversa um pouco mórbida, não acha?”

“Atenção, senhoras e senhores.” No meio da sala de espera, aparece uma funcionária da companhia aérea, alta, com ar autoritário e vestindo um terninho. “A equipe de manutenção detectou uma pequena falha elétrica na aeronave, o que exigiu o pouso antecipado.”

“Antecipado”, Sabrina zomba do eufemismo.

“Parece que o sistema de entretenimento de bordo entrou em curto.”

Um suspiro alto soa ao final da nossa fileira, cortesia de Marcia. “Foi você, apertando todos aqueles botões! Você congelou a tela”, ela acusa o marido, apontando uma unha vermelha para ele.

O homem rotundo a encara.

“Posso garantir aos senhores”, diz a representante da companhia aérea, com suavidade, “que a falha ocorreu na fiação, e não como resultado de qualquer contato de um passageiro com a tela.”

Ela então começa a nos explicar que nosso avião ficará em manutenção e que eles vão mandar outro para nos levar a St. Marteen, onde Sabrina e eu devemos pegar uma balsa para St. Barth.

“Quanto tempo vai levar?”, alguém pergunta.

A moça não dá nenhuma certeza, o que gera reclamações e argumentos por parte dos passageiros irritadiços. Suspirando, começo a enviar mensagens para avisar que não vamos chegar na hora planejada. Primeiro para minha mãe, depois para Dean, que nos emprestou a casa.

“Me dá uma caneta”, pede Sabrina, me cutucando.

“Hein?”

“Uma caneta. Preciso de uma caneta.”

Pego uma na mala, e ela a arranca da minha mão. Sabrina, agora obcecada com a ideia de nossas mortes prematuras, usa o tempo de espera para rabiscar furiosamente um testamento no verso do comprovante de passagem que imprimimos antes de sair de casa. Preferiria muito abraçá-la, puxá-la para junto de mim e ficar aqui ouvindo os outros passageiros, mas Sabrina está totalmente concentrada.

"A Jamie fica com a vovó Tucker?", pergunta ela. "O Garrett e a Hannah podem ficar como segunda opção?"

"Por mim tudo bem."

"Certo. Essa foi fácil. E as finanças? Quer deixar uma instrução de vender o bar, ou prefere que alguém tome conta até a Jamie ter idade suficiente para assumir? O Fitz, talvez. Acho que iria gostar." Ela morde a tampa da caneta. "Quer deixar alguma doação para alguém, ou dar tudo para a Jamie?"

"Acho que o mais importante é: quem vai apagar o nosso histórico de busca na internet?"

"O quê?" Sabrina volta a cabeça na minha direção, ainda curvada sobre o papel em seus joelhos.

"Não dá pra pedir para a minha mãe, e acho que a Jamie ainda deve ser meio nova pra usar computador."

Sabrina infla as narinas. "Você tá zombando de mim."

"Não", digo, com inocência. "Só tentando dar uma contribuição para os nossos últimos desejos."

Ela não precisa me mandar calar a boca. Seus olhos castanhos estão me fulminando. Escondo um sorriso e abro um pacotinho de biscoito.

Quando pousamos em St. Marteen, Sabrina está com raiva de mim, porque não tenho nenhuma opinião sobre como gostaria de ser enterrado ou quem deve herdar minha coleção de jogos Xbox do tempo de faculdade. Na balsa para St. Barth, ela se limita a encarar a água escura como se estivesse fantasiando sobre me lançar ao mar. Estamos exaustos e suados e nos arrependemos totalmente de toda essa provação — até que o barco nos deixa em nosso cais, e caminhamos na areia em direção a uma colina até a casa iluminada em tons de âmbar contra o céu noturno.

"Tá de brincadeira?" Sabrina passa pela porta da frente, pousa as malas no chão e olha à nossa volta, admirando o teto alto e as vigas expostas. Ela avalia o piso de mármore e a imensidão da casa. "Que lugar inacreditável."

"A família de Dean é terrivelmente rica. Você sabe disso."

"Achei que sabia, mas isso é *obsceno*", diz ela, seguindo à minha frente. "Eles têm um cais particular. E uma praia particular. E — ai, meu Deus — tem comida!"

Eu a encontro na cozinha, abrindo uma garrafa de água mineral Acqua Panna e enfiando uma fruta na boca. Na bancada de mármore branco, os empregados da casa deixaram uma bandeja com abacaxi, melão e mamão cortados, além da água mineral e uma garrafa de Dom Perignon. Já tomei champanhe o suficiente no avião, então deixo a garrafa de lado. Há também um bilhete datilografado sobre uma pasta fina.

Enquanto Sabrina morde um pedaço de melão, pego o papel e leio em voz alta. "'Sabrina e Tucker, sejam bem-vindos à Villa le Blanc! Esta pasta tem tudo que vocês precisam saber para a sua estada. Todas as chaves de que vocês vão precisar estão no armário em cima da adega. Qualquer pergunta, é só falar com a nossa governanta, Isa, ou com a gerente de imóveis, Claudette. Parabéns aos noivos! Com amor, Lori e Peter.'"

Caramba, os pais de Dean são anfitriões incríveis. A pasta é um tesouro de informação. Códigos de alarme. Um mapa da vasta propriedade. Telefones de um chef particular, restaurantes, empresas de turismo. O contato de Isa, que aparentemente traz frutas frescas e jornais toda manhã. Instruções sobre como pedir entrega de mantimentos. Como dirigir o barco. Os minibuggies e outros brinquedos de praia. É praticamente um pequeno resort. Maldito Dean, vivendo uma vida de luxo aqui.

Damos uma olhada rápida no primeiro andar, que tem vista para a praia à frente e é cercado por palmeiras na parte de trás. Sabrina abre as portas de vidro para o deck da piscina e recebe a brisa fresca do oceano, com as cortinas brancas ondulando ao seu redor.

"Você ouviu isso?", pergunta ela, com um sorriso radiante.

Ouvi. Ouvi o mar. As ondas batendo na areia. Insetos cricrilando à distância. O quase silêncio relaxante, jamais interrompido por uma criança gritando ou pelo desenho animado na televisão.

O trauma da viagem se dissolve no ar da noite, toda raiva e irritação diminuindo quando desligamos o chuveiro externo, junto da suíte principal, e entramos nus debaixo dos lençóis caros.

"Ainda tá arrependida de ter vindo?", pergunto, puxando seu corpo quente junto ao meu.

Ela deita a cabeça no meu peito, as unhas curtas acariciando distraidamente os gomos do meu abdome. "Fora o quase desastre de avião? Não, estou feliz de estar aqui. Este lugar é incrível."

Acho que o chuveiro duplo foi o que a convenceu de que a viagem valeria a pena.

"Obrigada por segurar a onda", diz, desculpando-se.

"Sem problemas." Conheço a mulher com quem me casei. Ela pode ser intensa, mas, em última análise, é isso que amo nela.

"Vai ser muito bom poder passar um tempo sozinhos." Seus dedos sobem por meu peito em direção ao meu rosto, traçando suavemente a linha do meu maxilar.

"Só você, eu e essa bunda." Aperto-a com a mão cheia, e ela me dá um soquinho nas costelas.

"Tão machão."

"Rá, como se você não quisesse tanto quanto eu."

Sua risada tranquila faz cócegas em meu peito. "Verdade."

E mesmo exaustos e mentalmente esgotados pela provação de hoje, isso não é desculpa para desperdiçar a oportunidade. Então eu levanto seu queixo para beijá-la, acariciando seu cabelo.

Que falta sinto das pequenas coisas. O cheiro do cabelo dela. Como sua pele é macia na nuca. Passo sua perna por cima do meu quadril e me viro de lado. É quase como se não a tocasse há meses. As curvas de seu corpo são tão familiares, e ainda assim senti tanta saudade. Ela leva a mão entre nós e acaricia minha ereção, enquanto presto atenção especial aos seus seios, chupando os mamilos até ela gemer incontrolavelmente, seu punho apertado ao meu redor.

"Vem aqui e monta no meu pau", digo, com a voz rouca, puxando-a para sentar em mim.

Ela senta, e agarro seus quadris, enquanto ela desce lentamente. Porra, como adoro vê-la pular no meu pau. Essa mulher incrível. Minha esposa. Seguro seus seios, enquanto ela balança para a frente e para trás, me usando para alcançar o ponto que faz suas pernas tremerem e seus dentes cravarem o lábio inferior. O cabelo longo e escuro cai em torno do rosto, enquanto ela respira fundo, determinada.

"Assim, meu bem", sussurro. "Deixa eu ver você gozar."

O pedido sujo faz com que as unhas se cravem em minha pele, onde suas palmas estão plantadas no meu peito. A dor envia uma onda de calor até as minhas bolas, que se apertam contra meu corpo. Droga, também estou chegando perto. Muito perto.

Aperto minhas nádegas e mordo o lábio para evitar o clímax. Ainda não. Não antes dela.

Quando seu ritmo diminui, envolvo meu braço em sua cintura e nos viro para entrar fundo nela. Levanto seu joelho para abri-la mais, me abaixando para lamber a gotinha de suor em sua clavícula, arrastando minha língua em seu peito para chupar forte um mamilo, enquanto Sabrina agarra minhas costas.

"Mais forte", implora ela. "Mais forte."

Eu me levanto sobre seu corpo, gemendo quando a sinto me apertando e ouço os doces gemidos de um orgasmo. Apertando o travesseiro, ela se contorce embaixo de mim, extraindo cada gota de prazer de que é capaz. Fico de joelhos, levanto seus quadris e vejo sua boceta deslizar ao longo do meu pau, até que meus músculos se contraem e gozo dentro dela, ofegante.

"Pronto pra outra?", provoca Sabrina, enquanto desmorono em cima dela.

"Princesa, posso fazer isso a noite toda."

"Vou cobrar." Ela me puxa para um beijo. Afasta meu cabelo suado da testa. "Acho que vamos precisar de outro banho", diz, desanimada.

Pois é, estamos os dois muito suados de novo. Talvez por causa da umidade que vem pela porta aberta do banheiro que leva ao chuveiro externo. Ou talvez por causa do sexo quente e selvagem.

"Anda, vamos tomar outro banho sob as estrelas", digo, puxando-a fora da cama.

Muito, muito mais tarde, quando estamos de volta na cama, quase adormecendo, Sabrina murmura: "Que história de lua de mel a gente vai ter, hein?".

"Humm", respondo com uma voz sonolenta. "Acho que é melhor não falar para as pessoas que te chupei no chuveiro do Dean."

Ela bate de leve em minha barriga.

Não, eu sei o que ela quis dizer. "Amanhã vai ser melhor", prometo a ela. "Não tem como piorar, né?"

4

SABRINA

Dia 2

Acordo mais que disposta a aproveitar a lua de mel. Embora ache que o pânico total seja uma reação muito razoável diante da possibilidade de virar a principal manchete do jornal da noite, parte de mim se sente mal por Tucker ter se dedicado tanto para planejar esta viagem, e ela quase ter ido por água abaixo. Agora é hora de parar de pensar que quase morremos e aproveitar o tempo sozinhos. A casa é linda, o clima está perfeito, e nossa única responsabilidade é pegar um bom bronzeado.

Então, assim que Tucker se mexe pela manhã, se espreguiçando do sono matinal, faço uma oferta de paz. Ele geme quando deslizo a mão sob os lençóis e seguro suas bolas e acaricio sua ereção crescente.

"Bom dia, princesa."

"Bom dia", respondo, docemente.

Então desço pelo colchão e envolvo a cabeça de seu pau com os lábios, lambendo a cabeça.

"Ah, amo a sua boca", diz ele, enredando os dedos em meu cabelo.

Eu o chupo profundamente, acariciando, lambendo e apertando, até ele estar erguendo os quadris e agarrando meu cabelo. Ele não demora muito a chegar ao êxtase e, uma vez que se recupera, devolve o favor, o que termina com a gente nadando pelado na piscina privativa da suíte, envolta pela vegetação exuberante que circunda a casa e nos proporciona total privacidade. Há um verdadeiro coqueiral que nos separa dos vizinhos mais próximos, que não podem sequer nos ouvir.

Depois de nos secarmos e nos vestirmos, seguimos para a cozinha, para fazer o café da manhã. Mas no instante em que entramos no cômodo imenso, solto um grito histérico.

"O quê? O que houve?" Tucker, que estava concentrado no celular, ergue a cabeça, preparado para o ataque. Seu corpo longilíneo e musculoso adota uma postura defensiva enquanto ele olha ao redor, freneticamente, pronto para me proteger do perigo.

Sem uma palavra, aponto para a bancada.

Ele empalidece. "Não. Inaceitável", resmunga.

Juro por Deus, posso sentir as lágrimas em meus olhos. "O que ele tá fazendo *aqui*?"

Ficamos imóveis, fitando Alexander, que está recostado contra a cesta de abacaxi fresco. Imagino que a governanta tenha colocado ali. Mas por quê? Por que fazer uma coisa dessas com a gente? Meu olhar desconfiado examina a cara branca e assustadora com aquela boquinha vermelha, os lábios curvados num sorriso sinistro, como se estivesse guardando um segredo medonho.

Estou a meio segundo de incorporar minha filha e fazer uma birra épica, quando de repente aparece uma mulher baixa de cabelo escuro. Vestindo uma camiseta rosa-claro e calça branca, ela vem correndo até a cozinha, o rosto torcido de preocupação.

"O que houve? Todo mundo bem?" Tem um sotaque forte, mas que não consigo identificar. A maioria das pessoas com quem falamos na outra ilha parecia francesa, mas ela soa diferente.

"Sim, tudo bem", responde Tucker. "Desculpa o susto. Você é a Isa?"

Ela assente com cautela.

"Sou o Tucker, e esta é minha esposa, Sabrina. Obrigado pelo abacaxi! Parece delicioso." Seu olhar se volta para o boneco. "Hum. Alguma ideia de como essa coisa entrou aqui?"

Isa parece confusa. "O boneco? Eu trago ele. Sr. Dean disse que era presente de casamento. Ele disse que é, qual é a palavra, brinquedo de colecionador? Quer que eu leve embora?"

Preciso reunir cada grama de força de vontade em mim para não pegar Alexander e arrebentar seu rosto de porcelana contra a lateral da bancada. Mas a pobre Isa já parece abalada, e não quero que pense que acabou de trazer abacaxi fresco para dois loucos. Não é culpa dela. Ela estava inocentemente fazendo o trabalho do diabo, e não posso ficar com raiva dela.

Tucker lê minha mente. E como ele foi geneticamente programado para resgatar damas em perigo, abre um sorriso caloroso e reconfortante. "Não, não, pode deixar aqui", ele diz a Isa. "Fomos pegos de surpresa, mas não se preocupe, está tudo bem. Só uma piadinha entre nós e o sr. Dean."

Uma piada? Tá bom. Não há nada nem remotamente cômico sobre o espírito de um menino morto durante a Corrida do Ouro preso dentro de um boneco estranho. Ainda não acredito que Dean achou mesmo que minha doce e inocente filha gostaria daquela coisa horrível. Ela tinha só um ano e meio na época. Quem faz isso com um bebê? Quem faz isso com um adulto?

Inspiro. Não. Me recuso a deixar Dean Heyward-Di Laurentis estragar minha lua de mel.

Abro um sorriso tranquilizador para a governanta abalada. "Muito obrigada pelas frutas e pelos jornais. Foi muito gentil."

"Eu vou para barco agora."

Ela ainda parece insegura, então Tucker mais uma vez lança seu maldito sorriso texano e diz, com sua fala arrastada: "Eu te acompanho até a porta. Aliás, adoro o seu sotaque. Você mora no lado holandês de St. Marteen?"

Holandês. É isso. Esqueci que a ilha vizinha tem um lado francês e um holandês, cada um com sua própria cultura.

Isa relaxa. "Isso."

"Você é daqui? Ou veio de outro lugar?"

Ele segue conversando com ela, enquanto eles desaparecem pela porta da frente.

Me deixando sozinha com Alexander.

Tento não estremecer. Por que está de sapato vermelho? E por que eles são tão brilhantes? Como o odeio.

"Eu te odeio", digo ao boneco.

Seus olhos vazios queimam um buraco em minha própria alma. Quase espero que pisquem. Logan jura que os viu se movendo por conta própria, mas, nas três infelizes ocasiões em que estive na posse de Alexander, ele não fez nenhuma assombração descarada.

Enquanto espero o retorno de Tucker, tiro Alexander do balcão — porque é onde os seres humanos comem, caramba — e o levo até o aparador do outro lado da sala.

Quando retorna, meu marido está ao telefone, as feições tensas de aborrecimento. "Uma coisa é mandar do nada", ele está dizendo, "mas na lua de mel, cara? Você não tem vergonha?"

"É o Dean?", pergunto. Tuck assente com a cabeça, distraído. "Coloca no viva-voz. Agora!"

Tucker passa o dedo na tela. "Você tá no viva-voz agora. A Sabrina quer falar."

"Sra. Tucker!" A voz idiota de Dean surge no telefone. "Feliz lua de mel!"

"Nem se atreva", esbravejo.

"Tuck disse que você não gostou do presente que eu e a Allie mandamos. Fiquei magoado. Quase tão magoado quanto fiquei por não ter recebido um presente de noivado."

"Vou te mostrar o que é ficar magoado."

"Ah, qual é, vocês dois! Chega de hipocrisia. Vocês já mandaram o boneco pra todo mundo antes."

"Não mandamos *pra você*. Mandamos pra longe da gente", diz Tuck, sombriamente.

Respiro fundo. "Dean."

"Sim, Sabrina?" Ele tem coragem de rir.

"Isso acaba hoje, tá me ouvindo? Todo mundo já foi cúmplice desse joguinho, mas agora chega. Não importa quanto custou. Assim que a gente desligar, vou sair daqui e jogar o Alexander no mar."

"Você não pode poluir o oceano", protesta Dean.

"Espera só pra você ver."

Então pego o telefone e encerro a ligação.

Tucker sorri para mim. "Vamos mesmo afogar o sujeitinho no mar?"

"Topa?"

"E como."

E assim, cinco minutos depois, estamos carregando Alexander até a praia, que fica a poucos passos da colina da casa. Exceto pela travessia de St. Marteen até a doca na noite passada, uma noite escura e um tanto sinistra, eu nunca tinha visto o mar do Caribe de perto antes. E é um zilhão de vezes melhor que o Atlântico. Acho que nunca vi água tão transparente. Gente, dá pra ver o fundo. Admiro as ondas tranquilas subindo a areia e o céu azul limpo. A areia é branquinha contra a água turquesa. Cara, Jamie ficaria completamente louca com os caranguejos--ermitões correndo de um buraco minúsculo para o outro.

"Pronta?", pergunta Tucker.

"Manda ver."

Assentindo, ele leva o braço para trás e arremessa Alexander o mais longe possível. Então ficamos ali de mãos dadas, observando o boneco flutuar nas ondas calmas, sendo levado lentamente pelo mar.

"Vá com Deus", diz Tucker, solene.

"Amor, ele está indo com Satanás, e nós dois sabemos disso."

"Verdade, princesa."

Quando Alexander finalmente some de vista, não sinto tristeza alguma. Só alívio.

Liberdade.

Uma hora mais tarde, estamos de barriga cheia depois do café da manhã farto e deitados em duas espreguiçadeiras na praia. Tuck está de bruços, cochilando. Suas costas fortes brilham com o protetor solar que passei nele. Estou com um biquíni vermelho e um livro de suspense no colo, mas a história começa muito lenta, e não consigo engatar a leitura. Por fim, pouso o livro na mesa entre nós, pego o telefone e ligo para casa pelo FaceTime.

"Oi, fofinha!", digo, quando o rosto lindo de Jamie preenche a tela. "Que saudade. Fala 'oi' pro papai."

"Oi, papai", diz ela, acenando para a tela.

"Oi, princesa", exclama Tuck, sem se virar. "Tá sendo boazinha com a vovó?"

"Tô."

"Escovou os dentes hoje de manhã?"

"Escovei."

"Ainda não", diz a mãe de Tuck, ao fundo, segurando o telefone para

Jamie, que já está de maiô e uma saia de tule. Elas estavam se arrumando para ir à piscina do bairro quando liguei.

"Sobe e escova os dentes", Tucker diz a ela. "Dois minutos. E não usa muita pasta."

Assim que Jamie sai, Gail me garante que a casa ainda está de pé e que Jamie não está tirando vantagem dela. Quando pergunta como estamos depois do pouso de emergência, respondemos ao mesmo tempo.

"Ainda meio abalados."

"Já esquecemos."

"A gente quase morreu, Tuck!" Viro para encará-lo, mas ele continua com o rosto enterrado no braço, o cabelo ruivo brilhando sob o sol da manhã.

"Foi tão sério assim?" Gail parece preocupada. "Achei que tinha sido uma falha mecânica simples."

"Não dá corda, mãe. Não foi nada demais. Mas a Sabrina estava prestes a colocar uma mensagem numa garrafa e jogar no mar."

"O sistema de entretenimento explodiu", informo a ela.

"Explodiu nada." Tucker ri.

"Vovó! Meus dentes estão limpos e querem ir pra piscina!"

A volta de Jamie sinaliza o final da conversa. Mando um monte de beijinhos no ar, e ela finge pegar e colocar nas bochechas rosadas. Assim que desligamos, me acomodo na cadeira, para aproveitar o sol em meu rosto.

Alguns metros adiante, noto um homem, uns trinta e poucos anos talvez, carregando um tripé na areia. A estranha aparição chama minha atenção, e gasto uns cinco minutos observando o sujeito descaradamente. Depois de colocar um iPhone no tripé, ele começa a fazer flexões e agachamentos modificados, enquanto fala com a câmera. É musculoso e tem a pele bronzeada toda besuntada de óleo. Mais um desses malhadões perfeitos do Instagram.

Quando me pega espiando, não consigo nem parecer constrangida. Dou tchau, hipnotizada pela performance. É estranho estar do outro lado da tela. O que me faz pensar numa ideia para um vídeo de TikTok que é só um bastidor de outros TikToks. Um ideia brilhante, se eu tivesse tempo ou inclinação para perseguir tal coisa. Que seja.

Ao meu lado, Tucker solta um gemido. "Ah, estou derretendo aqui, princesa. Quer nadar?"

"Claro." Também estou começando a sentir calor.

Caminhamos até o mar e mergulhamos sob as ondas. A água é quente e cristalina até o fundo, como se tivesse saído de um anúncio de cruzeiro. É incrível.

"Viu aquilo?" Tucker aponta por cima do meu ombro, enquanto entramos em águas mais profundas.

O medo invade meu estômago. "Ai, não, é o Alexander?" Procuro-o nas ondas, mas não vejo nenhum boneco de porcelana do século XIX flutuando.

"Não, alguma coisa pulando da água."

"O quê, um tubarão?" Ai, merda, *não*. Recuo freneticamente em direção à costa, mas Tucker me agarra pelo braço.

"Ali, de novo." Quando não mordo sua isca, ele se torna mais enfático. "Tô falando sério. Não ouviu o barulho?"

"Eu sei que você tá de brincadeira com a minha cara." Jogo água nele.

"Por quê?", insiste ele, com aqueles olhos grandes e inocentes. "Olha, ali." Aponta de novo.

Olho por cima do ombro, cedendo. No momento em que o faço, algo roça minha perna debaixo da água. Grito mais alto do que minha dignidade gostaria, momentaneamente em pânico, antes de me voltar para um Tucker risonho.

"Seu idiota. Sabia que você ia fazer isso."

"E ainda assim você caiu."

Jogo mais água em seu rosto, e ele solta um grito sofrido.

"Ah, qual é." Reviro os olhos para ele. "É só água."

"Merda. *Merda*." Seu tom transborda de falso sofrimento. "Algo me pegou", grunhe ele.

"Não vou cair nessa duas vezes, amor."

"Não. Caramba. Algo me pegou de verdade."

Ele então começa a caminhar de volta para a areia. Não me convenço até o ver se torcendo para examinar a parte de trás da perna. Caminho na água atrás dele e, quando me aproximo, percebo que há uma marca vermelha enorme em sua pele, como se ele tivesse levado uma chicotada.

"Fui queimado", grunhe ele. "Acho que fui queimado por uma água--viva." Tucker cai de bunda e deita na areia, o rosto bonito se contorcendo de agonia. "Cacete, como dói."

Sim, ele definitivamente não está mentindo. A pele já está enrugada e inchada, com saliências se formando ao redor das marcas vermelhas.

"O que eu faço?", pergunto. "Faço xixi?"

Tucker senta num pulo. "O quê? De jeito nenhum."

"Mas acho que tenho que fazer xixi, não?"

"Querida, não vou deixar você fazer xixi em mim. Isso nem existe."

"Tenho certeza que existe."

Ele range os dentes, ainda olhando para o ferimento roxo-avermelhado. "Cara, como dói."

"Ai, meu Deus, você acha que foi algum tipo de punição cósmica por ter afogado o Alexander? O espírito do Willie se vingou?"

Tucker pensa um instante. Então diz: "Não." Ele me encara. "Acho que acabei de ser queimado por uma água-viva."

"O que acontece se a gente não fizer nada?" Mordo o lábio de angústia. "Acho que calamina não resolve isso."

Não é exatamente uma picada de abelha. E se a perna inteira dele inchar assim? Eles amputam por causa de queimadura de água-viva?

"Acho que urina é a melhor solução, Tuck." Leio os sinais do meu corpo e então solto um gemido. "Ai, acho que não consigo", me dou conta. "Não tô com vontade de fazer xi..."

Paro ao ver o cara da malhação se aproximando. Ai, graças a Deus. Eu o chamo, acenando os braços. Ele então passa a correr na nossa direção.

"Sabrina, não", avisa Tucker. "Não faz isso, porra."

"Tudo bem?", o cara pergunta ao nos alcançar. Seus olhos escuros afiados avaliam Tucker.

"Você pode fazer xixi no meu marido?", pergunto ao estranho. "Ele foi queimado por uma água-viva, mas eu não vou conseguir."

"Pode ignorar ela. Sabrina, eu tô falando, isso é um mito. Vou ficar bem."

Mas ele parece estar à beira das lágrimas e prestes a quebrar um dente, de tão forte que está apertando a mandíbula. E a perna está horrível.

"Não sei se é mito", diz o malhadão. "Quer dizer, por que todo mundo fala para fazer se não funciona?"

Imploro a Tucker com os olhos. "Deixa ele tentar."

Meu marido continua teimando contra a ideia. "Prefiro que você corte fora com uma colher enferrujada."

"Não vou te levar pra casa, pra Vovó Tucker, com uma perna só! Lembra quanto tempo levou pra ela gostar de mim?" Estou praticamente chacoalhando com o estresse da situação.

O malhadão me olha. "Respira, querida. Posso ajudar. É o mínimo que posso fazer, certo?"

Então, para meu alívio e horror de Tucker, o cara começa a desabotoar a bermuda cargo — no exato instante em que outro homem de camisa de linho e chapéu panamá começa a se aproximar pela areia.

"Bruce, o que você tá fazendo?"

"Não, não, tá tudo bem", garanto ao recém-chegado. "Pedi a ele pra fazer xixi na perna do meu marido. Ele foi queimado..."

Tucker geme. "Ainda sou enfaticamente contra a ideia, Bruce."

"Melhor prevenir do que remediar." Bruce dá de ombros. Ele está abrindo o zíper agora. "Não é?"

O recém-chegado tira o chapéu e enxuga o suor da testa, contendo o riso. "Isso é só história da carochinha. Não tem absolutamente nenhuma evidência de que urina alivia a queimadura de água-viva ou de qualquer outro bicho. Na verdade, alguns estudos sugerem que exacerba a dor e o inchaço."

Com isso, Bruce fecha o zíper da bermuda.

"Então é isso? Você vai simplesmente confiar na palavra dele?" Fito o homem que me traiu.

"Ah, se vou. O Kevin é uma enciclopédia ambulante. Ele lê artigos científicos por diversão."

"Viu?" Tucker suspira de alívio. "Pelo amor de Deus."

"Eu sou Kevin", diz o homem, oferecendo a mão para mim. Ele parece mais velho do que o Bruce oleoso, talvez uns quarenta e poucos anos. "Me desculpe por ele."

"Tava só tentando ajudar." Bruce dá a Tucker um sorriso de desculpas.

"Estão de férias?", pergunta Kevin.

"Vamos passar uma semana na casa dos Di Laurentis", digo a eles. "Desculpa envolver vocês nisso." Olho para Tucker. "Estava só tentando ajudar, de verdade."

"Que tal se a gente se conhecesse direito? Podemos jantar amanhã à noite", oferece Kevin.

Sorrio. "Seria ótimo. Obrigada."

"Cuida dele", diz Kevin, com um aceno de simpatia para Tucker. "Coloca a queimadura numa ducha de água quente ou mergulha numa banheira quente por uns vinte a quarenta minutos. Toma algum analgésico. É isso que você precisa fazer. Já fui queimado duas vezes, sei do que estou falando."

"Pode deixar, obrigada."

"Isso foi por causa do avião, não foi?", me acusa Tucker, enquanto o levo de volta para casa depois de nos despedirmos de Bruce e Kevin.

"Imagina."

"Você quase deixou um homem mijar em mim, Sabrina."

"Pra você ver o quanto eu te amo."

5

SABRINA

Dia 3

“Você não precisa cuidar de mim”, diz Tucker, no dia seguinte. Ele está esparramado na espreguiçadeira ao lado da minha, tirando distraidamente a areia do abdome. “Tô bem aqui, se quiser dar um mergulho.”

“Naquilo?” Levanto os olhos do livro para acenar com a cabeça para a linda extensão azul na nossa frente. Toda cheia de terrores desconhecidos. “Sem chance.”

“Então o oceano é o inferno agora?”

“É. Isso mesmo.”

Ele dá uma risada para mim por trás dos óculos escuros. Escolho ignorá-lo. Ele acha engraçado agora, mas na noite passada estava chorando feito uma criança com a perna destroçada. Passamos o resto do dia deitados em casa, comendo e assistindo a filmes, enquanto continuei trabalhando em nosso testamento. Não é exatamente a lua de mel dos sonhos.

“O mar e eu temos um combinado”, explico. “Eu fico longe dele, e ele não tenta me matar.”

“Já fui à praia mil vezes. É a primeira vez que alguma coisa me pega. Não precisa ter medo disso.”

“Parece algo que o mar diria.”

Viro a página do livro, e meu telefone apita. O wi-fi da casa funciona nesta parte da praia, então sempre conecto o celular quando saímos, para o caso de haver alguma emergência em casa. Olho para a tela e vejo que Grace acabou de mandar uma mensagem para o grupo das meninas.

GRACE: *Queria dar a notícia antes de vocês verem o post daquele blog idiota, Hockey Hotties. E se vocês tiverem visto, sim, é verdade.*

Que notícia? E que post? Em vez de pedir mais explicações, clico no link automático gerado pelo meu telefone e vou parar naquele blog ridículo escrito por um grupo de fanáticas.

O artigo em questão está no alto da página.

Escândalo do casamento secreto!!!!!!

Vocês estão sentados, senhoras e senhores??!! PORQUE TEMOS NOTÍCIAS!!!

É com muita tristeza que informamos que o nosso querido John Logan está fora do mercado!

Um minuto para vocês pegarem os lenços...

Certo, já voltaram??! Bem, é verdade, gente. Nossas fontes confirmaram que JL de fato se casou com a namorada de longa data. E não só isso, mas o sorrateiro se casou HÁ MESES!! Tipo, no inverno. Que coragem, a dele!!!

Estamos felizes pela beldade do hóquei?? Bem, sim. Claro!! Mas também estamos ARRASADAS!!!!

Paro de ler. Chega dessa pontuação excessiva. Além do mais, já captei a essência da coisa. Se este blog bobo estiver correto, então Grace e Logan se casaram escondidos de nós. No *inverno*.

Que coragem, a deles.

"Tucker!", grito.

Ele ergue os olhos, alarmado. "O quê?"

"Sabia que o Logan e a Grace se casaram?", pergunto.

Seu queixo cai. "Não. É sério?"

Volto para o grupo das meninas e não perco tempo, digitando furiosamente.

EU: *Ai, meu Deus. Você nos fez descobrir pela internet? Que tipo de amiga é você??!?*

ALLIE: *Sério!!??*

GRACE: *Ah, cala a boca, Allie. Você sabia.*

EU: *VOCÊ SABIA?*

ALLIE: *Ei, em minha defesa, a Hannah também sabia.*

EU: *É, mas a Hannah não é fofoqueira. VOCÊ é a fofoqueira do grupo, e isso significa que era seu dever contar pra gente.*

HANNAH: *Obrigada, S.*

ALLIE: *Ah, qual é. Como assim a culpa é minha? Foram eles que casaram em segredo.*

GRACE: *Desculpa não ter dito nada antes. Estávamos esperando para contar pro meu pai depois da minha formatura. Acabamos de contar pra ele e pra minha mãe ontem à noite, e para os pais do Logan também.*

EU: *Preciso de detalhes. Agora.*

GRACE: *Lembra quando a gente foi pra Vermont no Ano-Novo? Meio que acabamos casando. Totalmente não planejado. Mas não me arrependo <3*

Ao meu lado, Tucker está tentando espiar meu celular. "O que tá acontecendo?", pergunta ele. "O que elas estão falando?"

"A Grace acabou de confirmar. Aparentemente, ela e o Logan se casaram escondido em Vermont, no Ano-Novo."

"No Ano-Novo!", exclama. Ele já está pegando seu telefone, sem dúvida para entrar no próprio grupo.

"Pois é. Esconderam de todo mundo por meses. Só contaram para os pais ontem à noite."

Agora estamos os dois digitando, cada um em seu telefone.

EU: *Ahh, que notícia boa! Quer dizer, táticas nefastas à parte, estou muito feliz por vocês dois <3*

GRACE: *Obrigada! Também estamos muito felizes.*

HANNAH: *Em nossa defesa, a Allie e eu ficamos sabendo por acaso no seu casamento, S. Eles já estavam casados fazia meses na época.*

ALLIE: *Tá vendo! Não falei nada porque não queria estragar seu dia. De nada.*

Mando um emoji de dedo médio, seguido de outra reprimenda.

EU: *Não use meu casamento como desculpa, sua traidora. Você devia ter contado pra todo mundo na hora em que descobriu. Estou muito decepcionado com você, Allison Jane.*
ALLIE: *A Hannah tá grávida.*

Meu grito quase faz Tucker voar da cadeira. "O quê?", pergunta ele, ansioso. "Tudo bem?"

Estou prestes a responder, quando aparece uma mensagem de Hannah, que me faz fechar a boca.

HANNAH: *Não. Não vale. Você prometeu que não ia contar.*
ALLIE: *Ai meu Deus, desculpa. Escapou. Meus dedos ganharam vida própria. Acho que o Alexander me possuiu.*
EU: *Nem vem tentar distrair a gente. Além do mais, o Alexander está nadando com os peixes.*
GRACE: *Espera, o quê?*
EU: *Nós o afogamos.*
GRACE: *Não, a história da Hannah. Você tá grávida? Achei que você tinha feito o teste depois do casamento e que tivesse dado negativo, por isso você não disse mais nada.*
HANNAH: *Desculpa. Não estou escondendo das pessoas de propósito. O teste deu positivo. A Allie é a única que sabia.*
HANNAH: *Nem o Garrett sabe ainda.*
EU: *Isso é um grupo de bate-papo ou um covil de segredos e mentiras?*
HANNAH: *Não contem para os rapazes. Por favor. Não até eu contar pro Garrett.*

"Sabrina?" Tucker continua tentando ler minha tela.

Eu o afasto. "Desculpa. Tá todo mundo enchendo o saco da Grace por ter escondido o casamento da gente."

"É, o Logan também tá sofrendo aqui." Ele manda outra mensagem.

Com Tucker distraído, volto a atenção para o meu grupo animado.

HANNAH: *Por favor, gente. Não falem nada. Nem sei ainda o que vou fazer.*

Somos rápidas em tranquilizá-la.

ALLIE: *Desculpa ter deixado escapar aqui. Meus lábios estão oficialmente colados, querida.*

GRACE: *Os meus também.*

EU: *Não vou dizer uma palavra. Prometo.*

Mordo o lábio após enviar a resposta. Normalmente não guardo segredos de Tucker. Confio minha vida a ele. A vida de nossa filha. Mas também sei o que é lidar com uma gravidez não planejada. Pelo menos, estou com a sensação de que esta não foi planejada. E, se for esse o caso, Hannah precisa de tempo e espaço para organizar a enxurrada de emoções — e hormônios — que provavelmente está lutando para entender agora.

Então, afasto a notícia para um canto da cabeça com um aviso de *boca fechada*. Tuck vai entender. Ele teria odiado de todo o coração se tivesse sabido da minha gravidez por outra pessoa que não eu. Garrett merece ouvir isso da namorada, e não de nós.

6

SABRINA

Noite 3

Mais tarde, no jantar com Kevin e Bruce, Tucker continua preso ao fato de que estou me recusando a nadar no mar até o fim da lua de mel. Cara, até o fim dos tempos.

"Eu que fui queimado, e ela que tá com medo da água", diz, enquanto saboreamos o tartare de atum em sua impecável sala de jantar. O imenso cômodo tem vista para o deck da piscina e o mar turquesa mais adiante. "Juro pra vocês, sempre tentando roubar a cena."

"Não quero cena nenhuma", digo, gentil, sorrindo para ele por sobre a taça de vinho. "Vá em frente e use sua queimadura de água-viva como uma medalha de honra. Eu vou continuar aqui, em segurança, na areia."

Tuck dá uma risadinha.

Olho para nossos anfitriões. "Em minha defesa, sobrevivi a um quase desastre de avião para estar aqui. Meus nervos estão um pouco abalados."

"Ela passou o dia todo escrevendo nosso testamento", diz meu marido. "Se não a conhecesse direito, ia achar que estava querendo se livrar de mim."

"É sério?" Bruce nos encara, horrorizado, antes de dar um gole de vinho tinto.

"Seríssimo", digo. "Ocorreu um incêndio, foi causado pela rede elétrica no avião, e tivemos que fazer um pouso de emergência."

"Enquanto isso, o casal maluco à nossa frente, que tinha passado o voo inteirinho pegando no pé um do outro, de repente começou a agir como se estivesse afundando no *Titanic*. De mãos dadas e jurando amor eterno." Tucker balança a cabeça afirmativamente. "Diversão pura."

"Tá vendo?" Melancólico, Bruce fita Kevin, que está rindo do infortúnio. "Nada de empolgante acontece com a gente."

"Posso cortar a linha de freio de um dos carros e não te dizer qual", responde Kevin, impassível.

Tucker dá uma gargalhada.

"Ah, para com isso." Bruce empurra o braço de Kevin. "Você não conseguiria viver sem mim." Então, para mim: "Eu te entendo, querida. Olha como ele me trata".

Enquanto comemos o prato principal, Bruce, que já deu cabo de algumas taças do que parece ser um vinho caríssimo, começa a nos interrogar. Ele é obviamente o mais intrometido e extrovertido do casal, enquanto Kevin parece preferir que o parceiro conduza a maior parte da conversa. São um casal interessante.

"Então, quem convidamos para a nossa casa?", pergunta Bruce, girando sua taça enquanto estreita os olhos para mim. "Até onde sei, estamos desfrutando de um jantar adorável com aqueles maníacos do *Assassinos por natureza*."

"Como se tivéssemos colocado os cadáveres dos Di Laurentis no freezer?"

"Isso foi deliciosamente específico", comenta Bruce, sorrindo para mim. Ele tem um sorriso branco deslumbrante e parece muito menos idiota quando está vestido.

"Ignore-o", diz Kevin. "Está louco para alguém desejar a morte dele."

"Sou intrometido. Me processe." Bruce olha para Tucker. "Então, como ganha a vida, Tuck? Meu palpite, a julgar pelo físico? Atleta."

"Que nada." Tucker dá de ombros. "Dean e eu jogamos hóquei juntos na faculdade, mas agora administro alguns bares em Boston."

Ele passa a contar do seu negócio para os dois. Sobre como o primeiro Bar do Tucker, que abriu ao sair da faculdade, virou um ponto de encontro no bairro, frequentado por atletas profissionais. Com o sucesso, veio a filial, que está indo ainda melhor. Bruce procura o bar no Instagram, para grande constrangimento de Kevin, que franze a testa quando o parceiro pega o telefone no meio do jantar.

"O conteúdo e a estratégia de marketing são impressionantes", maravilha-se Bruce. "Você faz tudo sozinho?"

"A maior parte. Contratei umas pessoas da região para fazer os vídeos e as fotos. A equipe interna conduz toda a mídia social. Pra ser sincero, no começo, tive muita ajuda de bons amigos." Ele dá de ombros. "Alguns dos meus melhores amigos jogam no Bruins, então eles fizeram um boca a boca, e agora estão aparecendo alguns clientes famosos."

Bruce parece muito impressionado. "Você tem planos de fazer outras coisas, ou os bares são o seu foco principal?"

"Ele tem uma tonelada de ideias", interrompo. "Vai fazer muita coisa ainda."

"Penso muito em abrir mais bares em outras cidades. Mas... às vezes fico entediado", admite Tucker.

Olho para ele, franzindo a testa. "Está entediado com os bares?" Pra mim, isso é novidade.

"Não. Quer dizer, às vezes." Ele dá de ombros, pegando seu vinho. "Ter uma boa equipe e um excelente gerente é uma faca de dois gumes: os bares funcionam sem mim, e acabo ficando com muito tempo livre. Fico impaciente."

Olho para o prato, torcendo para ser capaz de esconder minha expressão, qualquer que seja ela. Não sei como me sinto ao ouvir que Tuck não está gostando dos negócios. Não tinha percebido que estava insatisfeito com o trabalho. Nunca houve um único indício disso. Sempre faço questão de perguntar a ele do trabalho, e ele sempre sorri e diz que está tudo bem.

"Eu entendo", diz Bruce a Tuck, balançando a cabeça. "Sou igualzinho. Cheio de ideias. Sempre em movimento."

"Esse aí não consegue ficar parado", concorda Kevin, com um sorriso irônico. "Assim é a vida de um guru da malhação, imagino."

"É isso que você faz?", pergunto a Bruce, me forçando a me concentrar em nossos novos amigos e não na aparente infelicidade do meu marido. "Eu imaginei, quando vi você lá fora com a câmera."

À medida que o interrogamos sobre os prós e os contras de ser um "influenciador", descobrimos que há muito trabalho envolvido na coisa. Além de ter milhões de seguidores em todas as suas contas de mídia social e fazer fortuna com postagens patrocinadas, Bruce também trabalha como personal trainer para uma clientela de elite.

"Ele treina duas congressistas de Nova York e um ex-presidente", conta Kevin, obviamente orgulhoso do parceiro. "Não posso dizer qual, mas vocês podem chutar."

Tucker e eu ficamos devidamente impressionados.

Quando Bruce volta suas perguntas para mim e eu respondo que acabei de me formar em direito, descubro que Kevin também é advogado. Não só isso, ele é sócio sênior de um dos três principais escritórios de Nova York.

"Lidamos com direito penal", me diz Kevin. "Na minha seção, lidamos exclusivamente com casos de condenação injusta. Principalmente trabalho pro bono."

Eu me inclino para a frente. "Nossa, isso é fascinante. Sempre soube, desde que entrei na faculdade, que queria trabalhar com direito penal. Deve ser incrivelmente satisfatório."

"Pra ser sincero, é decepcionante a maior parte do tempo. Temos um processo de seleção rigoroso, só aceitamos casos que acreditamos de verdade que podemos provar que devem ser reconsiderados. Só que é muito difícil. Os tribunais costumam ser relutantes. Cada derrota, no entanto, nos motiva a nos esforçarmos mais na próxima defesa. Cada caso é longo e árduo, mas é, sim, muito recompensador." Ele sorri para mim. "Imagino que uma jovem como você esteja bastante familiarizada com muito trabalho. Nem consigo imaginar como é criar um filho durante a faculdade de direito. Mal dei conta de terminar Harvard sem ter um colapso nervoso, e eu não tinha filho para cuidar."

"Não foi fácil", admito. "Tucker foi um grande apoio."

"Ela tá sendo modesta", insiste ele. "Antes de me conhecer, já trabalhava em dois empregos e estudava ao mesmo tempo. Depois, passava noite e dia acordada com a nossa filha, amamentando, trocando fraldas, ao mesmo tempo que lia e escrevia artigos. Era cansativo só de olhar."

"Vocês dois são jovens muito extraordinários", diz Kevin, enquanto Bruce enche nossas taças. "Nem todo mundo é tão motivado ou trabalhador na sua idade. Eu certamente não era. Levei alguns anos para me achar."

"Acho que ter a nossa filha realmente nos encorajou a construir a melhor vida que podemos para ela", responde Tucker, apertando minha mão sob a mesa. "Queremos dar tudo a ela. Ter certeza de que está sempre sendo bem cuidada."

"Para", resmunga Bruce. "Vocês são adoráveis. Não aguento mais."

Na sobremesa, Bruce e Tucker conversam sobre musculação. Quando os dois saem da mesa para comparar treinamentos de resistência usando o peso corporal, Kevin revira os olhos até não poder mais. Tucker está em ótima forma, e, embora ele resista ao impulso de tirar a camisa, Bruce percebe e comenta os abdominais e bíceps incríveis do meu marido. Como se alguém pudesse não notar. Não ligo quando Bruce flerta descaradamente com ele, enquanto Kevin e eu conversamos sobre direito, saboreando a musse de manga. Ao que parece, Kevin não está nem aí para os avanços do namorado. É um cara tranquilo.

"Vamos passar mais alguns dias aqui", aviso, enquanto eles nos conduzem até a porta após uma refeição fantástica. "Tenho certeza de que vamos nos encontrar de novo, mas seria bom retribuir o favor. Acho que a gente não é capaz de oferecer um jantar tão bom, mas quem sabe não tomamos alguma coisa lá em casa qualquer dia?"

"É só me mostrar onde está o balde de gelo", diz Bruce, beijando minha bochecha.

No caminho de volta para casa, Tucker pega minha mão sob o luar e desenha formas com o polegar nos nós de meus dedos. "Se divertiu?"

"Muito." Então me lembro de uma coisa, e meu humor arrefece um pouco. "Por que você não me contou que estava entediado com os bares?"

Isso o faz encolher os ombros. "Não é bem entediado. Só meio inquieto às vezes."

"Mesmo assim, você devia ter contado."

"Não contei porque realmente não é nada de mais. Achei que não fazia sentido te distrair no último ano em Harvard."

"Você tá se sentindo assim há *um ano*?" Amo esse homem com todo o meu coração, juro, mas custa não ser o tipo forte e solidário o tempo todo?

Tucker aperta minha mão. "Não estou sentindo nada. Tá vendo, é por isso que não contei. Você ia ficar tentando consertar um problema menor, e nós dois sabemos que, com o seu nível de estresse, você não pode se dar ao luxo de carregar mais nada nas costas. Você já tá sobrecarregada, princesa."

O fato de meu marido estar insatisfeito com o trabalho não me parece um "problema menor". Mas Tucker não me permite continuar a conversa. Ele para de andar e leva minha mão aos lábios, beijando meus dedos.

"Já disse como você tá gostosa hoje?", ele fala, com sua voz arrastada.

"Tá tentando me distrair do seu trabalho?"

"Não, tô tentando elogiar minha esposa gostosa."

Percebendo que ele não vai ceder, decido deixar para lá. Quando estiver pronto para falar, ele fala. Por enquanto, vou só aproveitar a noite com meu marido. Faz muito tempo desde que passamos uma noite com outros adultos sem ter que correr o tempo todo para ver se está tudo bem com Jamie. Tinha esquecido como era ser um casal, não só pais.

"Bem, já não era sem tempo." Faço beicinho. "Tive todo o trabalho de escolher este vestido, e você nem tinha elogiado?" Tenho que admitir, o vestido longo de linho que escolhi faz coisas incríveis com meus seios pós-gravidez.

"Que coisa mais egoísta", concorda ele, segurando meus quadris para me conduzir de costas até me pressionar contra uma palmeira. "Não falar como você tá linda."

"Muita maldade mesmo", sussurro.

Tucker me beija, o sabor do vinho ainda em sua língua. No caminho de areia entre as duas casas, ladeado por arbustos verdes selvagens e palmeiras altas, uma brisa sopra quente em minha pele. Só o que posso ouvir são as ondas e a música dos insetos. É um lugar isolado, embora não exatamente privado.

"Passei a noite toda querendo fazer isso", murmura ele contra a minha boca. Suas mãos roçam meu corpo para apertar minha bunda. "Você é linda."

Seguro a mão dele. "Estamos quase em casa."

"Quero fazer você gozar agora."

Ai, Deus. Quando ele fala assim, não consigo formar pensamentos coerentes. John Tucker tem tantas facetas, e, sinceramente, posso dizer que este lado alfa e primitivo é um dos meus preferidos. Tucker é tão gentil a maior parte do tempo, tão disposto a ignorar as próprias necessidades e desejos por mim e por Jamie.

Mas *este* Tucker sabe exatamente o que quer e como conseguir. Na noite em que nos conhecemos, ele me seduziu com tanta facilidade que mal me dei conta. Num minuto estávamos flertando num bar de esportes da faculdade, no outro estávamos nus em sua caminhonete, enquanto ele sussurrava palavras sujas para mim.

Meus dedos deslizam por seu cabelo e agarram sua nuca enquanto retribuo o beijo, cada vez mais intenso, puxando-o para mais perto. Ele levanta meu vestido e desliza a mão entre minhas pernas, enfiando os dedos dentro da minha calcinha minúscula. O primeiro toque em minha carne quente e sedenta me faz esquecer completamente onde estamos ou o tronco áspero da árvore em minhas costas. Abro mais as pernas e o encorajo a continuar, balançando contra a palma de sua mão.

"Eu te amo", sussurra ele, enfiando dois dedos dentro de mim. "Você é tão linda."

Na verdade, não o estou ouvindo. Estou extasiada demais com o que ele está fazendo com o meu corpo. Mordendo o lábio e me agarrando a ele para não cair. Estou tão sensível que não demora muito para meus músculos se contraírem e minhas pernas começarem a tremer. Abafo meus gemidos em seu ombro, estremecendo com um orgasmo que me deixa meio tonta.

De olhos fechados, ainda estou respirando pesado quando ouço um estalo acima de nós.

Minhas pálpebras se abrem por um instante, e algo pesado se quebra em cima da minha cabeça.

Experimento uma dor lancinante por uma fração de segundo, e fica tudo preto.

7

TUCKER

Dia 4

"Ei. Ei, Sabrina." Segurando sua cabeça em meu colo, esfrego suavemente sua bochecha, acariciando sua testa.

Faz tanto tempo que ela está imóvel, que pensei em carregá-la de volta para casa, mas estou com medo de movê-la.

"Acorda, princesa. Vamos."

Finalmente, suas pálpebras tremem. Em seguida, seus lábios se abrem. Com um gemido de dor, ela se mexe no meu colo e olha para mim. Seus olhos precisam de um tempo para encontrar o foco.

"Aí está você", digo, deixando escapar um suspiro de alívio.

"O que aconteceu?" Ela passa a mão na cabeça. Na mesma hora recua, gemendo.

"Você, humm..." Limpo a garganta. Agora que sei que ela não entrou em coma, tenho dificuldade para conter o riso. "Um coco caiu na sua cabeça."

Há uma pausa de silêncio.

"É sério?" Gemendo, ela cobre o rosto com as mãos. "Puta que pariu."

"Você tá bem? Pode mexer os dedos da mão e do pé?"

Ela mexe, olhando para baixo para confirmar que estão todos se movendo.

"Sim, tudo bem."

"Vamos tentar levantar." Ofereço a mão a ela e a apoio enquanto ficamos de pé, mas ela tomba para o lado na mesma hora.

"Uau. É, não." Segurando a cabeça, ela se apoia em mim, com as pernas balançando. "Tá tudo rodando."

"Eu tô te segurando."

Ergo-a em meus braços e sigo pelo caminho escuro e arenoso. Em casa, carrego-a escada acima até a suíte principal, onde a ajudo a tirar o vestido e a coloco na cama.

"Deixa eu procurar na pasta o telefone de um médico", digo. "Melhor alguém te examinar."

"Estou bem", insiste ela, meio fraca.

"Você pode estar com uma concussão."

"Acho que não. E, mesmo se estiver, eles não vão fazer nada além de me monitorar de hora em hora e me perguntar que dia é hoje. A gente pode fazer isso aqui."

"Tá bom. Mas se eu tiver a mínima impressão de que você tá com uma concussão, vamos procurar um médico."

"Tá. Pega um ibuprofeno na minha bolsa? Quero me antecipar à enxaqueca."

Vou ao banheiro e volto um momento depois, com um copo de água e o analgésico para o que sei que vai ser uma dor infernal para ela amanhã.

"Não ria de mim", Sabrina murmura mais tarde, sob os lençóis, a cabeça sustentada por dois travesseiros.

"Jamais faria isso."

"Eu te conheço", diz ela, triste. "Não quero ouvir nenhum som."

"Prometo."

Sabrina adormece enquanto estou tirando a roupa para entrar no banho. Com a porta do banheiro fechada, cubro a boca e solto uma risada abafada sob o som da água corrente. Porque essa merda foi hilária. Não o fato de minha esposa ter se machucado, mas fala sério. Apagar por causa de um coco que caiu na sua cabeça? Deixo escapar mais uma onda de riso contra o antebraço. Meu Deus. Para qualquer um, as chances seriam mínimas. Mas para nós? É só o que se poderia esperar nesta viagem.

Na manhã seguinte, Sabrina acorda cedo. Estou a postos com água e mais analgésicos assim que seus olhos se abrem.

"Fecha a cortina", resmunga ela, virando de costas para a janela. "Minha cabeça tá me matando."

Atendo o pedido, e o quarto fica escuro. "Que dia é hoje?"

"Quarta, acho." Ela espera que eu confirme ou negue.

Apenas dou de ombros. "Pra ser sincero, nem eu sei."

Nós dois sorrimos.

"Qual é o nome da nossa filha?"

"James. Mas a gente chama de Jamie. O nome da sua mãe é Gail. Meu professor preferido em Harvard era o Kingston. Minha cor favorita é verde." Ela senta e estende a mão para pegar os comprimidos. "Tenho certeza de que não estou com uma concussão."

"Posso ver sua cabeça?", peço, assim que ela engole os remédios.

Sem dizer uma palavra, ela me deixa verificar seu couro cabeludo. "Qual é o prognóstico?", pergunta, com um suspiro.

"É, tem um galo feio, mas não tô vendo ferimento. Só quero...", aperto de leve ao redor da área inchada.

"Ai! Cacete." Sabrina bate na minha mão.

"Acho que não fraturou."

"Vê se me avisa da próxima vez."

Deixo-a com o controle remoto da televisão enquanto preparo bacon com ovos para o café da manhã. Os planos que fizemos antes de chegar — fazer snorkel, andar de jipe, pegar um barco para explorar praias secretas — foram por água abaixo, já que a ilha aparentemente está tentando nos matar. É como se, no instante em que saímos de Boston, tivéssemos entrado numa continuação ruim de *Premonição*.

"Somos péssimos nisso", diz ela, mais tarde, enquanto terminamos o café da manhã no primeiro andar. Sabrina põe um morango na boca e mastiga com melancolia.

Isa trouxe frutas frescas de novo hoje de manhã, junto com uma cesta de croissants saídos do forno. Juro que a governanta tem o poder da invisibilidade. Ela entra e sai desta casa sem fazer um único som.

"Péssimos em quê?", pergunto, tirando a mesa.

"Em tirar férias. Parece que a gente passou a maior parte da viagem dentro de casa."

"É, porque este lugar quer nos pegar."

"Sinto muito." Sabrina carrega nossos copos vazios e os coloca perto de mim na pia. "Sei que a gente pensou em pegar o barco hoje, mas estou preocupada de ficar tonta."

"Ei, não." Eu a agarro pela cintura, beijo sua testa. "Descansa o quanto você precisar. Quero que você se sinta melhor. Há dois dias, era eu que estava deitado por causa da perna." Que, aliás, ainda está com uma aparência medonha, mas pelo menos a dor passou.

Enquanto limpamos a cozinha, ouvimos vozes vindas do deck dos fundos. "Alguém em casa?"

Reconhecendo a voz de Bruce, grito: "Aqui".

Um momento depois, nossos vizinhos entram pelas portas de vidro abertas e atravessam a sala de jantar em nossa direção. De camisa polo, bermuda cáqui e chapéu panamá, Kevin parece pronto para velejar. Já Bruce está com uma regata justa que revela os braços besuntados e uma sunga muito apertada.

"Vamos pescar em alto-mar", diz Bruce, nos cumprimentando com um grande sorriso.

"Temos espaço para mais dois", oferece Kevin.

Nego com a cabeça, pesaroso. "O convite é tentador, mas acho que vamos ficar em casa hoje", digo a eles. "Sabrina está um pouco indisposta."

"Ah, não. Sério?" Kevin parece preocupado. "Tenho um pouco de equinácea e chá. Pode ajudar."

"Não é esse tipo de doença", digo, enquanto Sabrina me encara. "Tivemos um pequeno contratempo voltando da sua casa ontem."

"Contratempo?" O olhar astuto de Kevin avalia Sabrina.

Mortificada, ela bufa e desvia o rosto.

Luto muito para não rir. "Caiu um coco do céu e bateu bem na cabeça dela. Ela apagou por quase um minuto."

Bruce suspira. "Ai, meu Deus!"

"Tá brincando?" Kevin nota a expressão assassina de Sabrina e ri baixinho. "Não está, pelo que vejo."

"Coitadinha", diz seu parceiro, com simpatia. "Você tá bem?"

"Tudo bem", murmura ela. "Só com dor de cabeça."

"Por aqui isso é mais comum do que você imagina", comenta Kevin. "Sorte sua que não foi sério."

Ele parece sincero, mas acho que está dizendo isso apenas para fazê-la se sentir melhor.

"Enfim, vamos ficar em casa hoje", digo. "Mas agradecemos a oferta."

Sabrina toca meu braço, e suas feições se suavizam. "Não, você devia ir. Não tem por que nós dois ficarmos em casa."

"Eu não me importo. Prefiro ficar aqui, vai que você precisa de alguma coisa."

"Vou ficar bem. Vou só à piscina, talvez, e ligar pra Jamie. Quem sabe dormir bastante também. Se precisar de alguma coisa enquanto você estiver fora, posso mandar uma mensagem para a Isa."

"Resolvido", diz Bruce, assentindo. "Tá combinado."

"Isso", Kevin me diz. "Vamos. Vai ser um lindo dia no mar. E não vamos voltar muito tarde."

Com a insistência de Sabrina, acabo cedendo. Navegar parece ótimo. E, na verdade, a ideia de assistir a mais uma porcaria de filme nessas férias na praia me faz querer arrancar os olhos.

"Te encontro no nosso cais em cinco minutos?", pergunta Kevin.

"Pode deixar."

"Não esquece o protetor solar", Sabrina me lembra, depois que os dois vão embora. Ela me acompanha até o nosso quarto e fica me observando enquanto me arrumo. "E tenta não ser empalado por um marlim nem nada assim."

"Não esquece o protetor solar você também." Pisco para ela. "E não vai dormir debaixo de árvore nenhuma."

No barco, a pesca é ótima. Pegamos algumas garoupas e dourados-do-mar. Duas guaiubas. Parece traição pensar uma coisa dessas, mas este é provavelmente o melhor dia que tive desde que chegamos aqui. Passei a tarde bebendo cerveja, sentindo a brisa do mar no rosto, só batendo papo. Bruce e Kevin são legais. E, tirando o momento em que um anzol passou de raspão no meu rosto, consegui voltar à terra firme incólume.

"Parece que a patroa saiu para cumprimentá-lo", brinca Bruce, enquanto descemos o longo cais de madeira em direção à costa.

Sigo seu olhar e vejo Sabrina sentada numa de nossas cadeiras de praia. Está usando seus óculos escuros enormes, o cabelo escuro arrumado num trança lateral meio solta e o nariz enterrado no livro de suspense.

"Vamos grelhar o dourado para o jantar", diz Kevin, dando um tapa gentil no meu ombro. "Você e a Sabrina estão convidados."

Meu estômago ronca com a proposta. São só quatro horas da tarde, um pouco cedo para o jantar, mas a salada de lagosta e os palitos de pão que comemos no barco não me encheram a barriga. "Deixa eu perguntar à patroa."

Sabrina sorri com a minha abordagem. "Oi! E aí, como foi?"

"Legal pra caralho", admito. "Eles perguntaram se a gente quer..." Paro, horrorizado. "O que aconteceu com você?"

Sabrina, que estava se virando para guardar o livro na bolsa de praia, me olha, confusa. "O quê? Do que você tá falando?"

Eu a levanto da cadeira e a viro de costas. O breve vislumbre que tive de suas costas não me enganou. Agora que tenho uma visão completa e clara, não há como não notar a queimadura de sol. A pele dela está quase do mesmo tom de vermelho que do biquíni.

Suspirando, a cutuco de leve entre as omoplatas.

"Ai! Pra que isso?"

"Você tá queimada. Tá bem feio, princesa. Não passou protetor?"

Ela torce o nariz e desvia o olhar, enquanto pensa por um momento. "Dormi um pouco depois de desligar o telefone com a Jamie. Devo ter esquecido."

Suspirando, me limito a encará-la.

"Não me olha com essa cara de pai", avisa ela. "Porque você também tá meio vermelho."

"Estou bem."

Estreitando os olhos, ela levanta a barra da minha camiseta e dá um tapa na minha barriga.

Eu recuo. "Porra, Sabrina. Que é isso?" Parece que ela jogou água fervente em mim.

É então que olho para baixo e vejo a marca branca de sua mão na pele muito vermelha.

"Merda." Acho que também esqueci.

Sabrina parece não saber se ri ou se chora. Ela abre a boca para falar, mas é interrompida por uma comoção junto da água. Nossa atenção se volta para Bruce e Kevin, que estão examinando algo na areia molhada.

"Tuck!", grita Bruce, quando percebe meu olhar. "Sabrina! Venham aqui! Vocês não vão acreditar!"

Trocando um olhar cauteloso, caminhamos até eles para ver qual é o motivo da comoção. Quando os alcançamos, Bruce está tirando uns fiapos de alga marinha de um objeto que não consigo identificar.

Quando ele joga fora a última alga, inspiro fundo. Puta que pariu.

"Olha que impressionante!", comenta Kevin, com os olhos arregalados. "Veio flutuando com a maré até os nossos pés."

Curiosa, Sabrina dá um passo à frente antes que eu possa impedi-la. "O que é?"

Ela vê Alexander e começa a chorar.

8

SABRINA

Dia 5

Esta viagem tá sendo uma indignidade atrás da outra. Um dia depois de Alexander se intrometer de novo em nossas vidas, Tucker e eu acordamos parecendo dois frangos assados. Gastamos a manhã inteira passando aloe vera um no outro enquanto cobrimos o sofá branco e caro da sala com toalhas, para não estragar. Daí nos alternamos entre deitar no sofá e no piso frio de mármore.

"Talvez a gente devesse jogar a toalha", digo a Tucker.

"Que toalha?"

"Aceitar a derrota e ir para casa."

"Você quer ir embora?" Colado no chão, ele vira o rosto para o sofá, onde estou deitada de bruços, porque só o ar tocando minhas costas parece um milhão de formigas se banqueteando em minha pele.

"Estamos na metade da viagem; nesse ritmo, vamos sair daqui mortos. E tô com saudade da Jamie. Só falar pelo telefone não é o suficiente. E vai saber que comida sua mãe tá dando pra ela."

"Também tô com saudade dela, mas elas estão bem." Ele senta, estremecendo quando a lateral do polegar acidentalmente roça a barriga queimada de sol. "Sei que tivemos uns acidentes, mas não vamos ter outra chance de fazer isso por um tempo depois que você começar a trabalhar."

"Nem me fale."

Isso não sai da minha cabeça desde a formatura. Não tenho a menor ideia de qual trabalho escolher, e o estresse de fazer a escolha errada me faz sentir como se minha garganta estivesse se enchendo de areia. E, francamente, não é legal da parte de Tucker fazer eu me sentir ainda mais culpada pelo desastre que tem sido a nossa tão atrasada lua de mel.

"Que cara é essa?", pergunta ele, porque é capaz de me ler como um livro.

"Nada."

"Sabrina."

Também me sento, tentando impedir que as palavras saiam da minha boca. Mas elas saem mesmo assim. "Desculpa, não queria que a minha carreira estivesse estragando tudo pra você."

"Ei. Não foi isso que eu disse. Mas, se serve de algum consolo, ter que escolher entre duas oportunidades muito boas não é um problema tão ruim assim. Pelo menos você está empolgada com os empregos."

"Diferente de você, né? Você, que nem se importou de me dizer que estava insatisfeito com o trabalho."

Ele se levanta e estreita os olhos castanho-claros. "O que você quer que eu diga? Que quase não tenho o que fazer nos bares? Que eles funcionam sozinhos e tô entediado pra caralho?" Sua mandíbula aperta. "Eu recebo a grana, sim, mas me sinto inútil."

"E você devia ter me contado isso meses atrás", digo, soando um pouco mais ríspida do que gostaria.

"Bem, tô te dizendo agora. Tô morrendo de tédio, mas não falei nada porque tô tentando não te pressionar ainda mais."

"Então agora é culpa minha que você tá triste?"

"Tá batendo um vento aqui ou alguma coisa assim?", pergunta ele, com sarcasmo. "Onde você tá ouvindo isso, porque não foi isso que eu falei."

"Que seja. Acho que tá tudo na minha cabeça, né?"

Subo as escadas, o que efetivamente encerra a discussão. Mas a tempestade a que demos início não pode ser contida. Só contornamos o problema, mergulhamos o dedinho do pé numa piscina de ressentimento que eu nem sabia que existia.

Só mais tarde, quando o sol se põe, é que a coisa fica séria. Decidimos caminhar na praia, porque estamos os dois enlouquecendo e nenhum de nós quer admitir o que estava por vir desde que acordamos mal-humorados hoje de manhã. A tampa chacoalhando na panela fervendo, a água ameaçando transbordar.

"Tô falando sério", digo, enquanto olho para a frente. "É só mudar a passagem e voltar pra casa mais cedo. Se é pra ficar sentado dentro de casa, a gente pode muito bem fazer isso na nossa casa, com a nossa filha."

A lua está brilhante e cheia lá no alto. O sol acabou de sumir no horizonte, dando enfim lugar a uma brisa fresca que oferece um alívio para a umidade espessa e as queimaduras de sol.

"Meu Deus, Sabrina, não dá pra priorizar a gente só uma vez na vida?"

Paro no meio do caminho, girando para encará-lo. "Como é que é?"

"É isso mesmo. Escola, trabalho, Jamie, até aquela porcaria de testamento vem antes de mim. De alguma forma, sempre acabo no final da sua lista de prioridades. Você lembra por que viemos aqui?" Tucker bufa com raiva. "Era pra passarmos tempo juntos. Nunca vejo você em casa. Não temos cinco minutos pra nós dois. E isso não vai melhorar quando você aceitar aquela merda de trabalho de noventa horas por semana."

"Ah, então é isso que você acha, é? Foi você quem me falou pra aceitar a oferta da empresa maior."

"Porque sei que é o que você quer de verdade", retruca ele, levantando a voz.

"Então você mentiu."

"Dá um tempo, Sabrina." Ele passa as mãos pelos cabelos, puxando-os. Como se eu não tivesse justificativa para minha frustração. "Você ia odiar trabalhar com direito civil. Ia morrer de tédio."

"E você?"

"O que tem?"

Quase grito. "Ai, meu Deus. Para de dar uma de sr. Bonzinho, que apoia qualquer coisa e ficar todo 'Não esquenta, princesa, faz o que você quiser, que eu vou ficar bem aqui'. Merda, por que não me diz o que você quer pelo menos uma vez na vida?"

A exasperação inunda sua expressão. "Quero ter minha esposa em casa mais do que algumas horas por dia!"

Eu recuo, atordoada.

Tucker parece igualmente surpreso com a explosão atípica. Ele respira fundo, os braços caindo para os lados. "Mas não falo nada, porque quero apoiá-la, não importa o que você escolher."

"É por causa do bar? Você acha que se eu pegar esse trabalho você vai ficar, sei lá, preso lá?"

"Não sei o que vou fazer com o bar. O que importa é que você esteja feliz."

"Como posso ficar feliz se você tá chateado comigo o tempo todo?"

Não tenho a menor intenção de ter um daqueles casamentos ressentidos, em que os dois ficam sofrendo em silêncio, escravizados pelas escolhas que fizeram, até que começam a se odiar. Certamente não quero isso para Jamie.

"Eu tô tentando te apoiar. Como isso faz de mim o vilão da história?"

"Esse sarcasmo não parece um apoio." Minha frustração chega a níveis altíssimos. "E o que diabos eu faço se você não é honesto comigo? Você me encoraja a priorizar tudo, exceto você, e então fica com raiva de mim quando faço exatamente isso? Não é justo. Preciso poder confiar no que você tá me dizendo, droga."

"Tá bom." Tucker joga as mãos para cima e se vira. "Desisto."

"Aonde você vai?" Boquiaberta, vejo-o marchar na direção da casa.

"Na cidade, beber alguma coisa", resmunga ele, por cima do ombro. "Vou pegar o jipe."

Claro. Este desastre de lua de mel não estaria completo sem uma briga que termina num grande acesso de raiva. Tucker me deixa ali, com as ondas e o luar. A areia entre os dedos do pé. Pelo menos é o lugar mais bonito em que já fui abandonada.

"Briga de amor?"

Fico surpresa ao ver Kevin e Bruce emergindo de um aglomerado de palmeiras com uma lanterna.

Mordo o lábio. "Acho que o calor finalmente subiu à cabeça dele."

"Desculpa", diz Kevin. "Ouvimos vocês do terraço e viemos ver se estava tudo bem."

Quando percebo que estamos na frente de sua casa, o constrangimento esquenta minhas bochechas. "A brisa aqui realmente carrega o som, né?"

Ele dá de ombros com simpatia. "Verdade."

"Me desculpem", digo a eles, e um suspiro cansado me escapa. "Parece que a gente trouxe todos os problemas na mala, mas esqueceu do protetor."

Kevin se vira e toca de leve o bíceps imenso de Bruce. "Será que você consegue alcançá-lo? Vai lá e não deixa ele arrumar problema."

"Você faria isso?", pergunto, aliviada.

Não gosto da ideia de Tucker sozinho numa cidade estranha. Principalmente se estiver bebendo. Com a sorte que temos, ia acabar caindo com o jipe de algum píer ou algo assim. Eu mesma iria atrás dele, mas tenho a impressão de que Bruce vai ter mais sorte em dissuadi-lo de tomar uma decisão ruim. Eu provavelmente o empurraria sem querer na direção oposta.

"Claro." Bruce me dá um aceno reconfortante e corre atrás de Tucker.

Kevin me convida até sua casa para uma taça de vinho e acalmar os nervos, enquanto esperamos nossos maridos voltarem. Sentada à beira da piscina, me vejo descarregando todo o estresse reprimido dos últimos dias neste pobre homem inocente.

"Não é nada demais, acho. Tenho certeza de que todo casal briga toda hora por causa de trabalho e falta de tempo e por causa dos planos para o futuro. Tá, eu sei que é muita sorte estar literalmente no paraíso reclamando que estão jogando dinheiro na gente. Mas é que, como casal, como pais, essas coisas são importantes, né?"

"São", diz ele, com paciência.

"Só queria que ele me dissesse o que estava sentindo de verdade, em vez de fingir que tá tudo bem o tempo todo."

Kevin ri. "Mas, verdade seja dita, muitos homens têm dificuldade de compartilhar seus sentimentos. Toda a indústria da autoajuda em relacionamentos viria abaixo se não fosse o caso. Os homens são de Marte, lembra?"

"Pois é. Mas não sabia que o Tucker era um deles. Ele sempre foi tão sincero comigo, ou pelo menos eu achava que era." Dou outro gole no vinho. "Não sei ler pensamento. Se ele não se sente uma prioridade pra mim, precisa me dizer. Como vou mudar meu comportamento se não souber que estou fazendo algo de errado?" Um gemido escapa. "E agora tô me sentindo péssima. Quer saber? Eu devia aceitar logo a segunda oferta de emprego. É um trabalho menos emocionante, mas o horário é bem melhor e o dinheiro ainda é bom. E então vou poder ficar mais tempo em casa com o Tucker e a Jamie."

Honestamente, não é como se Tucker não fosse prestativo. Durante toda a minha graduação em direito e a minha gravidez, ele nunca reclamou de fazer o jantar ou limpar o apartamento. Trocando fralda ou levantando às quatro da manhã para ninar Jamie de novo. Só para eu não ter que parar de estudar. E fez tudo isso com aquele sorriso fácil no rosto, sempre levando na esportiva.

"Ele não está errado em querer que eu dê um pouco de reciprocidade", admito. "Pra poder ter o espaço que precisa pra descobrir o que o fará feliz, encontrar um negócio novo. Seja o que for."

"Parece que vocês se preocupam muito com o bem-estar um do outro", comenta Kevin, sorrindo. "É um bom começo."

"Mesmo assim, parece que a viagem foi um fracasso completo. Não estamos nem nos falando."

"É obrigação de vocês tentar salvar a viagem. Não posso negar que vocês tiveram azar, mas isso não vai durar pra sempre. Alguns bons dias vão compensar os dias ruins, com o tempo." Ele ri de novo. "Quer saber o que é um fracasso completo? Deixa eu contar sobre as primeiras férias que tirei com o Bruce. A gente tava na Costa Amalfitana e..."

Seu telefone toca, acendendo. Como o aparelho está no chão entre nós, vejo claramente a foto de Bruce na tela.

Kevin atende na mesma hora. "Tudo..." Ele mal termina a palavra, e é cortado por Bruce do outro lado da linha. Ele escuta, então pergunta: "Onde?" Seus olhos se voltam para os meus.

Um nó se forma em meu intestino.

"Quanto?"

O nó aperta um pouco, crescendo em minhas entranhas.

"Estamos indo praí." Kevin encerra a chamada e inspira fundo, antes de adotar uma expressão neutra no rosto.

"O que foi?" Minhas unhas se enterram em minhas palmas com a tensão.

"Bem, o negócio é o seguinte... Seu marido foi preso."

9

SABRINA

Noite 5

Diante da prisão municipal, há algumas pessoas de pé, no telefone, enquanto os táxis circulam pelo estacionamento, trazendo e deixando turistas abatidos e cambaleantes num fluxo ininterrupto. Kevin e eu saltamos de seu Land Rover e corremos pelo asfalto irregular e rachado em direção à entrada da frente. Não demoramos para localizar Bruce no saguão, parecendo agitado, ao lado de um vaso e um ventilador giratório.

"O que aconteceu?", Kevin pergunta ao parceiro abatido.

"Não sei se entendi." Bruce olha para mim, o suor escorrendo pela testa. "Meu francês é uma merda."

"Era pra você cuidar dele, querido. Não tem nem uma hora que vocês saíram", repreende Kevin. "Como isso aconteceu?"

"A gente estava sentado no bar. Aquele perto da marina, que toda quinta tem karaokê e serve um *mai tai* superforte", Bruce se apressa em explicar. "Do nada, chega um baixinho e começa a gritar com a gente. Não tenho a menor ideia de quem era, nem de onde veio. Não consegui entender uma palavra do que disse. Ele estava louco, apontando para o peito do Tucker. Eu intervim e o mandei se afastar. Então, uns vinte minutos depois, dois policiais entram, algemam o Tucker e vão embora. Paguei trinta dólares pra um cara me trazer aqui de lambreta."

"Foi só isso?", pergunto, consternada. "Ele não falou com mais ninguém? Na rua? Arranhou a lateral de algum carro? Esbarrou num para-choque?"

"Não, nada. Ele não foi nem ao banheiro." Bruce abana a mão junto à testa. Coitado, parece que veio correndo do outro lado da ilha, o rosto vermelho e a camisa úmida contra a pele. "Me desculpa, Sabrina. Não entendi nada."

"Vamos resolver o problema", garante Kevin.

Com a ajuda dele na tradução, encontramos um policial para me acompanhar até a detenção, para ver Tucker. Ele está numa cela com cerca de vinte outros homens. Em geral jovens, bêbados e americanos. Tirando o irlandês barulhento xingando o guarda, que o ignora enquanto lê uma revista de culinária em sua mesinha encostada na parede.

Assim que me vê, Tucker fica de pé e segura as grades da cela. "Sabrina, eu juro..."

"Dois minutos", ruge o policial, com um forte sotaque.

"Não se preocupe, eu sei", digo a Tucker. "O Bruce me contou."

Ele solta um suspiro longo e se debruça contra as grades. "Que férias, hein?" Então dá um sorriso desanimado. "Desculpa. Eu não devia ter ido embora no meio da conversa. Não foi justo."

"Tudo bem. Nós dois ficamos nervosos."

"Não quero mais brigar." Ele balança a cabeça algumas vezes, como se repreendendo a si mesmo. "Desculpa ter piorado ainda mais a viagem."

"O tempo acabou", o policial anuncia da porta.

Estreito os olhos. "Não passaram dois minutos."

O homem de uniforme apenas sorri.

Voltando-me para Tucker, dou-lhe um sorriso tranquilizador. "Amor, não passei três anos em Harvard para deixar meu marido apodrecer na prisão na minha lua de mel. Dá só uma olhada na sua mulher em ação."

Com a ajuda de Kevin novamente, chamamos o supervisor de turno para falar conosco. Aparentemente, é o único por aqui fluente em inglês.

Ele nem tem tempo de dizer oi, e já estou exasperada, exigindo o documento de acusação e as provas contra Tucker.

Em troca, ele tenta nos dispensar. "Vão ter que voltar amanhã", diz, dando de ombros.

"De jeito nenhum. Você está detendo injustamente um cidadão americano, e não vou embora até saber do que ele foi acusado."

A conversa vai e volta assim por um tempo, até que o venço pelo cansaço, e ele sai para buscar a papelada só para se livrar de mim. O relatório está em francês, então Kevin traduz para nós. Resumindo, diz que o homem que abordou Tucker e Bruce chamou a polícia para acusar Tucker de furto em sua loja, além de ter causado algum vandalismo e destruição de propriedade.

"Não tem como", insiste Bruce. "Encontrei o Tucker antes de ele sair da casa, e fomos juntos direto para o bar. Não paramos em lugar nenhum."

Franzo a testa. "E o Tuck e eu não saímos de casa, exceto para ir até a sua casa, à praia ou ao passeio de barco com vocês. Estamos literalmente trancados em casa desde que pisamos na ilha. Eles pegaram o cara errado."

Mais uma vez, digo ao policial na recepção que preciso falar com o supervisor, que está tentando se fazer de morto, enquanto nos observa do outro lado de uma porta atrás da mesa.

"Escuta aqui, meu cliente está trancado lá atrás." Estreito os olhos para o policial da recepção. "Se não vier ninguém aqui pra falar comigo, volto com mais dez advogados e o embaixador dos Estados Unidos, e você vai ter que explicar por que trancou um homem inocente sem provas e se recusou a dar acesso à sua advogada."

O policial se levanta, com relutância. Uma conversa animada acontece atrás da porta, e o supervisor se aproxima de novo. E de novo tenta nos dispensar, insistindo que eles têm que manter Tucker preso até a acusação acontecer, pela manhã.

Inclino a cabeça, num desafio. "Você o revistou, não revistou? Ele estava com os supostos produtos roubados?"

O silêncio do homem é resposta suficiente.

"Tinha alguma coisa no jipe?"

Mais uma vez, apenas um silêncio taciturno.

"Não. Porque o autor da queixa-crime acusou o homem errado. Agora, se quiser, posso obter imagens da câmera de segurança da nossa casa, os dados de GPS do jipe e do celular, além de uma dúzia de testemunhas que o viram sentado num bar, e, depois, mover uma ação judicial contra o seu departamento por prisão sem provas. Ou você pode admitir o erro, deixar meu cliente ir embora, e eu te deixo em paz."

Depois de mais algumas idas e vindas e uns quarenta minutos esperando no saguão apertado e úmido, meu marido finalmente sai com seus pertences num saco plástico.

"Você é minha heroína", diz, aliviado e meio sem fôlego, guardando a carteira e o telefone no bolso, antes de jogar a sacola no lixo.

"Casar com uma advogada significa nunca ter que passar uma noite na prisão", eu o provoco, enquanto ele me abraça.

Assim que saímos do prédio, Kevin e Bruce caminham à nossa frente em direção ao estacionamento, como se soubessem que precisamos de um minuto.

"Aliás, também preciso me desculpar." Paro de andar e passo os braços em volta de seu pescoço. "Você tem razão. Também não quero brigar. Não tinha ideia de que você se sentia negligenciado. Me sinto tão..."

"Ei, vamos falar disso em casa", interrompe ele, em seguida emaranha os dedos em meu cabelo. "Agora, só preciso *disso*."

Ele levanta meu queixo para me beijar. Suas mãos, entretanto, descem para agarrar minha bunda como se ele não visse uma mulher há meses.

Rio contra seus lábios famintos. "Você passou só algumas horas na prisão."

"Sou um outro homem, linda. Você não sabe as coisas que vi."

Então, dá um tapinha na minha bunda, pega minha mão e me leva para o carro de Kevin. Depois de parar na marina para buscar o jipe, seguimos de volta para casa.

"Desculpa por ter saído com raiva", diz, me observando enquanto pouso a bolsa na mesa do corredor.

"Desculpa ter te deixado com raiva."

"Não foi você." Seus lábios se curvam num sorriso. "Eu estava sendo um babaca. Para ser sincero, nem tô bravo com nada."

"Não é verdade", eu o repreendo.

"Não estou, de verdade", protesta ele.

"Talvez não esteja bravo, mas no mínimo está frustrado. E não só com o seu emprego." Lanço um olhar penetrante. "Você acha que não é prioridade pra mim."

"Sabrina..."

"E acho que tem alguma verdade nisso", termino, mordendo o lábio. "Minha vida sempre foi agitada. Nem me lembro de uma época em que não estivesse conciliando dois ou três empregos com a escola e a casa e tudo mais que precisava fazer. E então tivemos uma filha e..." Solto um gemido. "Eu a amo, de verdade, mas ela é um trabalho de tempo integral."

"Eu sei. É muito cansativo."

"E eu simplesmente imaginei que, se estivesse infeliz ou se sentindo negligenciado, você me diria. Sempre faço questão de perguntar..."

"Eu sei que faz", interrompe ele, e é a vez de ele gemer. "Você sempre pergunta, e eu te amo por isso. Isso é por minha conta. Eu que deixo pra lá porque não quero estressar você."

"Sua felicidade não deve ser descartada, Tuck."

Ele dá de ombros. "A sua felicidade é mais importante para mim. Não posso evitar, é assim que me sinto. Fazer você e a Jamie felizes é o que me faz feliz."

"Nem sempre." Levanto uma sobrancelha. "Você disse que queria que eu fizesse da gente uma prioridade, lembra? Bem, é isso que vou fazer a partir de agora. Mas você precisa prometer que vai ser mais honesto sobre o que precisa, tá legal? Porque não leio pensamento."

"Eu sei." Ele sorri novamente, envergonhado. "Vou tentar ser melhor nisso."

"Ótimo. E vou tentar ser melhor em mostrar que você é meu número um. Sempre."

"Ótimo", imita ele.

Ficamos ali por um momento, apenas sorrindo um para o outro. Acho que Hope tinha razão — às vezes os casais *precisam* brigar. Quem sabe quão profundas seriam as raízes do ressentimento se as coisas não tivessem aflorado nesta viagem.

"Então..." Ele inclina a cabeça. "A gente pode ir pra cama agora?"

"Por que ainda estamos aqui?"

Num piscar de olhos, ele praticamente me persegue escada acima, até que me encurrala ao pé da cama e pressiona a boca na minha. Sua língua desliza por meus lábios entreabertos, enquanto ele arranca minhas roupas depressa.

"Você é incrível", ele diz com um grunhido.

"Você só está dizendo isso porque quase virou o namorado de alguém na prisão."

"Sou bonito demais pra ser preso." Tucker beija meu pescoço e continua por meu ombro. "Não vamos mais brigar. Nunca mais." Ele faz uma pausa, encontrando meus olhos, enquanto suas mãos deslizam até meus quadris. "Odeio ter vindo até aqui só pra gente brigar um com o outro."

"Eu também. Mas não podemos simplesmente ignorar tudo. Um dia vamos ter que resolver essas questões de trabalho. Você sabe disso."

"E vamos resolver", ele me garante. "Mas não é algo que precisamos fazer nesta viagem."

Ele tem razão. Nosso tempo juntos deve ser a prioridade. Metade da lua de mel já foi por água abaixo. Não quero estragar os dias que nos restam com escolhas de vida difíceis. "Em casa a gente pensa nisso."

Ele concorda. "E só para você saber, não importa o que aconteça, sempre vou te apoiar. A gente é uma dupla."

"Eu sei. A gente é uma dupla. Eu te amo. Sempre te amei."

Tucker beija meus lábios. Ele me deita com carinho na cama, enquanto tira a camisa e baixa as calças. Em seguida, deita o corpo nu sobre o meu, lambendo os lábios enquanto se apoia nos antebraços. Nunca vi cena mais sensual.

"Você é incrível", eu o informo.

Um sorriso curva sua boca. "Não se esqueça disso, princesa."

"Nunca."

10

TUCKER

Dia 10

Na última manhã, acordo antes de Sabrina, sentindo o peso de sua cabeça em meu peito e sua perna macia sobre a minha. Fico ali, deitado, na mais plena felicidade, passando os dedos por seus cabelos e observando enquanto ela dorme, com o sol lentamente invadindo o quarto. Um pouco depois, ela boceja e se espreguiça até a ponta dos pés. Então olha para mim.

"Bom dia", murmura, umedecendo os lábios.

"Última chance. A gente pode ligar pro Dean e dizer que vamos ficar pra sempre."

"Tentador."

Em seguida, nossos telefones começam a apitar. Temos duas horas para chegar ao aeroporto.

"Pode tomar banho primeiro", digo a Sabrina, beijando sua testa. "Vou fazer o café da manhã. Tomara que a Isa tenha trazido mais croissant."

"Te amo." Ela sai da cama nua e me deixa observá-la enquanto caminha até o banheiro. Nunca vou me cansar dessa visão.

Ao que parece, chegar ao fundo do poço no banco pegajoso de uma cela de cadeia no Caribe foi a cura para os nossos males na lua de mel. Desde que Sabrina me tirou da prisão, não teve mais água-viva nem vendedores irados. Nada de coco caindo do céu, ou pele vermelha e inchada. Só o céu limpo, as águas claras e muito protetor solar. Enfim, as férias que estávamos querendo... então, claro, acabou cedo demais, e é hora de partir.

Enquanto levamos nossas malas até a porta, nossos vizinhos aparecem para se despedir. Kevin aperta minha mão, mas Bruce me dá uns tapas nas costas e um abraço de lado bem menos formal. Vou sentir saudade deles. Nós quatro ficamos amigos tão depressa esta semana, e ontem passamos a última tarde bebendo e comendo ostras frescas no iate deles.

"Queria dar uma lembrancinha pra vocês", diz Bruce, dando a Sabrina uma garrafa do vinho que ela adorou no jantar da primeira noite. "E, se vocês tiverem um minuto, podemos falar um pouco de negócios?"

Sabrina e eu nos entreolhamos, confusos.

"Lembrei da nossa conversa na outra noite", Kevin diz a Sabrina, quando os convidamos a entrar. "Espero que não se importe, mas fiz uma pesquisinha sobre você."

"Uma pesquisinha?"

"Seu histórico escolar em Harvard. Conversei com seus professores. Que, aliás, tinham muito a dizer. Seus antecedentes, claro. Somos muito minuciosos."

Estou tentando não rir. "E isso é considerado uma 'pesquisinha'?"

"Não entendi." A voz de Sabrina fica séria. "Quem é minucioso?"

"Falei com meus sócios na empresa e queremos que você venha trabalhar conosco."

Ela arregala os olhos. "Desculpa, o quê?"

"Queremos que você venha trabalhar para a Ellison e Kahn, minha empresa em Manhattan."

"Você tá me oferecendo um emprego?" É raro pegar Sabrina James desprevenida, mas ela agora parece estar com dificuldade de encadear os pensamentos.

Como eu, Kevin está sorrindo diante de sua expressão chocada. "Tem uma vaga na minha equipe. Para defender condenações injustas. É um trabalho desafiador, não é para os fracos. Mas a carga horária não é muito puxada, e você teria alguma flexibilidade de horário. Se topar, claro."

"Eu..."

Não sei quando foi a última vez em que vi Sabrina sem palavras.

"É uma oferta generosa", digo, enquanto ela tenta encontrar a voz.

"Tem um problema, claro", acrescenta Kevin. "Você teria que ir para Nova York."

Agora, nós dois somos pegos de surpresa. Tinha ouvido a parte sobre a empresa ser em Manhattan, mas por alguma razão estúpida não liguei os pontos.

Sabrina me avalia, procurando uma resposta. Nunca falamos de sair de Boston. Mas sei que isso devia passar pela cabeça dela. Os melhores escritórios de advocacia do mundo ficam em Nova York e em Los Angeles, o que significa que, enquanto ficar em Boston, tem um limite do que pode alcançar em termos de carreira. Isso abriria uma série de novas possibilidades.

"Antes de responder", acrescenta Bruce, "tem mais uma coisa. Tô querendo expandir minha marca de fitness pra algo mais concreto. Dar uma presença física à minha *persona* on-line."

"Abrir uma academia?", arrisco, me perguntando como Sabrina e eu possivelmente nos encaixamos nisso.

Ele assente. "Uma, pra começar. Um imóvel em área nobre, em Manhattan. Só preciso de um parceiro com um investimento modesto, mas que saiba como abrir uma empresa pequena, promovê-la e torná-la lucrativa. Então, com sorte, expandir pelo país." Ele dá um sorriso radiante. "Pelo que vi, você daria um ótimo diretor de operações."

"Você não pode estar falando sério. Do nada?" Não posso deixar de rir, coçando a nuca para me certificar de que não fui atingido por um coco e não me lembro.

"Não sou bom de negócios", explica Bruce, encolhendo os ombros. "Mas entendo de pessoas. Gosto de você, John Tucker. Acho que podemos fazer coisas boas juntos. Se você estiver disposto a topar o desafio."

"Uau. Temos muito que pensar", Sabrina diz a eles, parecendo tão atordoada quanto eu.

"Desculpa o susto, mas não podíamos deixá-los ir embora sem fazer uma proposta", explica Kevin.

"Obrigado. De verdade", insisto. "Nem sei como dizer como estamos agradecidos."

"Podemos pensar um pouco?", pergunta Sabrina. "Temos que pensar na Jamie. E no bar."

"Claro." Kevin oferece a mão. "Conversem a respeito. Vocês têm nossos números."

Agradecemos de novo e quase desmaiamos com a notícia no instante em que eles vão embora.

"Isso está mesmo acontecendo?" Sabrina me encara com os olhos brilhando. Acho que ela nunca pareceu tão feliz desde que saímos de Boston.

Começo a rir de novo, maravilhado com a surpresa. Com as duas surpresas, para ser mais exato. "Acho que esta ilha maldita estava nos devendo um pouco de sorte."

No táxi, a caminho da marina, avaliamos o plano para ver se é viável.

"Minha mãe se mudaria para qualquer lugar para ficar com a neta", asseguro a Sabrina, quando ela se preocupa com a ideia de deixar Jamie com estranhos. Mamãe se mudou do Texas para Boston para ficar mais perto de nós. Certamente iria para Nova York.

"E o Kevin disse que a carga horária não é puxada. Flexível." Sua voz parece animada. "Então, pode ser que a gente nem precise tanto de babá. Daria pra ver vocês muito mais do que se pegasse um dos empregos de Boston."

"E eu não teria que passar noites no bar. Imagino que o trabalho com o Bruce seja de dia."

"Espera. Mas a Jamie começa a pré-escola no outono. Se você achou difícil arrumar vaga em Boston, imagina como deve ser em Manhattan?"

"O Dean e a Allie moram lá", eu a lembro. "Aposto que a família dele doa dinheiro para alguém, conhece algum membro do conselho, alguém que deva um favor a eles. Senão, a gente dá um jeito. É uma cidade grande."

"E já teríamos amigos lá", acrescenta ela, mordendo o lábio inferior. "Então não vamos estar totalmente sozinhos."

"Talvez não seja uma ideia terrível."

"Tudo bem que foram os mesmos amigos que tentaram arruinar a nossa lua de mel com o Alexander, então na verdade a gente devia estar considerando cortá-los da nossa vida, e não se mudar para perto deles."

Fecho a cara. "Não gosto de saber que ele tá aí", digo, acenando com a cabeça para a bagagem de mão.

"Quem sabe a segurança do aeroporto não acha que estamos contrabandeando drogas dentro daquela cabeça assustadora e confisca o boneco."

Rio da esperança em seu rosto. "Meu bem, se eles decidirem que somos mulas, nossos problemas vão ser piores do que ter que lidar com um boneco mal-assombrado. Mas não esquenta. Vamos passar adiante assim que chegarmos em casa."

"É melhor que seja para o Dean."

"Não... É isso que eles estão esperando." Faço uma pausa. "Não foi o Garrett quem o deixou debaixo do meu travesseiro, quando eles vieram no último dia de Ação de Graças?"

A indignação arde em seus olhos. "A Jamie acordou quando me ouviu gritar, e demoramos horas para fazê-la dormir de novo."

Concordo com a cabeça. "O G."

Ela assente de volta. "Combinado. Quer dizer, ele e a Hannah estão lá vivendo aquela vida perfeita. Não podemos permitir isso."

"Alguém precisa dar uma lição de humildade a eles."

"Exatamente."

Sorrindo, passo um braço ao redor dos ombros de minha cúmplice. "Agora, voltando ao assunto. Queremos mudar para Nova York?"

"Ai. Não sei, Tuck."

Ainda estamos discutindo a questão quando embarcamos na balsa para St. Marteen, até que por fim Sabrina levanta a mão e diz: "Voto para adiarmos a decisão até estarmos de volta em Boston. Deixa a ideia maturar um pouco. Mas... cara, com certeza é tentador."

"Muito tentador", concordo. "Mas tem razão, depois a gente pensa melhor."

Agora, tudo que quero fazer é chegar em casa e ver nossa filha.

PARTE IV
O LEGADO

1

HANNAH

Existem poucas coisas menos dignas do que xixi barulhento num banheiro de mármore. O vestido justo de paetê enrolado em volta do peito só piora a situação. Foi uma corrida louca do saguão do auditório até esta cabine no banheiro. Os vinte minutos que passei no tapete vermelho entre Garrett e Logan com um sorriso estampado na cara, enquanto os repórteres e fotógrafos gritavam, foram um exercício agonizante de resistência, com todos os músculos do corpo se contraindo em desespero. Sabia que aquela garrafa de água na limusine era uma má ideia. Esses dias, só de olhar para um líquido, tenho que fazer xixi feito um cavalo de corrida.

Os blogs e artigos que li falavam disso, mas achei que, sei lá, não podia ser tão ruim assim.

A resposta: pode.

É horrível.

Humilhante e inconveniente.

Estar grávida é um porre.

O último lugar em que quero estar agora é neste hotel chique no centro de Boston, mas digo a mim mesma para aguentar firme. Esta noite é um grande momento para a carreira de Garrett, e não posso deixar nada atrapalhar a comemoração.

E essa é só mais uma das inúmeras desculpas que tenho dado a mim mesma nas últimas oito semanas.

Primeiro, não queria fazer o teste porque era o final de semana do casamento dos nossos melhores amigos. Aí fiz o teste e deu positivo, mas não contei ao Garrett para não distraí-lo num momento tão crucial, o final da temporada regular. Aí não consegui dar a notícia quando o time estava se preparando para os *playoffs*. Depois eles foram eliminados na primeira rodada, e Garrett ficou tão arrasado que não parecia o momento certo para anunciar que ele ia ter que passar o tempo até a temporada seguinte pintando o quarto do bebê.

Mas hoje eu digo a ele. Quando chegarmos em casa, ele vai ter bebido um pouco e ainda vai estar empolgado com a comemoração. Vou dar a notícia com jeitinho.

"Dá pra acreditar que não é open bar?" Dois saltos agulha estalam contra o piso lustroso, passam por minha cabine e param junto das pias. "A mulher do LeBron não atura esse tipo de coisa."

"A mulher do LeBron casou com um jogador de basquete."

"Achei que pelo menos ia ter uma lembrancinha."

"Rá! No mínimo ia ser uma latinha de Molson Ice e um cupom da Applebee's."

Engulo uma risada. Mulheres que namoram ou se casam com jogadores da liga de hóquei achando que vão frequentar South Beach com Gisele e Victoria Beckham costumam levar um susto quando acordam para a realidade. A cena do hóquei é um gosto adquirido.

Hoje é dia do NHL Honors, uma cerimônia de premiação das maiores conquistas da última temporada. Embora não seja exatamente um ESPY Awards, Garrett está levando para casa o prêmio de Gol do Ano, o que é um feito e tanto. Ele está sempre se dedicando para melhorar no rinque. Todos os dias, coloca o corpo sob tremendo estresse. Se obriga a ultrapassar as barreiras mentais que o restringem. O mínimo que posso fazer para ver seus sonhos se tornarem realidade é aturar uma noite num vestido chique e fingir que está tudo normal. E com Grace em Paris, onde foi passar o verão com a mãe, estou trabalhando dobrado como acompanhante. Simplesmente não vou poder comer nem beber a noite inteira se não quiser ter que correr para o banheiro de dez em dez minutos.

"Viu que o Garrett Graham raspou a barba?", comenta uma das mulheres enquanto arrumo meu vestido. "Ficou muito bem."

E como. O time entrou numa onda supersticiosa de não fazer a barba, porque estavam numa sequência de vitórias, para garantir os *playoffs*. Garrett fica lindo com um pouco de barba por fazer, mas aquilo foi demais. Ele nem arrumava aquela coisa. Era desgrenhado e despenteado, e tive que me segurar muito para não subir nele no meio da noite com uma tesoura na mão. Amo aquele homem, mas a barba foi quase o meu limite. Se vir aquela coisa de novo, vou tacar fogo.

"Você viu o pai dele? Os genes daquela família são absurdos."

"O Phil Graham tá aqui?"

"Tá. Vi no tapete vermelho. Vai entregar o prêmio honorário."

Um suspiro sonhador. "Eu pegava. Montar numa britadeira movida a pílula azul até a terra do orgasmo."

"Você é demente."

"Você sabe que aquela vadia sortuda que apareceu com o Garrett pensou nisso. Eu também pensaria."

Engulo a ânsia de vômito repentina e saio da cabine. Fico de pé ao lado das duas mulheres de cabelo escuro para lavar as mãos. Acho que são mais ou menos da minha idade, mas uma delas está com tanta maquiagem que parece muito mais velha. A outra tem um rosto jovem e está num vestido vermelho lindíssimo.

"Acho que a cama vai ficar meio cheia", digo, despreocupada. "Vi que ela chegou com o outro também."

"Quem?"

"O John Logan", respondo, encontrando seus olhares no espelho. "A gente se conhece há muito tempo."

Quando me reconhecem, me encaram com olhos arregalados.

"Vadia sortuda", me apresento. "Muito prazer."

"Ai, meu Deus, que vergonha", exclama uma delas. "Me desculpa."

"Adorei o vestido", comenta a outra, com gentileza, numa espécie de pedido de perdão.

Dou de ombros. "Tudo bem. Vocês tem razão, o Garrett fica muito melhor sem barba."

"Há quanto tempo vocês namoram?", pergunta Vestido Vermelho.

"Desde o terceiro ano da faculdade."

Seus olhos se voltam para a minha mão esquerda sem muita discrição.

"Não somos casados", confirmo. "Só vivemos juntos em pecado."

Vestido Vermelho ri. "Pecando com Garrett Graham. Nada mal."

Nem um pouco, na verdade.

Quando termino, seco as mãos e saio do banheiro com um tchauzinho. Não me incomoda ouvi-las falando do meu namorado. A verdade é que fiquei mais preocupada com a revelação de que o pai de Garrett está aqui. Ninguém falou nada. Se Garrett encontrar Phil desprevenido, o tempo vai fechar.

Um lanterninha me ajuda a encontrar meu assento entre Garrett e Logan, perto do final da fileira de poltronas. Me espremo entre os dois, que discutem sobre a próxima viagem de Logan a Paris. Ele vai daqui a duas semanas passar um mês lá. Que sorte da Grace. Não sei como Logan conseguiu escapar dos compromissos do time no mês que antecede a próxima temporada. Garrett odeia essa época.

"Mal posso esperar pra voltar pra coleira", diz Logan.

Lanço um sorriso meloso para ele. "Vou contar pra ela que você falou isso."

Ele empalidece. "Deus, por favor, não."

Ao meu lado, Garrett agora está visivelmente amuado. "Ainda não acredito que você casou sem mim", ele acusa o melhor amigo.

Luto contra o riso. "Não é um esporte de equipe, querido."

Ele me ignora. "Eu devia ser o padrinho." Então se inclina por cima de mim para encarar Logan. "Você percebe que isso significa que, quando eu casar com a Wellsy, você não vai estar mais no primeiro lugar da fila. O padrinho vai ser o Dean. O Dean, o Tucker, *depois* você."

Logan se inclina para a frente também. "De jeito nenhum. Primeiro sou eu."

Garrett suspira. "É, você fica em primeiro."

"Vocês dois querem um pouco de privacidade?", pergunto, enquanto eles praticamente me espremem, se encarando.

"Shhh, Wellsy", repreende Logan, como se *eu* fosse a problemática aqui. "Tá começando."

Logo em seguida, as luzes diminuem. Um momento depois, começa a passar um vídeo no telão, uma seleção dos melhores momentos da temporada. Aproveito a oportunidade para me aproximar do corpo robusto de Garrett e levar os lábios até sua orelha.

"Você sabia que seu pai vinha?", sussurro.

Sua expressão fica vazia. Os mesmos lábios finos e olhos mortos que vejo toda vez que ele é forçado a interagir com aquele homem em algum evento público. Por mais que eu odeie estragar seu bom humor, seria pior não avisá-lo.

"Não sabia."

"Acho que ele vai entregar algum prêmio?"

"O Landon devia ter me avisado", murmura ele, referindo-se ao agente.

Ele aperta a minha mão, e sei que está reprimindo a raiva. Nada o afeta tão intensamente quanto ter que estar perto do pai. É como se estivesse sendo coberto por uma sombra.

A solidariedade se mistura ao enjoo persistente em meu estômago. Esta noite era para ser mais um marco na carreira de Garrett, um momento de orgulho para ele. Em vez disso, ele vai ter que sorrir e posar para as câmeras com o homem que o espancava.

2

GARRETT

Assim que termina a cerimônia e somos conduzidos até o salão de festas, seguimos direto para o bar. Em geral, minha namorada não gosta que eu beba nesses eventos, por medo de eu fazer papel de idiota para algum repórter. Esta noite, ela tira o prêmio da minha mão e o substitui por um copo de uísque. Talvez ache que isso possa me distrair. Ou entorpecer meus instintos. Mas eu duvido. Fico sempre alerta quando meu pai está por perto, totalmente ciente de sua proximidade. Eu o vi no momento em que entramos e o acompanhei com os olhos enquanto ele atravessava o salão sob os flashes das câmeras.

"Você não tem que fazer isso", diz Hannah, me observando com cautela por sobre o copo de água com gás. Acho que ela sabe que é melhor um de nós ficar sóbrio, caso eu acabe na prisão. "A gente pode ir embora."

"O Landon vai ter um ataque se eu não participar da festa."

Se não tivesse contraído uma intoxicação alimentar na noite passada, meu agente estaria aqui me vendendo para a imprensa e me carregando pelo salão. Acho que é para isso que pago o salário dele, mesmo sendo a parte do negócio que eu preferiria passar sem.

"É por isso que ele não avisou que o Phil viria?"

No instante em que a cerimônia acabou, mandei uma mensagem furiosa para Landon. "Ele diz que não sabia. Parece que o Viktor Ivanov cancelou de última hora, então puseram o Phil."

Meu olhar se volta para ele de novo. Está conversando com o dono do time de Dallas, dando aquela gargalhada falsa dele.

"Não vamos demorar muito", digo a Hannah, massageando a base de suas costas com o polegar.

Tocá-la mantém minha cabeça livre dos pensamentos mais destrutivos. Ela está tão bonita hoje, com esse vestido longo prateado, justo na medida certa. Se não estivesse tão tenso agora, tão atento à presença do meu pai, estaria tentando arrastá-la para algum lugar escondido, para enfiar a mão dentro daquele tecido colante. Fazê-la gozar numa chapelaria ou num depósito em algum lugar.

"Não vou sair do seu lado", promete ela.

Não duvido disso. Hannah Wells é minha fortaleza. Não sou de me gabar, mas — tá bom, sou do tipo que não para de se gabar. Mas tenho certeza de que Wellsy e eu temos o relacionamento mais saudável da história dos relacionamentos. Depois de quatro anos juntos, é inegável: somos simplesmente os melhores. Nossas habilidades de comunicação são de primeira. O sexo é de outro mundo. Quando começamos a sair juntos na faculdade, nunca em um milhão de anos imaginamos que iríamos nos apaixonar, ou que acabaríamos morando juntos, construindo uma vida juntos. No entanto, aqui estamos.

Não me leve a mal, não somos perfeitos. Brigamos às vezes, mas só porque ela é teimosa como uma porta. Só que, se você perguntar, ela vai dizer que é porque eu — aparentemente — sempre preciso dar a última palavra. O que é algo que um teimoso diria.

De repente, Phil olha para mim e nossos olhos se encontram na multidão. Reprimo um palavrão.

Meus dedos apertam os de Hannah com força.

"Você tá bem?", pergunta ela.

"Não", respondo, fingindo animação.

Ser sugado pela órbita de Phil é como ser puxado para o fundo pelo vórtice de um navio afundando. Ou arrastado no mar por uma correnteza. Lutar contra a força inevitável e inescapável só leva à exaustão e te mata mais rápido.

A única saída é por meio do turbilhão.

"Filho", berra ele, acompanhado de um bando de empresários e alguns repórteres a reboque, me puxando para um aperto de mão. Ele cumprimenta Hannah rapidamente com um aceno de cabeça, e se volta para mim. Aqueles dentes de tubarão à mostra, num sorriso falso. "Você se lembra do Don e dos meninos?" Os meninos, ele os chama. Um patrimônio líquido de cem bilhões. Proprietários de três dos cinco clubes mais valiosos da liga. "Vem tirar uma foto."

"Uma temporada e tanto", me diz um dos empresários. Está posando para a câmera, enquanto meu pai me coloca no meio do grupo e, do nada, enfia meu prêmio nas minhas mãos, enquanto mordo a bochecha por dentro.

"Recorde do time em pontos e assistências na era moderna." Do jeito que Phil fala, dá pra pensar que o jogador é ele.

Mas esse sempre foi o problema dele: o homem simplesmente não consegue sair do passado. Não bastou ser amado em Boston pelo tempo em que jogou, tem que viver através dos meus feitos também.

Ser filho de uma lenda é uma merda.

Sobretudo quando essa lenda te espancava. Quando essa lenda atormentava sua mãe e tratava vocês dois como troféus que ele poderia guardar e tirar da prateleira quando bem entendesse. Se você abrisse o peito do homem, encontraria um pedaço de carvão no lugar do coração. A alma dele é puro alcatrão.

"Vai tentar bater o recorde do seu pai ano que vem?", pergunta outro empresário. Ele ri e dá um gole no champanhe.

"Veremos", digo, enchendo a boca com uísque, enquanto fito Hannah, para não ter que olhar para Phil.

É uma tortura. Toda essa dança ridícula. Fingir que não nos odiamos. Deixá-lo bancar o pai orgulhoso como se eu já não carregasse as cicatrizes do seu "treinamento". Ceder às aparências porque ninguém quer ouvir a verdade: que Phil Graham era um filho da puta abusador, enquanto todo mundo no esporte jogava flores aos pés dele.

Por sorte, meu melhor amigo e colega de time notou nosso grupo lá do bar. Lendo a urgência em meu rosto, John Logan abre caminho em nossa direção.

"Ei, cara", diz, com um sorriso ligeiramente embriagado, segurando uma garrafa de cerveja enquanto se coloca entre nós e a câmera. "Lembra do Fred Ruivo? Dos testes pro draft. Acabei de encontrar com ele perto dos folhados de caranguejo. Vem falar oi."

"Certo. Fred." Ele é tão ruim de sutileza, que preciso prender o riso. "Cara, faz anos que não vejo o Fred!"

Pego a mão de Hannah e escapo de Phil e dos empresários. Para desânimo dele.

"Com licença", digo educadamente, e então nos afastamos o máximo possível e praticamente nos escondemos atrás das plantas do outro lado do salão.

"Estou orgulhosa de você", diz Hannah, pegando o prêmio das minhas mãos e substituindo-o por outro copo de uísque. "Meio que estava esperando você dar uma pancada na cabeça dele com isso."

Sorrio, com ironia. "Você espera tão pouco de mim. Não sou um bárbaro."

"Cara, aquilo foi estranho", diz Logan.

"Tá tudo bem. Obrigado pelo resgate. Fico te devendo essa."

"Bom, você pode me pagar no golfe, este fim de semana. O médico do time disse que não posso carregar nada pesado, por causa da dor nas costas."

Eu bufo. Dor nas costas uma ova. "Não vou carregar seus tacos", digo a ele. "É pra isso que servem os novatos."

"Por favor, me diz que alguém vai filmar isso." Hannah ri, me cutucando nas costelas. "Da última vez que você tentou jogar golfe, tivemos que pagar um para-brisa novo para aquele cara, lembra?"

"Não tenho culpa se o carro dele estava no caminho do buraco."

Seus olhos verdes ficam exasperados. "O carro dele estava no lugar certo — no estacionamento. O buraco estava bem na sua cara."

"Foi o que ela disse", comenta Logan, levantando as sobrancelhas de um jeito sugestivo.

"Credo." Ela bate no braço dele.

"Logan acertou uma árvore na última vez", revelo, para fugir do alvo. "Tinha um ninho de passarinho, que caiu na grama e todos os ovos quebraram."

Ele me encara. "Uau. Que parte de 'vamos carregar isso para o túmulo' você não entendeu?"

"Você matou vários passarinhos antes de nascerem?" Hannah parece horrorizada.

"Não de propósito", responde Logan, na defensiva. Para mim, ele murmura: "X9 acaba levando bala. Você sabe disso, né?".

Reviro os olhos. "Vai fazer o quê? Ganhar de mim? Na frente das criancinhas do Make-A-Wish?"

Mas nem sei se esse ano vamos jogar para o Make-A-Wish. Acho que pode ser um evento de resgate de animais. Todo ano, o time organiza um torneio beneficente de golfe, em que grandes doadores pagam para jogar uma partida com a gente. Ou, em alguns casos específicos, pagam para nos ver lançando bolas em árvores e estacionamentos.

"Ah, droga. Quem deixou esses idiotas entrarem?"

Erguemos o olhar bem em tempo de ver Jake Connelly se espremendo por entre a multidão e caminhando até nós. Está de terno azul-marinho, o cabelo escuro penteado para trás e o rosto bem barbeado. Como eu, tirou a barba depois de ser eliminado nos *playoffs*.

Connelly acabou de fechar o primeiro ano no Edmonton, que ficou a três segundos de chegar à fase eliminatória da Copa Stanley. Literalmente três segundos. A série deles contra o Ottawa estava empatada em 3 a 3, sendo que eles tinham um gol de vantagem no jogo 7... e aí, faltando três segundos para o jogo acabar, um jogador do Ottawa marcou um gol que todos os canais de televisão vão reprisar por anos a fio. A porcaria do disco ricocheteou na bunda de um cara e passou voando pelo goleiro do Edmonton. O Ottawa ganhou nos acréscimos, e ponto final.

"Bem na hora." Logan vira a cerveja e tenta entregar a garrafa vazia para Jake. "Pega outra pra mim, novato?"

"Até pegaria." Connelly mostra seu prêmio de Estreante do Ano e a própria garrafa de cerveja. "Mas tô com as duas mãos ocupadas."

"Olha só pra esse garoto", digo, balançando a cabeça. "Já esqueceu de onde vem."

Ao meu lado, Hannah está com aqueles olhos vidrados com que fica toda vez que chega perto de Connelly. E tenho certeza de que, quando ele for embora, vai me dar a cutucada de sempre no braço e sussurrar: "Ele é tão bonito".

Eu pessoalmente não entendo. Tá, ele é bonito. Mas Wellsy já viu a namorada dele?

"Oi, Jake." Hannah dá um passo à frente para lhe dar um abraço. "Parabéns. Parece que o Edmonton está dando certo para você."

"Obrigado." Ele ergue os ombros modestamente. "É, não posso reclamar."

"Estou orgulhoso de você", digo, com sinceridade. Adoro ver outros jogadores tendo sucesso ao entrar na liga.

"Não acredito que você disse isso para um ex-aluno de Harvard", Logan me diz, os olhos azuis brilhando com a acusação. Então se volta para Jake e arqueia uma sobrancelha. "Cadê a filha do técnico? Já partiu seu coração?"

"Ah, merda. Tinha esquecido." Este idiota pegou a filha do treinador Jensen, Brenna, como se não tivesse medo da morte. "Vocês ainda estão juntos?"

"É, estamos bem."

Olho em volta. "Ela tá aqui?" Só encontrei Brenna umas duas vezes, mas ela parece legal.

Connelly balança a cabeça. "Ela chegou de Viena hoje de manhã só para vir aqui. Estava viajando pela Europa com uma amiga, a Summer — ah, você conhece! Irmã do Di Laurentis." Ele dá de ombros. "Mas estava muito cansada, então voltou para o quarto pra dormir um pouco."

"Quer um conselho?", oferece Hannah, sorrindo para ele. "Quando sua namorada vem de outro continente para ver você receber um prêmio e diz que quer ir para a cama mais cedo, você vai com ela."

Ele olha para mim e de mim para Logan. Nós assentimos solenemente. Não vou discutir com Wellsy. Já estou contando com o sexo de parabéns quando chegarmos em casa.

"Tudo bem, então", diz Jake, virando a cerveja e passando a garrafa vazia para Logan. "Vejo vocês depois. E parabéns", ele me diz, apontando meu prêmio. "Não vai se acostumando, não, seu velho. Ano que vem vou correr atrás desse daí."

"Te vejo no gelo, garoto."

"Ele é tão bonito", sussurra Hannah, enquanto ele se afasta.

"Não se assanhe", repreendo.

Assim que Connelly sai, Logan me dá um tapinha no ombro e me aponta o diretor do time vindo na nossa direção, ao lado de Phil. "Se quiser fugir, deixa comigo", oferece ele, como o leal escudeiro de sempre.

“Chega por hoje?”, pergunto a minha namorada.

Ela dá um aceno firme. “Vamos dar o fora daqui.”

Antes que eles possam nos encurralar, escapamos pela porta lateral e fugimos.

3

GARRETT

Mais tarde, em casa, ainda não é possível acalmar a tensão nos ombros. Meu peito está apertado, como se não pudesse respirar fundo, e tem um nó na minha garganta que não consigo aliviar. Tento esquecer Phil, enquanto Hannah e eu nos preparamos para dormir, mas tem alguma coisa entre nós que não consigo discernir. Hannah lava o rosto e escova os dentes, mas é como se estivesse me observando de canto de olho. Sua testa está enrugada daquele jeito de quando está com alguma coisa na cabeça.

"O quê?", digo, cuspindo o enxaguante bucal na pia.

Ela fita meu reflexo no espelho. "Não falei nada."

"Dá pra ouvir você pensando."

"Não estou pensando."

"Você tá com cara de quem quer dizer alguma coisa."

"Não. Juro."

"Desembucha."

"Não sei do que você tá falando."

Pelo amor de Deus.

"Você que sabe." Se vai dar uma de difícil, não estou com energia para brigar hoje. Enxugo o rosto com uma toalha macia e depois caminho para o nosso quarto.

Deito na cama e fico olhando para o teto, até Hannah aparecer ao meu lado e apagar a luz. Ela vira de lado e pousa a mão no meu peito nu.

"Desculpa", diz, baixinho. "Não queria parecer estranha. Só estava pensando em você e no seu pai. Sei que esta noite foi difícil, mas, se serve de consolo, achei que você se comportou bem."

Eu a puxo para mim, brincando com a bainha de sua camiseta fina. "Juro que quero dar um soco nele toda vez que ele me abraça com aquele sorriso idiota. É um hipócrita. E todo mundo ama ele."

Ela fica em silêncio por um instante.

"O quê?", insisto.

"Não sei... tô só pensando. Talvez fosse hora de conversar."

"Conversar o quê?"

"Falar pro seu pai como você se sente. Que você prefere que ele mantenha distância."

Não posso deixar de soltar uma risada. "Pra ele, o que sinto é irrelevante. É só uma questão de aparência."

"Você podia tentar. Se não puser um limite você mesmo..."

"Não insiste." A frase sai mais agressiva do que eu pretendia, e sinto Hannah recuar. Eu a puxo mais para perto, roçando rapidamente os lábios em seu cabelo macio. "Desculpa. Não queria estourar. Vai por mim, se achasse que falar com ele ajudaria, já teria feito isso há muito tempo."

"Não, já entendi."

"Ele não se importa com o que tenho a dizer. É por isso que fica me cercando daquele jeito, me encurralando em festas com muitas testemunhas. Sabe que, se eu desprezá-lo, vai virar notícia. Uma notícia que vai me envergonhar tanto quanto a ele quando aparecer na imprensa no dia seguinte."

Hannah resmunga de indignação. "É só que odeio ver o quanto ele te atinge. Ele não devia ter esse poder."

"Eu sei, meu bem." Eu me agarro a ela, porque ter seu corpo quente junto ao meu ajuda a afastar os pensamentos mais feios da minha cabeça. "E obrigado por ter ficado do meu lado hoje. Não teria conseguido sem você."

"Sempre vou te proteger." Ela beija meu rosto e se acomoda em meus braços.

Minutos depois, uma hora, não sei, continuo acordado. Continuo olhando para o teto escuro e rangendo os dentes, enquanto revivo tudo na cabeça. Que presunção a dele, me exibir para os amigos. Nem um pingo de vergonha do que fez comigo. Com a minha mãe. Nem a menor gota de remorso. Que tipo de homem pode ser tão descarado?

“Não tá conseguindo dormir?”, sussurra Hannah. Não sei o que a acordou, ou mesmo se ela chegou a adormecer.

“Estou bem”, minto, porque não faz sentido manter nós dois acordados a noite toda.

Mas ela não escuta. Nunca, essa minha mulher teimosa e linda.

Em vez disso, seus dedos traçam linhas no meu peito e descem por meu abdome.

Meus músculos se contraem com a provocação. Aperto-a com mais força junto da cintura, e sua mão desliza para dentro da minha calça xadrez, me acariciando.

Fico de pau duro no segundo em que ela me toca.

“Não precisa fazer isso”, sussurro.

“Que bonitinho.”

“Não que eu esteja mandando parar.” Sorrio no escuro. Igual quando um amigo se oferece para pagar a conta no restaurante. É educado recusar de primeira.

Hannah afasta as cobertas e desliza a língua por meu membro. Agarro os lençóis, mordendo o lábio ao sentir sua boca em mim. Quando ela se decide, não adianta discutir.

Quando chega à cabeça do meu pau, dá um beijo de boca aberta e quase explodo na mesma hora. Inspiro pelo nariz e, em silêncio, mando meu pau cooperar.

“Vai devagar”, digo a ela. “Assim não vou durar nada.”

“Entendi.” E então sua língua dá voltas na cabeça do meu pau. Devagar e deliberadamente. Uma exploração preguiçosa e torturante. Sinto a tensão diminuir em meus ombros. Todos os outros pensamentos evaporam enquanto observo sua silhueta.

Ela está com a bunda arrebitada ao meu lado, então aperto sua carne, o que a faz acelerar o passo. Seus dedos delicados deslizam por meu membro a cada movimento, então sua boca quente e úmida me engole avidamente. Ah, merda. Ela sabe que não vou durar muito assim. Hannah é muito boa nisso.

“Vou gozar”, murmuro.

Sinto-a sorrindo em volta do meu pau, e esse é o estopim. Gozo como um foguete, gemendo de prazer. Ela me liberta de sua boca e me acaricia durante o orgasmo, com todos os meus músculos se contraindo e o nó em meu estômago se desfazendo.

Estou sem fôlego, exausto, enquanto ela me limpa e volta para a cama.

Ela se aninha ao meu lado e me beija nos lábios. "Melhor?"

Não sei se consigo articular uma resposta antes de dormir.

Pela manhã, continuo com dor de cabeça por causa da noite de ontem, e meu telefone não para de tocar, enquanto me jogo no sofá com uma tigela de cereal. Hannah já tinha saído quando acordei. Ela tem passado doze horas no estúdio, produzindo um álbum com um rapper novo.

TUCKER: *Fizemos uma festinha virtual pela sua grande noite ontem. Toda vez que você aparecia enfiando o dedo no nariz, a gente bebia mais uma.*
DEAN: *Que calça apertada era aquela? Não tinha pra homem na loja?*

Reviro os olhos para as mensagens surgindo no grupo. Meus amigos são uns idiotas. Em resposta, mando uma foto que Logan tirou ontem, em que estou mostrando o dedo médio para ele, enquanto seguro o prêmio com uma das mãos e uma garrafa de bourbon caro que ele roubou do bar na outra.

DEAN: *Mas, falando sério. Parabéns.*
TUCKER: *Tô orgulhoso de você.*
EU: *Valeu, seus idiotas. De verdade.*
LOGAN: *Cadê meus parabéns?*
DEAN: *Você ganhou algum prêmio?*
DEAN: *Pois é, acho que não.*
TUCKER: *Boa sorte ano vem.*
LOGAN: *Falando do meu casamento...*
DEAN: *Não tinha ninguém falando disso!*
TUCKER: *Ninguém.*
LOGAN: *Não mintam. Tava todo mundo pensando nisso.*

EU: *Não tava.*
TUCKER: *De jeito nenhum.*
LOGAN: *A gente tava na dúvida se essa viagem pra Paris pode ser considerada uma lua de mel. Acho que sim, porque, hum, Europa. Não tem nada mais lua de mel que isso. Mas a Grace diz que não, porque ela já tava planejando ver a mãe antes da gente se casar impulsivamente. Mas é uma lua de mel, não é?*
DEAN: *Vou deixar essa pro Tuck.*
TUCKER: *Não é uma lua de mel. Planeja outra coisa, seu idiota sem originalidade.*
LOGAN: *Aham, porque férias na praia é muito original.*
TUCKER: *Quase morremos num desastre de avião e depois fizemos um sepultamento para um boneco mal-assombrado no mar. Quero ver fazer melhor.*
DEAN: *Seu idiota. Achei que a Sabrina tava brincando. Vocês jogaram mesmo o Alexander no mar??*
TUCKER: *Claro.*

Ele pontua isso com uma carinha feliz e o emoji de mãos rezando.

Uau. Aprovo totalmente o fato de que alguém tenha enfim tomando a iniciativa de fazer o que todos nós queríamos ter feito. Só não esperava que fosse Tucker. Achei que talvez Logan seria o primeiro a perder a paciência. Ou Allie, quem sabe. Mas foi Tuck.

LOGAN: *Boa. JVTBDT*
DEAN: *Cacete, cara. Por que você sempre tem que fazer isso?*
EU: *Espera, acho que entendi.*

Fico olhando para a tela, o cérebro trabalhando para decodificar a sigla de Logan. Ele e eu temos uma conexão mental cósmica. Por fim, arrisco um palpite.

EU: *Já vai tarde, boneco do terror?*
LOGAN: *Quase!!! Boneco das trevas.*
TUCKER: *Tenho que ir. Dia de papai no parquinho coberto.*
DEAN: *Chato.*

Deixo o telefone ao lado da tigela vazia de cereal e desabo no sofá. Com o time fora da temporada, não tenho nada melhor para fazer além de ver televisão. Estou na metade da trilogia original de *Jurassic Park*, quando meu agente liga.

"E aí cara. Tudo bem?"

"Estou apenas te comunicando", começa Landon, o tom em geral impetuoso substituído por um meio tímido.

"O que aconteceu?" Uma dúzia de possibilidades passa por minha cabeça. Fui vendido pra outro time. O time todo vai pra outro lugar. O time foi vendido. O treinador foi despedido.

"Não esquece que é meu trabalho te apresentar essas ofertas."

"Fala logo."

"Recebi um telefonema da ESPN, do produtor daquele programa *O legado*", diz ele.

"Aquele que eles aparecem na sala da casa de alguém, e o cara tá sempre chorando?"

"É. Esse mesmo."

"Tá bom. Então querem filmar comigo? Não sou do tipo que se abre para as câmeras na frente de uma lareira, mas..."

"Só tem um problema", me interrompe Landon. Mas não continua.

Sento e passo a mão pelo cabelo bagunçado. É o tipo de oportunidade que poderia elevar o perfil da minha marca como atleta, como Landon sempre diz. É o que esperávamos que acontecesse após a premiação da NHL. No entanto, tem algo de errado.

"O quê, cara?", insisto. "Você tá me deixando preocupado."

"Eles querem você e seu pai."

"Nem fodendo." Solto uma risada mal-humorada.

"Espera. Escuta."

Landon começa a falar depressa, explicando como eles querem uma história do tipo antes e depois, pai e filho, comparando nossas carreiras. O que já parece uma péssima ideia por si só, ainda que eu não odiasse o homem. Já é difícil o bastante crescer na sombra de um pai. Ser comparado a ele a carreira inteira não é algo que um filho deseja.

"Eles querem fazer uma coisa na linha 'de onde você veio e para onde você vai'. Mostrar umas fotos de família aqui e ali. Você criança. Na lagoa em que seu pai te ensinou a patinar. Depois quebrando recordes na liga profissional. Esse tipo de coisa. É um segmento de duas horas."

"É, nem pensar."

"Olha, eu entendo", diz ele, com certa simpatia. "Você sabe que te entendo, G."

Landon sabe tudo da minha história com Phil Graham, embora eu não tenha contado logo de cara. Ficou complicado me esquivar desse tipo de pedido depois que assinei meu contrato de novato, e acabei tendo que explicar meus sórdidos segredos de família. Nem preciso dizer que a conversa foi estranhíssima. Foi muito constrangedor confessar ao meu agente que meu pai me batia. Brutal demais.

Hannah sempre diz que eu não devia ter vergonha, que não era minha culpa, que eu não pude evitar, blá-blá-foda-se. Amo aquela mulher até a morte, mas as garotas têm o péssimo hábito de transformar tudo em discurso de terapeuta. Sei que não foi minha culpa, e sei que não podia ter evitado — pelo menos não até chegar à puberdade e ficar maior do que ele. Não se enganem, impedi-lo foi a primeira coisa que fiz assim que pude. Mas levei anos para trabalhar toda essa vergonha, que sempre vem à tona quando tenho de contar a uma pessoa nova sobre a história.

Tô cansado de reviver isso.

Minha recusa em participar do programa não deveria ser uma surpresa para Landon, então preferia que ele simplesmente não me trouxesse esse tipo de proposta.

"Dito isso", continua ele, "acho que você devia pensar na imagem que vai transmitir se disser não."

"Não me importo com as aparências. Esse é o seu trabalho." Cerro o maxilar. "Sorrir pra foto é uma coisa. Posso me comportar e dar uma de bom moço. Mas não vou ficar na frente de um repórter e de uma câmera e sentar do lado daquele homem por horas, fingindo que ele não é um monstro."

"Eu entendo..."

"Juro por Deus, Landon. A primeira vez que ele falasse da minha mãe na entrevista, eu ia acabar dando uma surra nele. E aí você ia ter que lidar com isso. Então, por que não faz uma daquelas suas avaliações de risco e verifica qual problema é pior: dizer não ou espancá-lo na televisão. Me diz o que você acha.”

“Tá. Tudo bem. Vou avisar que não estamos interessados. Dizer que você não tá dando entrevista agora. Vou pensar em alguma coisa.”

Assim que desligo, minhas têmporas latejam ainda mais. Esfrego-as com os dedos e solto um monte de palavrões em silêncio. De alguma forma, sei que tem o dedo do meu pai nisso. Aposto que ele mesmo apresentou a ideia à emissora. Se não foi isso, então ele desejou tanto que a oferta se concretizou. Ele faz isso de propósito. Pra mexer comigo. Pra me lembrar que ele está sempre lá, à espreita, e sempre estará.

E tá dando certo.

4

HANNAH

Tem umas doze pessoas na sala de controle discutindo letra de música, enquanto um cara de dois metros de altura chamado Gumby está parado de pé ao meu lado, olhando por cima do meu ombro.

"Você sabe pra que servem todos esses botões?", pergunta ele, me observando mixar o refrão que Yves St. Germain acabou de gravar.

"Não", digo, enquanto insiro o trecho de violinos que Nice gostou muito. "Menor ideia."

"Cara, para de encher o saco da moça", Patch o repreende. Ele está na cadeira de rodinhas ao meu lado, inclinado para trás, quase caindo no chão. "Ela não tá te falando como você tem que se vestir, que nem sua mãe, que comprava uniforme a crédito nos anos noventa."

"Tô falando sério, cara", insiste Gumby. Ele leva a mão até um dos *faders*, e eu a afasto com um safanão. "É muito botão. Como é que alguém aprende tudo isso?"

Estreitando os olhos, sussurro: "Não conta pra ninguém, mas eu nem trabalho aqui."

Ele ri para mim, balançando a cabeça com um sorriso.

"Fica todo mundo longe dela e deixa a mulher trabalhar." Nice, como Yves insiste em ser chamado, volta à sala de controle depois de uma breve pausa. Seu nome de rapper é YSG, mas seu apelido de criança era Nice. Porque ele era um garoto legal. É muito fofo isso, e eu adoro.

"Tá tudo bem", digo. "Vem ouvir isso aqui."

Estamos aqui desde as sete da manhã. O garoto tem só dezenove anos, mas trabalha sério. O que é um dos principais motivos para nos darmos tão bem. Para nós, é muito melhor estar no estúdio experimentando coisas novas do que em qualquer outro lugar.

Toco o que temos da última faixa até agora. Seus amigos ficam em silêncio enquanto ouvem, balançando a cabeça com a batida. Então os violinos entram, e Nice dá um assobio, um sorriso enorme se abrindo no rosto.

"Isso, Hannah. Ficou épico."

"E se você fizer um improviso?", sugiro. "Pra dar uma engrossada."

"Gostei. Vamos tentar." Em seguida, ele tira uma caixa do bolso da jaqueta amarelo-ovo. "Aliás, trouxe uma coisinha pra você. Por todo esse trabalho que você tá tendo."

Não posso deixar de rir. "Já falei pra você parar de me dar presentes!"

Esse garoto me dá "uma coisinha" quase toda vez que o vejo. Quando o single dele viralizou no ano passado, Nice fechou um contrato de gravação estratosférico. Agora gasta dinheiro igual um adolescente que tem mais do que dá conta.

"Mas é pra você saber que eu tô gostando muito." Seu sorriso é tão sincero que me faz derreter.

"Cara, você precisa de um consultor financeiro", aconselho. "Guarda um pouco desse dinheiro pra quando você for mais velho."

"Já falei pra ele investir naquele negócio de criptomoeda", diz Gumby.

"Nada disso. Sabia que essa merda gasta toda a luz que um país inteiro usa em um ano?", comenta Nice, muito sério. "Tô fora."

Dentro da caixa há um belo relógio. "Que lindo", digo a ele. "Só que é muito caro. Não posso aceitar."

"Mas você não quer me ofender, então vai aceitar", diz ele, radiante. "É feito de plástico retirado do mar e reciclado. Só tem vinte no mundo. Elon Musk tem três." Então ele arregaça as mangas da jaqueta para mostrar que está usando quatro. Dois em cada pulso. Engole essa, Musk. "Esses relógios financiam o barco que tá puxando a ilha de lixo flutuante para fora do Pacífico."

Balanço a cabeça, em espanto. "É incrível. Obrigada."

Em termos de rappers, Nice é único. Muitas de suas letras falam de mudança climática e conservação ambiental, causas pelas quais ele é apaixonado. É de longe um dos adolescentes mais inteligentes que já conheci, e isso transparece na sua música e na maneira como ele constrói suas rimas.

"Ei, sabia que o namorado da Hannah ganhou um prêmio de hóquei ontem?", comenta ele com os amigos, que estão todos amontoados no sofá de couro olhando para os celulares. O garoto viaja com uma comitiva.

"Hóquei?", pergunta Gumby, erguendo o rosto. "Larga ele. Posso te colocar na fita de um cara do Celtics."

"Obrigada, mas estou bem."

"Como foi?", pergunta Nice.

"Foi ótimo. Fiquei muito orgulhosa." Sorrio. "Mas o ego dele está prestes a ficar insuportável."

"Diz que eu mandei parabéns. E pra não ficar se achando muito."

O que, vindo de Nice, é uma piada. Não que ele se ache muito, mas o garoto tem um quê de diva. Tem gente que nasceu para ser superstar.

Voltamos à gravação, mas logo começo a me sentir meio mal. Me ajeito na cadeira. Está ficando quente aqui, e estou com um gosto amargo na boca. Ai, não. Não, não, não. Aqui não, droga. Mas não dá pra segurar. No meio do refrão de Nice, exclamo: "Preciso fazer xixi!".

Pulo da cadeira e corro para fora da sala, em tempo de ouvir as risadas constrangedoras atrás de mim e o comentário de Patch: "Caramba, mulher tem bexiga pequena mesmo".

Por sorte, tem um banheiro a menos de cinco metros de distância. Fico de pé diante da privada por uns minutos, respirando com dificuldade, engolindo em seco as ondas de náusea. Mas nada acontece. Tem sido assim há dias, não aguento mais.

Depois de lavar as mãos e passar um pouco de água fria no rosto, dou uma olhada no telefone e vejo que tenho um monte de mensagens perdidas.

ALLIE: *Não me enrola. Já contou??*

Suspiro. Allie é minha melhor amiga, e a amo demais, mas ela está começando a me enlouquecer. Desde que contei que estava grávida, está me enchendo o saco para eu falar com Garrett. Não que seja uma ideia do outro mundo. Quer dizer, claro que preciso contar ao pai deste bebê que ele é, bem, o pai deste bebê. Mas estou começando a me sentir pressionada, e isso só me deixa mais enjoada.

EU: *Não. Encontramos o pai dele na cerimônia. Não foi um bom momento.*

Em vez de responder, ela me liga na mesma hora.

Eu respondo com: "Oi. Ainda tô no estúdio, não posso demorar".

"Ah, não esquenta, não vou demorar." Seu tom se torna um misto de repreensão e pena. "Han-Han, quando você começar a comer picles e um bolo inteiro sozinha no sofá às duas da manhã, ele vai descobrir. Você tem que contar pra ele."

"Ai, nem fala em comida." O pensamento faz meu estômago embrulhar de novo. "Neste momento, tô no banheiro tentando não vomitar."

"Aham. Tá vendo? Não beber e ter que ir ao banheiro de dez em dez minutos pra fazer xixi ou vomitar é outra coisa que ele vai acabar notando."

"Eu sei que preciso contar. Mas parece que, toda vez que tento, aparece algum motivo pra não falar."

"E sempre vai ter, se você quiser."

"Allie."

"Tô só dizendo. Talvez você precise se perguntar se está protelando por alguma razão."

"O que você quer dizer com 'alguma' razão? Claro que estou protelando, e sei exatamente o porquê." Uma risada histérica borbulha em minha garganta. "Quer dizer, caramba, não é como se isso fosse mudar completamente a nossa vida para todo o sempre ou algo assim. Por que isso seria assustador?"

Garrett e eu nunca conversamos sobre filhos seriamente. Ficar grávida e jogar isso no colo dele parece um péssimo jeito de abordar o assunto. Como poderia não parecer uma armadilha?

"Posso perguntar?", diz ela, hesitante. "Você quer ter o filho?"

Meus dentes cravam o lábio inferior. É esse o problema. A grande questão que me deixa acordada à noite enquanto olho Garrett dormindo e tento imaginar como seria a nossa vida daqui a um ano.

“Em um mundo perfeito, na hora certa? Claro”, admito, com um leve tremor na voz. “Sempre achei que ia ser legal ter dois filhos. Um menino e uma menina.” Sou filha única e, quando era criança, invejava os amigos que tinham irmãos. Parecia muito divertido ter alguém por perto.

“Mas...”, insiste Allie.

“Mas a realidade de ser uma família do hóquei não facilita as coisas. Ele passa meses na estrada, o que basicamente significa que vou ficar cuidando de um bebê sozinha. Não é exatamente ideal.”

Mesmo sem filhos, já é uma vida difícil. Da pré-temporada aos jogos finais, a vida de um jogador de hóquei consiste em viagens, muito trabalho e exaustão. Quando Garrett entra em casa, mal tem energia para engolir uma refeição antes de cair na cama. Ele quase não tem tempo pra gente, quanto mais para uma criança. Agora imagina essa situação com um recém-nascido chorando.

O pânico começa a fechar minha garganta. Engulo em seco, e minha voz treme quando falo novamente. “Não posso fazer isso sozinha, Allie.”

“Ah, amiga.” Seu suspiro ecoa pela linha. “É uma merda que sua família não possa morar mais perto de vocês. Pra dar uma ajuda, pelo menos.”

“Seria ótimo, mas não tem como.”

Meus pais estão presos num segundo financiamento na cidadezinha horrível onde cresci, em Indiana. Enterrados numa montanha de dívidas que provavelmente vai mantê-los naquele lugar triste para o resto da vida.

“Olha, aconteça o que acontecer”, Allie me diz, “estou aqui para te ajudar. O que você precisar. É só ligar, e eu pego o primeiro avião ou trem para Boston. Vou de carona, se precisar.”

“Eu sei e te amo por isso. Obrigada.” Pisco para conter as lágrimas. “Tenho que voltar pro trabalho agora.”

Depois de encerrar a ligação, olho o espelho de novo para me certificar de que não é óbvio que estive chorando. No reflexo vejo olhos verdes cansados, bochechas pálidas e um olhar de pânico.

No final das contas, estou com medo. De criar essa criança sozinha. Da responsabilidade esmagadora. Do que Garrett vai dizer quando eu finalmente achar o jeito certo de contar. Porque vou contar. Só preciso encontrar as palavras.

Por enquanto, porém, existem questões mais urgentes. Como o valor exorbitante que Nice está pagando por tempo de estúdio, o que significa que cada minuto que gasto tendo um colapso existencial no banheiro é o mesmo que rasgar dinheiro.

Passamos as horas seguintes no estúdio trabalhando em mais algumas faixas. Quando Nice e eu entramos no ritmo, somos rápidos. A coisa flui, aquela energia criativa livre que faz o tempo passar num piscar de olhos. Até que, de repente, piscamos e descobrimos que seus amigos estão todos desmaiados no sofá e o zelador da noite chegou para esvaziar as latas de lixo.

Por fim, encerramos o dia. Recolho minhas coisas e aceito a oferta de Patch de me acompanhar até o carro. Não dá pra dar bobeira hoje em dia.

"Boa noite, Hannah baby. Tranca a porta." Patch dá um tapinha na janela do carro antes de voltar para o prédio.

Assim que deixo o estacionamento, recebo uma ligação da minha agente. Elise geralmente liga a essa hora toda noite para ver como está indo o trabalho. A gravadora liga pra ela de dez em dez minutos para ter certeza de que não está desperdiçando dinheiro no estúdio.

"Tá segurando alguma coisa quente?", pergunta ela, em vez de dizer oi.

"Como assim? Se a gente escreveu alguma coisa boa hoje?"

"Não, estou perguntando se você está literalmente segurando alguma coisa quente nas mãos agora? Café? Chá? Se estiver, coloca de lado", ordena ela.

Levo um susto. "Tô no carro, voltando pra casa. Algum problema?"

"Não se você gosta de dinheiro." Elise parece muito satisfeita consigo mesma, o que me deixa nervosa.

"Gosto de dinheiro", digo, embora com cautela.

"Que bom. Porque a música que você escreveu para a Delilah estourou na lista de mais ouvidas no último trimestre e acabei de te mandar um cheque obsceno. Bem-vinda."

"Obsceno quanto?"

"Surpresa. Parabéns, Hannah. Você vai descobrir qual é a sensação de ter chegado lá."

Hesito em chutar um valor. A pop star para quem escrevi a música ficou meses aparecendo em todas as minhas redes sociais, e eu sabia que o número de pessoas baixando o single ou ouvindo on-line era bem alto, o que significa que o valor pelos direitos autorais seria muito bom. Mas não costumo prestar muita atenção nessas coisas. Acho melhor me concentrar no trabalho que tenho diante de mim do que ficar obcecada com o anterior. Quando a gente começa a ficar muito convencida, a qualidade da música cai.

A verdade é que é uma indústria muito inconstante. O que é sucesso hoje, amanhã é descartado. O negócio é acumular créditos e aproveitar o momento enquanto dura.

Em casa, mal posso esperar para compartilhar as novidades com Garrett — e então encontrar um jeito de falar de filhos —, mas, assim que passo pela porta, vejo garrafas de cerveja abertas na bancada da cozinha e ele irritado, jogando videogame na sala.

"Merda", resmunga ele, jogando o controle na mesa de centro, onde bate com um barulho estridente.

"Oi." Recosto contra o batente da porta e ofereço um sorriso cauteloso.

Garrett só suspira. Ainda está com o pijama que estava usando de manhã. O que nunca é um bom sinal.

"E aí?" Sento no braço do sofá para lhe dar um beijo, mas nossos lábios mal se encontram, e ele já está se afastando com um palavrão irritado.

"Ele tá de sacanagem com a minha cara", reclama ele.

"Quem? O garoto da língua presa? Ai, não. Ele voltou?"

Depois do último Natal, Garrett passou semanas com um adversário de dez anos de idade que o provocava num de seus jogos. Achei que ia ter que me livrar do videogame, porque fiquei mesmo com medo de que Garrett desse um jeito de encontrar o garoto e aparecer na casa dele com o taco de hóquei. Mas então o menino da língua presa sumiu na primavera e achei que a provação tinha acabado.

"Meu pai", diz ele, sombrio. "Nunca fica satisfeito, e agora quer só espezinhar."

Meu cérebro está começando a doer. "Começa do início. O que aconteceu?"

"O Landon me ligou hoje de manhã. Disse que um produtor da ESPN quer que eu faça um episódio de *O legado*. Só que não é um episódio normal do tipo que faz um panorama da sua carreira. É uma merda de uma história açucarada de pai e filho. Só pro meu pai poder ir lá e falar sobre como é criar um prodígio, enquanto eles mostram fotos minhas de bebê atrás da cara dele." Os olhos cinzentos de Garrett brilham, tempestuosos. "É só sadismo da parte dele agora."

"Você acha que o Phil armou isso?"

"Como se fosse novidade ele agir pelas minhas costas e tentar interferir na minha vida." Garrett me lança um olhar astuto. "Não soa familiar?"

Ele tem razão. Quando ainda estávamos na faculdade, Phil Graham me chantageou para terminar com Garrett, ameaçando cortar a mesada dele se eu não o fizesse.

"Tem razão. É exatamente o que ele faria."

"Estou sendo punido por alguma coisa. Ou talvez o poder tenha subido à cabeça. Sei lá o que foi, mas não vou morder a isca."

"Ótimo", digo, esfregando seus ombros. Nada afeta tanto Garrett como seu pai. "Dane-se ele. Tá só querendo chamar atenção, e você não vai dar isso a ele."

Mas meu namorado está agitado demais para ficar parado. Sigo seu corpo musculoso, enquanto ele vai para a cozinha pegar a última cerveja da geladeira. Ele bebe quase metade em um gole, então vasculha a geladeira em busca de algo para comer.

"É esse tipo de merda que me faz não querer ter filhos, sabe?"

O comentário amargo é tão inesperado, que sou total e completamente pega de surpresa.

E me acerta feito um tapa na cara, uma dor aguda irradiando pelo peito, enquanto absorvo o que ele acabou de dizer.

"Você tem sorte", diz ele, rispidamente, virando-se para me encarar. Então se recosta contra a porta da geladeira. "Seus pais são pessoas decentes. Você tem DNA de pai bom no sangue, sabe? Mas e eu? E se eu ficar que nem o meu pai e acabar com a vida dos meus filhos? Depois ter filhos adultos que me odeiam?"

Engulo o nó de ansiedade que me sufoca. "Você não é o seu pai. Você não tem nada a ver com ele."

Mas Garrett tende a desaparecer dentro de si mesmo quando Phil está em jogo. Ele fica quieto e retraído. E aprendi que a única cura é tempo e espaço. Deixá-lo trabalhar os pensamentos em sua cabeça sem empurrá-lo ou colocar ainda mais pressão.

O que significa que, mais uma vez, não conseguimos chegar ao assunto de, ei, tenho um filho que você definitivamente não vai estragar crescendo aqui na minha barriga.

5

GARRETT

Sábado de manhã, saio do avião em Palm Springs com a outra meia dúzia de colegas forçados a participar do torneio de final de semana. O pessoal que está arrecadando as doações reservou um bom hotel para nós e dois carros para nos levar até lá. No hotel, recebemos um café da manhã no quarto, e Logan me escreve do quarto ao lado para dizer que está passando *Um maluco no golfe* na televisão e perguntar se não quero estudar um pouco o esporte antes da primeira tacada. Estou prestes a responder, quando meu agente liga.

"Eu não sabia de nada a respeito disso", avisa Landon, antes que eu possa dizer uma palavra.

"Do quê?"

Saio até a varanda e vejo lá embaixo as pessoas começando a se reunir para o torneio. A imprensa está se preparando. O pessoal da produção correndo de um lado para outro, cercando os espectadores. Faz sol. Não está muito quente e tem uma leve brisa. Clima perfeito para jogar golfe. Bem, para quem sabe jogar golfe.

"Quando cheguei ao escritório, tinha uma mensagem de voz daquele produtor", explica Landon.

Minha nossa. Essa gente não para.

"A resposta continua sendo não."

"Certo. Fui muito claro sobre isso com eles." Há uma longa e desconcertante pausa. "Só que aparentemente eles estão com a impressão de que o Phil concordou por vocês dois."

Quase atiro o telefone da varanda. Chego a levar o braço atrás da cabeça e por pouco não solto o aparelho, me segurando apenas quando percebo que posso acertar feio alguém lá embaixo.

"De jeito nenhum, Landon. Tá me entendendo?" Aperto o telefone e sinto o plástico começando a rachar. "Fala que eles podem tirar o cavalo da chuva. Ele não responde por mim. Nunca."

"Claro. Entendi."

"Não entro naquele set do lado dele nem com uma arma apontada pra minha cabeça."

"Eu sei, Garrett. De verdade." Outra pausa enervante. "Vou ligar pra eles. Você que manda." Ele limpa a garganta. "Mas o problema é o seguinte: por eles, é como se você tivesse se comprometido com isso. Se eu voltar e falar que você tá fora, não vai ficar bem."

"Não tô nem aí."

"Eu sei. São circunstâncias especiais. Só que eles não sabem disso. Então, eles podem começar a se perguntar se tem mais alguma coisa por trás disso."

"Ou não", murmuro, com os dentes cerrados. Estou rangendo os molares até a raiz.

"Vai por mim, vai ficar esquisito. É o tipo de coisa que pode virar uma bola de neve. Você tá preparado para o que acontece quando as pessoas começam a se perguntar se tem algum podre na sua história? Por que você se recusaria a dar uma entrevista com o seu pai? Deixa eu te explicar o que eles vão fazer. Primeiro vão ligar pros seus colegas de time e treinadores e amigos de faculdade e um ou outro colega de turma na terceira série para perguntar sobre a sua família e o relacionamento com o seu pai. Você sabe o que eles vão dizer?"

Inspiro de forma entrecortada.

Foda-se.

Para o bem da minha carreira, acabei obrigado a participar desse teatro. Não tinha saída — Phil Graham é um dos maiores nomes no hóquei americano. Era contar o trauma todo para o mundo inteiro ou fazer o papel de família feliz. Escolhi a última opção, porque a primeira é muito... meu Deus, é humilhante demais.

A ideia de o mundo inteiro me ver como uma espécie de vítima me faz querer vomitar. Hannah já falou disso antes, sugeriu que talvez fosse a hora de deixar as ações do meu pai virem à tona, para todo mundo saber que homem é esse que eles endeusam. Mas a que custo? De repente, deixo de ser só um "jogador de hóquei" para virar "o jogador de hóquei que apanhava do pai". Quero ser julgado por minhas habilidades no gelo, e não ter a vida dissecada e um monte de gente com pena de mim. Não quero que estranhos conheçam a minha história. Me sinto mal só de pensar nisso.

Nesses últimos anos, esse teatrinho deu certo. Agora, por alguma razão inexplicável, meu pai parece disposto a tornar minha vida especialmente difícil.

A última coisa que quero, no entanto, é algum repórter intrometido bisbilhotando a minha vida. Se eles acharem o técnico Jensen, na Universidade Briar, não tenho dúvidas de que ele me protegeria. Chad Jensen já fala pouco nos dias bons. Se alguém aparecesse no rinque dele querendo saber de fofoca sobre um ex-jogador, ele arrancaria o couro do cara. Mas não sei se posso dizer o mesmo de todas as outras pessoas da minha vida. Joguei com vários caras na Briar que sabiam que eu tinha uma história violenta com meu pai.

Apesar do ácido subindo na garganta, não tenho escolha a não ser fazer exatamente o que aquele idiota esperava quando inventou esta palhaçada.

"Tá bom", digo a Landon. Odiando cada palavra que sai da minha boca. "Eu topo."

Assim que desligamos, acho o nome do meu pai na lista de contatos. Não me lembro da última vez que liguei para ele. Mas, se ele está me arrastando nisso, não vou me deixar levar calado.

"Garrett, bom receber sua mensagem. Pronto para umas tacadas?", comenta ele, tão descontraído que só faz aumentar minha raiva. Ele nem está envolvido neste torneio de golfe, mas faz questão de sempre saber o que estou fazendo.

"O que diabos você inventou agora?" Minha voz é baixa. A raiva mal contida.

"Do que você está falando?"

Ele tem mesmo coragem de se fazer de bobo? "Essa entrevista é um absurdo. Por quê?"

"Eles que me chamaram", responde ele, com inocência fingida. "Não vi motivo nenhum para dizer não."

“Então você tomou a decisão por mim?” Minhas mãos chegam a tremer. Meu ódio é tão grande que afeta fisicamente meu corpo.

“É a coisa certa. Não se rejeita uma oportunidade como esta.”

“Eu decido. E não você. Só porque você não suporta não ser mais o centro das atenções...”

“Garrett.” Ele suspira. Tão entediado com as minhas preocupações. “Achei que você tivesse amadurecido no último ano, mas agora vejo que superestimei você.”

“Vai se foder, seu velho. Não sou mais criança. Essa merda não funciona mais comigo.”

Houve um tempo em que a farsa do pai desapontado funcionava. Quando eu tinha uns cinco, seis ou sete anos. Uma criança desesperada para impressionar um pai incapaz de se impressionar. Isso me levou a uma espiral de depressão e dúvida. Eu fazia de tudo para conseguir sua aprovação. Até que amadureci um pouco e entendi a crueldade da manipulação que estava em jogo. Com uma criança. E percebi o filho da puta que ele é.

“Não vou ficar incentivando seus acessos de raiva, garoto. Um dia você vai entender tudo o que fiz para lhe dar uma carreira nesse esporte.” Sua voz transborda de condescendência. “Aí quem sabe você vai agradecer a sorte que teve de ser meu filho.”

Prefiro morrer antes.

“De qualquer forma”, encerra ele, com aquele tom monocórdico presunçoso que faz meus olhos tremerem, “você vai dar essa entrevista. Vai olhar para as câmeras, ser gentil e educado, e quem sabe inteligente o suficiente para subir ao próximo nível e virar um dos grandes. É isso que um profissional faz.”

Desligo na cara dele, porque, se deixar, ele vai continuar falando para se masturbar ao som da própria voz. Enfim, já ouvi esse discurso antes. Seja o Michael Jordan do hóquei. Fama que transcende o esporte.

Claro que isso é bom, mas, se Phil Graham estiver ao meu lado quando acontecer, não me vejo aproveitando nada disso.

Acontece que não consigo me livrar da conversa nem do pavor da entrevista durante o torneio, e nosso time termina o dia em último. Eu termino com bem mais de dez tacadas acima do par, além de ter passado a maior parte da tarde preso num canto do campo com grama até o joelho. Logan não se saiu muito melhor, atolando em várias armadilhas de areia, enquanto os espectadores riam. O que é péssimo para os nossos colegas de time, que pagaram para jogar conosco, mas os dois demonstraram espírito esportivo. A bebida ajudou, bem como o bife que devoramos num restaurante premiado da região, ao final do torneio. Eles são irmãos e donos de uma fazenda de gado no Texas, então acredito que sabiam do que estavam falando quando disseram que era a melhor churrascaria do estado.

Quando chegamos ao hotel, já são nove e quinze, e tudo o que quero é tomar banho e tirar essa roupa suada. Nem chego a acender a luz do quarto e já vou puxando a camisa por cima da cabeça antes mesmo de a porta se fechar atrás de mim. Seminu, vejo algo se mover repentinamente no espelho.

Por instinto, pego uma garrafa de água de vidro na mesa e giro ao redor, pronto para atirar no que quer que esteja atrás de mim.

"Não atire", diz uma voz feminina, em resposta.

Abaixo a garrafa. Dou um tapa depressa no interruptor, inundando o quarto de luz. Meu coração bate forte, e a adrenalina corre quente em minhas veias, então levo um segundo para registrar a mulher nua deitada na cama, apenas parcialmente coberta.

Com um sorriso displicente, ela levanta as mãos em sinal de rendição. "Estou desarmada."

Respiro fundo para me acalmar. "Quem diabos é você?"

"Seu presente", brinca ela, antes de afastar as cobertas para revelar os dois laços vermelhos presos nos mamilos. "De nada." Em seguida, ela se vira e me mostra a bunda nua, com meu nome escrito com caneta hidrográfica preta.

Garrett de um lado, Graham do outro.

Não dá.

Simplesmente não dá.

Sem uma palavra, giro nos calcanhares e saio do quarto. Visto a camisa ao entrar no elevador, ainda carregando a garrafa de água. Juro por Deus, a próxima pessoa que mexer comigo vai levar uma surra.

Na recepção, meu humor fica mais sombrio e turbulento durante a discussão com o gerente, que parece ter me confundido com alguém com paciência de sobra. Tipo, cara, nós podemos ter uma palavrinha sobre a sua segurança lamentavelmente falha, que deixou uma garota pelada entrar no meu quarto com o meu nome escrito na bunda, como se quisesse usar minha pele para botar num bichinho de pelúcia na cama, ou você pode simplesmente me dar um quarto novo para eu dormir, porra.

Enquanto espero que finalmente deem um jeito e transfiram minhas coisas de quarto, mando uma mensagem para Logan.

EU: *Os deuses do hóquei decidiram te poupar hoje. Acabei de encontrar uma fã na minha cama. Laço nos peitos e meu nome escrito na bunda.*
ELE: *Buahahahaha! Boa, garota!*
ELE: *Caneta permanente, é? Queria que as minhas psicopatas tivessem a mesma dedicação.*
EU: *Tô pedindo um quarto novo agora, então não fala nenhuma merda aleatória para a minha porta. Não tô mais no mesmo quarto.*
ELE: *Por que não veio dormir aqui?*
EU: *Porque sou adulto e não preciso segurar sua mão toda vez que sou agredido por um par de seios estranhos.*
ELE: *Quem sai perdendo é você. Podia dormir abraçadinho.*

Soltando uma risada, fecho a conversa e procuro pelo nome de Hannah entre os contatos. Com a quantidade de repórteres no hotel, os boatos vão chegar à internet em uma hora.

EU: *Não leia nenhum blog esportivo. Melhor ficar fora da internet como um todo.*
ELA: *Você isolou uma tacada e matou uma garça ameaçada de extinção ou algo assim?*
EU: *Não... Encontrei uma maluca pelada na minha cama. O hotel tá tentando argumentar que é um diferencial, e não um problema.*
ELA: *Haha, pelo menos eu não tava na cama dessa vez.*

A culpa se instala feito uma pedra na boca do meu estômago.

EU: *Desculpa. Queria que a vida de atleta profissional não fosse tão invasiva. Só não queria que você fosse pega de surpresa.*
ELA: *Não se preocupe. Sei que você não vai me trair com uma maria-patins qualquer.*

Não que eu esperasse outra coisa, mas a descontração com que Hannah lida com a questão parece a única vitória que tive hoje. Ela é a única coisa na vida com a qual não preciso me estressar. Estamos bem, sempre, não importa o que aconteça. Quando tudo mais está fora de controle, é ela que me norteia.

EU: *Quer dizer, se você ficar com um pouco de ciúme, tudo bem também...*
ELA: *Ah, sou capaz de trucidar qualquer cadela. Elas que não me testem.*

Me pego sorrindo pela primeira vez em dias.

EU: *Saudade. Mal posso esperar pra chegar em casa.*
ELA: *Volta logo. Te amo.*

É em momentos como esse que me lembro por que me apaixonei tão desesperadamente por essa garota.

6

HANNAH

"Não tô entendendo", comenta minha mãe, junto do borrifador de água, na seção de legumes e verduras do supermercado. Quando eu era criança, ficava fascinada toda vez que os vaporizadores eram ligados. "Vocês estão se separando?"

"Não, mãe. Tá tudo bem." Estou deitada no sofá da sala, com um pacote de biscoitos que não consigo comer. Toda vez que dou uma mordida, me sinto nauseada.

"Tommy, do balcão de carnes, acabou de falar alguma coisa sobre uma paquera."

Tommy, do balcão de carnes, devia cuidar da própria vida.

"É só fofoca idiota. Não dá bola pra isso. Eu não dou."

O boato se espalha depressa; no momento em que abri os olhos de manhã, meu celular estava explodindo com as mensagens. Meu grupo com as meninas estava cheio de links hilários de blogs com posts esbaforidos sobre a mulher nua pega na cama de Garrett, na Califórnia. Produzindo todo tipo de especulação febril.

Os redatores do *Hockey Hotties* — "redatores" é modo de dizer — enfim abandonaram a conjectura anterior de que Garrett e Logan são amantes secretos. Agora estão convencidos de que Garrett está me traindo com uma acompanhante de Palm Springs. E Logan também está pulando a cerca, porque aparentemente queria marcar um horário com a garota de programa. É o tipo de lixo ridículo e misógino que espero dos tabloides, esses jornalecos obcecados com a vida amorosa de atletas profissionais. Mas o fato de que a fofoca chegou à minha mãe em Indiana é mais dor de cabeça do que eu esperava.

"Sinto muito, querida", diz ela. "Que coisas horríveis de se escrever."

"Faz parte do trabalho dele." Sabia disso quando Garrett se profissionalizou. O que não torna a situação mais fácil quando você se vê protagonista das notícias esportivas do dia.

Minha mãe é muito boa em ler minha mente, e acrescenta: "Mesmo assim, essas coisas podem prejudicar um relacionamento".

"Não é minha coisa favorita", admito. "Você sabe que ultimamente não tenho gostado de ser o centro das atenções."

Ser compositora e produtora é uma coisa que alguns poucos transformaram numa atividade de destaque, mas eu prefiro ficar em segundo plano. Não me levem a mal, não tenho o menor problema em subir no palco e me apresentar para uma plateia, fazia isso o tempo todo na Briar. E não me falta autoconfiança. Mas desde que meu namorado virou uma sensação nacional do hóquei, percebi que na verdade não gosto da atenção constante. Podia ter tentado a sorte como cantora depois da faculdade, mas a carreira não tem mais apelo nenhum para mim. Os paparazzi, os tweets maldosos, a obsessão do público. Quem precisa disso?

"Espero que ele saiba a sorte que tem de ter você."

"Ele sabe", confirmo.

A preocupação da minha mãe é natural, mas a verdade é que aturo toda essa bobagem porque, no final das contas, estar com Garrett vale a pena.

Depois de acalmar os medos dela, me levanto do sofá, abandonando os biscoitos não comidos para verificar a correspondência na porta da frente. A caixa de correio está cheia de contas, propagandas, mais contas, mais propagandas — e um cheque com o pagamento dos direitos autorais que Elise mandou.

Entro, deixando todos os envelopes no aparador do corredor, exceto um deles. Rasgo a aba, e um nó se forma em meu estômago. Ou talvez seja o enjoo voltando. Mas Elise falou que era um valor obsceno. Foi obsceno que ela falou, não foi?

Fecho os olhos e inspiro fundo antes de olhar os números no cheque.

Vejo zeros. E mais zeros. Eles continuam até minhas pernas ficarem meio bambas, e tenho que me apoiar numa cadeira.

Trezentos mil dólares.

Nunca vi tanto dinheiro na vida.

Isso muda tudo. É o suficiente para dar uma boa baixa na dívida dos meus pais. Talvez até tirá-los daquela casa. Ai, meu Deus.

As possibilidades inundam minha mente. Vou ter que discutir isso com Garrett. Ouço o lembrete silencioso, tentando não me precipitar. Mas isso poderia ser uma oportunidade verdadeira de mudar a vida dos meus pais.

Se eles deixarem, uma vozinha me lembra.

Porque, sim, a última vez que falei em ajudar com as dívidas, eles me vetaram enfaticamente. Ou melhor, vetaram Garrett. Depois do ano de estreia, ele assinou um contrato multimilionário de cinco anos com o time, era tanto dinheiro que nós dois ficamos meio atordoados. E, sendo a pessoa incrível que é, Garrett na mesma hora se ofereceu para assumir as dívidas dos meus pais — ao que eles responderam com um "de jeito nenhum".

E Garrett acha que *eu* é que sou teimosa. Nem sei quantas conversas tive com eles, mas mamãe e papai não dão o braço a torcer. Minha mãe diz que não seria certo. Meu pai diz que se recusa a deixar o futuro genro assumir suas dívidas. Caramba, juro por Deus, eles são orgulhosos demais.

Mas isso muda as coisas. Tecnicamente, o dinheiro é "meu", ainda que Garrett e eu compartilhemos as finanças. Se eu falar com jeitinho, talvez possa convencer meus pais a finalmente aceitarem ajuda.

Com a excitação fervilhando no estômago, passo boa parte da tarde pesquisando o preço de imóveis em Ransom, Indiana, e qual a multa para quem encerra um financiamento antes do prazo. Deixo até um recado para um corretor de imóveis da região, para fazer umas perguntas. Sentir se é uma ideia viável. Mas, meu Deus, como seria incrível se mamãe e papai pudessem pagar as dívidas e se mudarem para Boston! Ou, sei lá, até para a Filadélfia, se quisessem ficar mais perto da tia Nicole. Obviamente, prefiro Boston, mas já ia ficar feliz de tirá-los de Ransom.

A cidade só traz lembranças ruins para mim e a minha família. Quando eu tinha quinze anos, um garoto da minha turma me agrediu sexualmente numa festa, e a vida nunca mais foi a mesma depois disso. Fui acusada de coisas terríveis, e a pior delas foi que eu tinha inventado tudo. Meu pais foram desprezados, condenados ao ostracismo, e ainda obrigados a interagir com os pais do meu agressor — e o pai dele é o prefeito de Ransom.

Foda-se aquele lugar. Se Garrett topar, vou gastar cada centavo desse cheque para salvar meus pais, e desta vez eles não vão me impedir.

Quando Garrett chega em casa naquela noite, meu espírito está nas alturas. Ele tinha mandado uma mensagem do avião, reclamando que a comida estava horrível, então tomo o cuidado de pedir comida em seu restaurante favorito.

Não importa o quão curto tenha sido o tempo que passamos longe um do outro, assim que passa pela porta, ele me cumprimenta como se não me visse há meses. Larga as malas no corredor, agarra meus quadris e aperta a boca na minha. O beijo voraz rouba o ar de meus pulmões, me deixando sem fôlego.

"Oi", digo, sorrindo contra seus lábios.

"Eles precisam parar de me mandar para essas coisas."

"Tão ruim assim?"

"Fiquei com a sensação de que devia devolver o dinheiro daqueles caras."

"Então, a gente já pode cortar golfe profissional do seu plano de aposentadoria pós-hóquei?"

"Não devia ser tão diferente, né?" Ele sente o cheiro da comida esquentando no forno, e nos dirigimos para a cozinha. "Um taco e um projétil. Mas a maior parte das vezes eu não tinha nem ideia de para onde a porcaria da bola tinha ido."

Só de ver sua postura, sei que o mau desempenho no torneio não é o que o deixou estressado. Garrett escreveu hoje mais cedo para avisar que concordou em participar de *O legado* com o pai, mas não explicou mais nada. Odeio abordar o assunto, mas estou muito curiosa para ficar quieta.

"Então, hã... o que fez você concordar com a entrevista com o Phil na ESPN?", pergunto, entregando a ele uma cerveja.

"Fui obrigado", resmunga ele, antes de dar um gole. "Basicamente, o filho da mãe foi lá e aceitou por mim. O Landon disse que desistir agora levantaria muitas suspeitas."

"Cara. Seu pai é *tão* babaca."

"Cara. Eu sei." Mas ele está sorrindo agora, me observando por cima da garrafa. "Você parece feliz. Quer dizer, claro que está feliz, porque eu estou em casa..."

Dou uma gargalhada. Meu homem é um modelo de modéstia.

"Mas o que mais está acontecendo?"

Incapaz de esconder a alegria, vou até a mesinha de canto e pego o cheque. Com um floreio, entrego a ele. "Surpresa."

Seus olhos saltam do papel para os meus. "Puta merda! Tá de brincadeira? Isso é por *uma* música?"

Faço que sim com a cabeça, levando meu copo de água com gás aos lábios. "É. A que escrevi para a Delilah", confirmo, antes de dar um gole.

"Isto é incrível. Caramba, Wellsy, parabéns!"

"Obrigada." Sua garrafa toca meu copo num brinde exultante, e fico muito satisfeita comigo mesma.

"Quer dizer, que orgulho!" Seus olhos prateados brilham intensamente. "Sei que você trabalha muito. E está valendo a pena. De verdade." Ele me puxa para um abraço. "Você merece, meu bem."

Agora é a hora, uma voz insiste. *Conta agora.*

Eu devia contar. Devia mesmo. Mas é a primeira vez em muito tempo que o vejo relaxado. Sem tensão nos ombros. Alegria nos olhos. No instante em que disser que estou grávida, essa leveza vai ficar pesada. Vamos mergulhar em dias ou semanas de discussões profundas com as quais minha mente não quer ter que lidar agora.

Então fecho a boca, e nos sentamos para jantar uma comida gostosa. Talvez eu seja uma covarde. Provavelmente sou. Mas não quero estragar um momento tão perfeito e ao mesmo tempo tão breve. Temos tido tão poucos dias assim ultimamente.

Nem comemos a sobremesa, e Garrett já está me atacando. Passando a mão em mim enquanto pego talher na gaveta pra gente dividir a fatia enorme de bolo de musse de chocolate que ele trouxe da minha padaria preferida. Mas Garrett não está interessado em bolo, e quando ele levanta minha camisa para apertar meus seios, tremo incontrolavelmente e também me esqueço da sobremesa.

De repente, estamos cambaleando desajeitadamente em direção à sala de estar, porque é mais perto do que o quarto. Tropeçamos nas roupas que caem no chão. E então nós é que caímos no tapete. Nus e nos beijando.

"Deus, eu te amo", grunhe ele, os dentes afundando em meu ombro.

A leve dor me faz gemer. Aperto sua bunda nua e levanto os quadris para me esfregar contra sua ereção. Estar em seus braços de novo, mesmo depois de só alguns dias, me lembra de como essa sensação é viciante. A química crua entre nós. O quanto o amo.

Os arrepios voltam quando ele começa a beijar meus seios. *Puta merda*, meus seios estão hipersensíveis, o que faz minha visão falhar.

E depois de semanas sem perceber minhas idas constantes ao banheiro e a novidade de que cheiro de ovo me deixa enjoada, Garrett escolhe este momento para notar alguma coisa: meus seios inchados e sensíveis.

"Caramba, seus peitos estão enormes", murmura ele, segurando-os com as palmas das mãos. "A menstruação tá chegando?"

Quase começo a rir.

Fala agora, eu me ordeno. *Conta pra ele.*

Quer dizer, é a deixa perfeita. "*Bem, quer saber, tem dois meses que não menstruo. Surpresa! Tô grávida!*"

Mas aí ele vai parar de fazer isso: chupar um mamilo dolorido. E está tão sensível que envia ondas de prazer por meu corpo. Solto um gemido satisfeito. Ai, meu Deus. Talvez a gravidez não seja tão ruim assim. Talvez este furacão hormonal virando meu corpo do avesso finalmente tenha algum benefício. Como a sensação deliciosa que é a boca de Garrett em meu mamilo. O quão impossivelmente molhada estou quando ele desliza a mão entre as minhas coxas.

Ele também percebe, gemendo alto. "Meu Deus", grunhe. "Isso é tudo pra mim?"

"Sempre", murmuro contra seus lábios.

Ele me beija de novo, a língua procurando a minha, ao mesmo tempo que entra em mim, seu pau grosso me preenchendo. Então me come no tapete da sala, a respeito do qual discutimos por quase uma hora antes de comprar, quando nos mudamos para esta casa. Eu queria uma coisa mais durável, mais fácil de aspirar. Ele defendeu devotadamente o mais felpudo. Como continuei perguntando por quê, ele ficou frustrado e, no meio da IKEA, na frente de um vendedor cujo olhar ansioso se voltava ora mim, ora para ele, Garrett me puxou para junto de si e grunhiu no meu ouvido: "Porque vai ter um dia em que vou ficar tarado demais pra te levar pro quarto, e vou te comer no chão da sala. Só quero deixar sua bunda mais confortável".

Em resposta, calei a boca e disse ao vendedor que queríamos o tapete.

Agora, estou virando Garrett para ele ficar embaixo de mim e montando em suas coxas musculosas enquanto ele ergue o quadril, me preenchendo completamente. Ele fica tão lindo deitado à minha disposição. Os olhos cinzentos cálidos, as pálpebras pesadas. O lábio inferior preso entre os dentes, enquanto solta o ar aos solavancos, nitidamente se segurando.

"Não segura", digo a ele, arranhando seu peito definido com as unhas enquanto espalmo as mãos em seu tórax. Esfrego meu corpo no dele, levando nós dois ao clímax. "Estou quase lá."

"Tá?"

"Tô."

Aperto as coxas, e ele geme, as feições ficando tensas. "Estou gozando, gata", murmura ele.

Eu o observo gozar, amando os barulhos que faz, a forma como suas pálpebras pesam antes de se fecharem completamente. A sensação dele encontrando alívio dentro de mim desencadeia meu clímax, e logo sou eu que estou gemendo com os olhos apertados quando desmorono em cima dele.

Um tempo depois, finalmente chegamos ao quarto, onde tomamos um banho antes de cair na cama e suar tudo de novo. Caindo no sono nos braços fortes de Garrett, prometo a mim mesma que amanhã eu conto.

7

HANNAH

Hoje eu conto.

Não posso *não* contar hoje.

Estou chegando a um ponto em que acho que não posso mais adiar. Faz uma semana desde a nossa festinha sexual na sala de estar, e ainda não tomei vergonha na cara e contei ao meu namorado que estamos esperando um filho. Mas Allie tem razão — Garrett vai começar a perceber as mudanças em mim. Da última vez, notou meus seios inchados. Quem sabe o que vai notar em seguida. E, na próxima vez, talvez caia a ficha.

Então hoje é o dia. Tudo o que tenho que fazer é esperar Garrett finalmente levantar a bunda da cama para eu poder dizer a ele. Mas ainda são oito da manhã. Eu que acordei cedo demais.

Achei que a parte boa de estar grávida seria não ter cólica menstrual, mas estava redondamente enganada. Agora tem os enjoos da gravidez. Acordei com o raiar do dia, sentindo como se estivesse levando um coice no estômago. Nem um banho quente e demorado e um pouco de paracetamol ajudou a amenizar a sensação. Estou até com saudade do enjoo da semana passada.

Chega de desculpas, exclama uma voz interior, aquela parte sábia de mim que percebe que eu estava prestes a usar a cólica como desculpa para protelar de novo.

Mas não. Sem enrolação.

Hoje é o dia.

"Filho da puta!", grita Garrett, do quarto.

Ok, talvez hoje não seja o dia.

Deitada na sala de estar com meu laptop e os fones de ouvido enquanto trabalho numa música nova, pulo diante do palavrão. Tiro os fones e ouço o que parece ser Garrett xingando e arrumando briga com nosso armário.

Corro em direção ao quarto. "Tudo bem aí?"

"Tenho que usar gravata para essa merda?" Ele aparece meio vestido, com um maço de gravatas na mão.

"Que merda?"

Ele me lança um olhar sombrio. "A entrevista. *O legado*. O primeiro dia de filmagem começa daqui a pouco."

Caramba. Hoje *definitivamente* não é o dia.

Tinha esquecido totalmente que Garrett ia fazer isso hoje de manhã. O maldito cérebro de grávida resolveu dar as caras nos últimos dias, confundindo meus pensamentos. Ontem não conseguia lembrar onde tinha deixado a chave do carro, passei vinte minutos procurando, até perceber que estava na minha mão.

"Certo." Olho a seleção de gravatas. "Eu diria não, mas seu agente provavelmente discorda de mim."

Garrett murmura algo rude baixinho e volta para o armário para uma revanche. "Só a ideia por trás desse programa já é ridícula. Não entendo por que eles acham que alguém estaria interessado em ver o Phil mentindo sobre um monte de boas lembranças de família."

"Porque eles não sabem que é mentira", argumento.

Mas agora ele está se virando para começar um pequeno discurso. Não tiro sua razão. Se tivesse um pai como Phil Graham, estaria furiosa o tempo todo também.

"Juro por Deus, se ele falar da minha mãe, vou enlouquecer." Garrett reaparece, passando uma gravata de seda azul-marinho em volta do pescoço. Ele a puxa com tanta força que tenho medo que se sufoque.

"Você deu aos produtores uma lista de perguntas proibidas?" Sei que muitas celebridades fazem isso. Toda vez que Nice dá uma entrevista no estúdio, seu agente aparece para lembrar o jornalista das perguntas que ele não pode fazer.

"O Landon disse que não quero falar da minha mãe. Deu a velha desculpa do luto, é muito doloroso, esse tipo de coisa." Garrett cerra a mandíbula. "Mas não duvido nada meu pai tocar no assunto por iniciativa própria."

Mordo o lábio. "Sabe, você não precisa fazer isso. Pode só ligar pro Landon e dizer que não quer. Ele é pago para dizer não por você."

"E aí o que vai acontecer? Vou ter que responder a um monte de perguntas sobre por que desisti no último minuto? O Phil sabe que eu não daria conta."

"E aí você não diz nada, ignora, e daqui a uma semana ou duas isso acaba. Algum jogador de futebol americano é preso ou diz que não vai jogar até comprarem um pônei pra ele, e você tá livre."

Mas ele não quer ouvir. É tarde demais para tirar Garrett da espiral de raiva, e só posso torcer para que ele mantenha a calma diante das câmeras. Talvez Landon tenha mais sorte que eu.

Quando Garrett sai, agradeço o tempo sozinha. Coloco uma bermuda de malha e uma camiseta e volto para a cama, onde passo as horas seguintes sentindo cólica e tentando trabalhar. Acabo percebendo que parte da dor é fome e me levanto para fazer um sanduíche, e, ao voltar, encontro uma mancha vermelha no lençol.

Quando corro para o banheiro, percebo que minha calcinha também está manchada.

Embora não seja uma situação de pânico total, troco de roupa com o coração acelerado, então tiro a roupa de cama e mando uma mensagem para Allie. Ela responde assim que começo a colocar os lençóis na máquina de lavar, dizendo que um pouco de sangramento é normal.

EU: *Tem certeza? Me senti um lixo a manhã inteira.*
ELA: *Tô olhando o site da clínica Mayo agora. Diz que é comum.*
EU: *Quando deixa de ser comum?*
ELA: *Vou te mandar uns links. Mas não sei. Quer saber? Liga pra Sabrina. Talvez seja uma pessoa melhor pra conversar sobre isso.*
EU: *Boa ideia.*

Meu primeiro impulso foi mandar uma mensagem para Allie, minha melhor amiga. Mas ela tem razão. Eu devia falar com alguém que já passou por isso. E nem vou ter que passar pelo constrangimento de dar a notícia, porque Sabrina já sabe da gravidez. Allie, a traidora, deu com a língua nos dentes no grupo das meninas.

Então ligo para Sabrina, que atende ao primeiro toque. Tenho um pressentimento de que viu meu nome no telefone e pensou, que diabos? Raramente ligamos uma para outra fora do grupo de bate-papo.

"Oi. Tudo bem?", pergunta ela, na mesma hora.

"Não sei." De repente, estou prendendo o choro. Malditos hormônios. "Quando você tava grávida da Jamie, teve algum sangramento?"

"Sangramento ou só umas manchas?" Seu tom é direto.

"Manchas."

"Leve ou pesado?"

"Meio leve, acho... Sujou o lençol e a calcinha, mas não é um fluxo constante."

Quase posso ouvi-la relaxando do outro lado da linha, enquanto solta um suspiro. "Ah, então, sim, é normal. Algum outro sintoma?"

"Cólica hoje de manhã, mas diminuiu."

"Também normal. Meu conselho é ficar de olho durante o dia. Se a mancha virar sangramento, eu iria para o hospital." Ela hesita. "Pode ser sinal de um aborto espontâneo. *Mas* também pode não ser nada."

"Mamãe!" Ouço um grito choroso ao fundo. "Não consigo encontrar o maiô roxo!"

"Desculpa. É a Jamie." A voz de Sabrina fica abafada por um momento. "Por que você não usa o verde, então?"

"MAS EU QUERO O ROXO!"

Meu Deus. Tenho certeza de que Sabrina está cobrindo o telefone com a mão, mas ainda posso ouvir o grito da criança.

"Tá bom, vou procurar pra você. Só um segundo." Sabrina retorna. "Hannah, tenho que ir. Vou levar a Jamie à piscina e..."

"Eu ouvi."

"Me liga se mudar alguma coisa, ok? Manda notícias."

"Pode deixar."

Assim que desligamos, inspiro fundo e digo a mim mesma que está tudo bem. Mas, não importa quantas vezes eu repita o mantra, não consigo me livrar da ideia de que tem alguma coisa errada. Logo, estou mergulhando em minha própria espiral, me afundando cada vez mais em blogs sobre gravidez e artigos médicos, em busca de uma explicação. O consenso é que Sabrina provavelmente está certa.

A menos que não esteja.

8

GARRETT

"Fala um pouco sobre uma das suas primeiras lembranças aprendendo a jogar."

O entrevistador, um ex-jogador universitário que virou apresentador de televisão, está sentado com suas páginas de perguntas no colo. Diante dele, eu e meu pai ocupamos duas cadeiras de diretor idênticas. O cenário é um holofote branco cercado por escuridão, exceto pelas luzes vermelhas das duas câmeras acompanhando o desenrolar desta estranha farsa. Não muito diferente de um interrogatório. Ou um filme *snuff*. Para ser sincero, não seria contra um assassinato agora. De preferência se for o do idiota de terno Armani ao meu lado.

"Garrett?", insiste o entrevistador, Bryan Farber, diante do silêncio. "Quando você pegou um taco de hóquei pela primeira vez?"

"É, eu era muito novo pra lembrar."

Isso não é mentira. Vi fotos minhas com dois, três, quatro anos de idade, segurando um taco Bauer infantil, mas não tenho lembrança disso. O que me lembro não vou contar a Farber.

Esse cara não quer ouvir sobre meu pai me tirando debaixo das cobertas quando eu tinha seis anos de idade e me arrastando na neve gelada para me fazer pegar um taco grande demais para mim e rebater discos de rua.

"Acho que você tem uma foto", comenta Phil, entrando suavemente. "Foi num Natal, quando ele era pequeno, acho que uns dois anos? Ele tá vestindo uma camisa do time, que os caras todos tinham assinado pra ele. Está na frente da nossa árvore com um taco de brinquedo nas mãos. Pegou de primeira."

"Você lembra de quando calçou patins pela primeira vez?", pergunta Farber, com um sorriso sentimentalista de apresentador de televisão.

"Lembro dos hematomas", digo, distraído, mas talvez de propósito.

Meu pai, limpando a garganta, interrompe depressa. "Ele caía muito no começo. A primeira vez que fomos patinar foi no inverno, no lago atrás da nossa casa em Cape Cod. Mas ele não queria voltar pra casa." Ele adota um falso olhar distante, como se estivesse perdido nas lembranças. "Garrett me acordava e me implorava para levá-lo lá pra fora."

Estranho. Lembro de chorar, implorando para ele me deixar ir para casa. Tão frio que eu não conseguia sentir os dedos.

Me pergunto se devo contar a Farber que minha punição por reclamar foi ter que andar numa esteira com pesos nos tornozelos, aos sete anos de idade. Enquanto Phil mandava minha mãe calar a boca, porque ela era contra. Ele disse que estava me tornando um campeão, e ela só me deixaria mole.

"Você se sentia motivado a alcançar o sucesso do seu pai?", pergunta Farber. "Ou havia um medo de fracassar e viver à sua sombra?"

"Nunca me comparei a ninguém."

O único medo que tive foi de sua violência. Eu tinha doze anos quando ele de fato botou a mão em mim pela primeira vez. Até então, eram só patadas verbais, punição quando eu errava ou não me esforçava o suficiente ou só porque Phil estava de mau humor naquele dia. E, quando ele se cansava de mim, descontava na minha mãe.

Farber olha por cima do ombro, para onde estão o produtor do programa, meu agente e o agente do meu pai, perto do cinegrafista mais próximo. Sigo seu olhar e noto que o representante de Phil e o produtor parecem irritados, enquanto Landon parece apenas resignado.

"Podemos cortar por um segundo?", pede Landon. "Posso conversar com meu cliente?"

"É", concorda o agente do meu pai. Seu tom é frio. "Talvez você pudesse lembrar o seu cliente de que uma entrevista requer uma resposta às perguntas?"

Landon me puxa para um canto escuro do estúdio, com uma expressão sofrida. "Você tem que oferecer alguma coisa pra eles, Garrett."

Cerro a mandíbula. "Já falei, cara, não tenho nenhuma lembrança boa da infância. E você me conhece, não sei mentir."

Balançando a cabeça de leve, ele passa a mão pelo cabelo perfeitamente penteado. "Tá bom. Que tal tentarmos algo diferente? Quantos anos você tinha quando percebeu que estava jogando hóquei para si mesmo e não para ele?"

"Não sei. Nove? Dez?"

"Então, escolha um momento dessa época. Uma memória do hóquei, e não uma memória do seu pai. Pode fazer isso?"

"Vou tentar."

Assim que nos sentamos de novo, Farber tenta arrancar alguma coisa de mim. "Você estava dizendo que nunca se comparou ao seu pai?"

"Isso mesmo", afirmo. "Pra ser sincero, pra mim, o hóquei nunca foi uma questão de tentar ser bem-sucedido, fechar grandes contratos ou ganhar prêmios. Me apaixonei pelo jogo. Fiquei viciado na emoção, no ambiente acelerado em que um erro pode custar o jogo inteiro. Quando tinha dez anos, perdi um passe num momento crucial do terceiro período. Meu taco não estava onde deveria estar, meus olhos estavam no jogador errado. Dei bobeira, e nós perdemos." Encolho os ombros. "Então, no dia seguinte, no treino, implorei ao técnico para treinar a mesma passada de novo e de novo. Até eu dominar."

"E aí? Dominou?"

Sorrio. "E como! No jogo seguinte, não perdi um único passe. Hóquei é uma corrida louca, cara. É um desafio. Amo desafios e adoro me forçar a ser melhor."

Bryan Farber está assentindo, me encorajando, claramente satisfeito por eu estar me abrindo.

"Lembro desse jogo", diz meu pai, e não tenho dúvidas. Ele nunca faltava a um jogo. Nunca perdia uma oportunidade de me dizer onde eu tinha errado.

Farber se dirige a mim novamente. "Aposto que ter seu pai torcendo por você, e também forçando seus limites, foi um grande incentivo, não?"

Me calo novamente. Droga, não vou sobreviver a esta entrevista. E é só o primeiro dia de filmagem. Vamos fazer isso duas vezes.

Depois de uma hora, o produtor sugere um intervalo, e saio do set o mais rápido que posso. Como isso pode ter durado só uma hora? Parece que foram uns dois dias.

Evito a sala verde, preferindo comprar uma bebida numa máquina, num corredor aleatório. Quando volto ao set e pego o telefone, percebo que tenho mais de dez mensagens de Hannah, além de um recado na caixa postal.

Como ela não é propensa ao drama ou ao pânico, indico a Landon que preciso de um segundo, então me afasto para ouvir a mensagem de voz.

Ela está falando rápido, e o sinal está ruim ou tem um ruído de fundo distorcendo trechos da mensagem, mas as partes que entendo quase fazem meu coração parar.

"Garrett. Oi. Desculpa ligar, mas preciso que você volte pra casa. Eu... hum..."

Franzo a testa, pois ela fica em silêncio por vários segundos. A preocupação começa a corroer minhas entranhas.

"Não queria ter que contar por telefone, mas você tá filmando e não sei quando vai voltar pra casa, e estou meio que pirando aqui, então vou dizer de uma vez: eu tô grávida."

Tá o quê?

Quase deixo cair o telefone com o susto.

"Queria sentar direito e falar sobre isso, não soltar assim numa mensagem de voz. Mas estou grávida e estou, hum, sangrando, e acho que tem algo errado. Preciso que você me leve ao hospital." A voz dela é fraca, assustada. O que faz meu sangue gelar de medo. "Não quero ir sozinha."

"Tudo pronto para recomeçar?", chama o produtor, impaciente.

Olho para o set e vejo Farber e meu pai já em seus lugares.

Depois de um breve momento de gagueira, meu cérebro volta ao presente e à única coisa que importa: chegar a Hannah agora mesmo.

"Não", respondo. Arranco o microfone da roupa e jogo em Landon, que vem na minha direção, preocupado. "Desculpa, tenho que ir. É uma emergência."

9

HANNAH

"Pelo amor de Deus. O sinal tá verde, idiota!"

Garrett enfia a mão na buzina.

Estamos a caminho do hospital, estou agarrada ao meu assento desde que saímos da garagem, e quase batemos num carro passando na rua. O trânsito está péssimo, e Garrett está apertando o volante com força, alternando entre palavrões impacientes, interrogações preocupadas e perguntas irritadas.

"Há quanto tempo isso tá rolando?", indaga ele, carrancudo para o para-brisa.

"Quando acordei já não tava me sentindo bem. Tive cólica, senti um pouco de enjoo. Aí ficou pior."

"Por que não falou quando acordou?"

"Porque você estava preocupado com a entrevista, e eu não queria colocar mais um estresse nas suas costas. Não podia contar que estava grávida cinco minutos antes de você ter que sair de casa para ver o seu pai."

"Eu não teria ido!" Ele grita. Então respira fundo. "Desculpa. Não queria gritar. Só não tô entendendo, Wellsy. Como você pôde não me contar?"

"Não queria te preocupar. Quando percebi o sangramento e mandei uma mensagem pra Allie..."

"A Allie sabe?" Garrett desvia entre os carros.

"...ela me falou para perguntar para a Sabrina se era normal e..."

"A Sabrina sabe?", ruge ele. "Meu Deus. Sou o último a descobrir?"

Me agarro ao braço da cadeira, desesperada. "Queria te contar", digo, com um nó de culpa na garganta. "Eu tentei, mas nunca parecia a hora certa. Não estava querendo esconder de você, Garrett. Queria contar."

"Mas não contou. E agora eu passei o dia inteirinho sendo interrogado ao lado do Phil e, quando ouço minha caixa postal, tem uma mensagem sua aos prantos, me mandando voltar pra casa porque você tá grávida. Puta merda, Hannah!"

"É por isso que eu não disse nada!" As lágrimas ardem em meus olhos, e o desespero, a frustração e o medo formam um coquetel letal em minha garganta. Sinto vontade de vomitar. "A última coisa que queria era jogar isso em você assim. Você tinha essa entrevista. E antes disso, a premiação. E antes, as eliminatórias."

"Você sabe disso desde as eliminatórias?" Ele quase arranha a lateral de uma van que está tentando entrar na nossa faixa. Soam buzinas de todos os lados, enquanto ele acelera e passa para a pista da esquerda. "Meu Deus."

"Não grita comigo."

"Não tô gritando com você", ele diz grunhindo, por entre dentes cerrados. "Estou gritando com o fato de você ter escondido isso de mim por meses."

"Desse jeito, tô me arrependendo de ter ligado", digo grunhindo de volta. "Devia ter ido sozinha." Porque, quanto mais alto ele fala e maior a indignação em sua voz, enquanto estou sentada aqui com um absorvente cada vez mais sujo de sangue, maior fica a minha própria raiva.

"Isso é golpe baixo." Ele xinga alto. "Não acredito que você acabou de dizer isso!"

"Você tá gritando comigo de novo", rebato, em acusação. Posso estar perdendo nosso filho, e este idiota está falando de si mesmo como se eu não estivesse apavorada.

"Esse é exatamente o tipo de merda que meu pai faz", retruca Garrett. "Fica me manipulando com informações. Guardando segredos."

"Você tá falando sério?" Fico tão furiosa, que minhas mãos chegam a arder com vontade de bater nele. "Você tá me comparando com o seu pai?"

"Fala que eu tô errado."

"Isso é que é golpe baixo." Não me lembro a última vez que fiquei tão brava com alguém. "Quer saber, Garrett, se você realmente queria tirar o Phil da sua vida, podia só ser sincero. Já falei isso antes e vou dizer de novo: conta pro mundo o monstro que ele é e acaba com isso. Você age como se tivesse que manter silêncio sobre o abuso e proteger o legado do homem. Mas você escolheu ficar quieto. Você faz isso consigo mesmo."

Ele olha de relance, os olhos ardendo. "O quê? Então eu devia ir pra televisão e anunciar para o mundo que meu pai me batia? Dar entrevistas descrevendo os vários incidentes para se lambuzarem com a notícia quentíssima? Nem fodendo."

"Entendo que você tem vergonha, tá legal? E não, não é um tema agradável. Ninguém quer reviver seu trauma. Mas talvez fosse a hora de fazer isso."

Ele não fala mais nem uma palavra, sequer olha na minha direção até chegarmos ao hospital e ele dar entrada na recepção. A esta altura, sou uma coadjuvante, enquanto a enfermeira faz perguntas e Garrett assume o comando. Eu protestaria, mas não tenho energia.

Por fim, somos levados a uma sala de exame, onde tiro a roupa e visto uma camisola de hospital meio áspera. Nenhum de nós emite uma única palavra. Nem nos olhamos. Mas quando a médica entra com a máquina de ultrassonografia, Garrett traz uma cadeira para se sentar ao meu lado e aperta a minha mão com força.

"Vai ficar tudo bem", diz ele, meio rouco. É a primeira vez que se dirige a mim sem raiva desde que entramos no carro.

"Então, Hannah", diz a médica, preparando a máquina. É uma mulher mais velha, na casa dos cinquenta, com olhos bondosos e mechas prateadas no cabelo curto. "A enfermeira me disse que você teve sangramento e cólica. Como está o sangramento agora?"

"Parece um fluxo médio de menstruação", respondo, sem jeito. "Estava mais leve hoje de manhã, mas começou a piorar na hora do almoço."

"Algum outro sintoma?"

"Tive enjoo por umas duas semanas. Depois, hoje de manhã, a cólica foi muito forte."

Achei que seria uma ultrassonografia pela barriga, como vi na televisão, mas então a médica se vira para mim com uma varinha de aparência fálica, e percebo que vai ser um exame meio diferente. Garrett encara o chão, pouco à vontade. Não é um marco em nosso relacionamento para qual estivéssemos preparados, mas acho que devíamos ter pensado nisso antes de eu engravidar.

"Sangrar um pouco e ter algum desconforto é normal", diz a médica. "Mas vamos dar uma olhada melhor."

Uma dúzia de pensamentos horríveis passam por meu cérebro, enquanto prendo a respiração. Não tinha decidido ainda qual seria o próximo passo, principalmente porque não tinha criado coragem para contar a Garrett. Ter essa escolha arrancada de mim antes de poder pesar todas as coisas direitinho parece injusto. É como se eu tivesse sido enganada. A médica demora examinando o que vê na tela, e meu coração dispara.

"Então, quando o corpo está se preparando para carregar um bebê, ele passa por uma série de mudanças", diz ela, o olhar grudado na tela. "O aumento de hormônios pode ter uma série de efeitos, um dos quais são mudanças no colo do útero, que o tornam mais macio. Em alguns casos, isso pode causar sangramento. Relações sexuais, por exemplo, ou outras atividades físicas podem exacerbar isso. Você exagerou em alguma atividade física nos últimos dias?"

Mordo o lábio timidamente.

Garrett pigarreia. "Humm, sim. Tivemos, hã, algumas relações sexuais vigorosas outro dia. Tipo, várias vezes."

"Vigorosas?", repito, virando-me para suspirar para ele. "Sério? Não conseguiu achar palavra melhor?"

Ele levanta uma sobrancelha. "Ia dizer que te peguei de jeito, mas imaginei que a médica não ia gostar de ouvir isso."

Sinto as bochechas quentes. "Desculpa", digo à médica. "Pode ignorar."

Ela parece estar tentando não rir. "Relações sexuais vigorosas podem causar isso", explica ela, voltando o olhar para a tela. "E, como disse, algum sangramento não é incomum. Por si só, não há nada com que se preocupar."

"Então é isso?", pergunto, confusa. "Não tem nada errado?"

"Pelo que estou vendo, parece tudo bem. Você parece estar com dez semanas. Quer ouvir o batimento cardíaco?"

E então, de repente, ouvimos um som úmido e sibilante, vindo de debaixo d'água. Como a trilha sonora de um filme de terror alienígena. Escuto, pasma, olhando para a bolha na tela. Como esse barulho pode estar saindo de mim?

Ao meu lado, Garrett parece tão atordoado quanto eu.

"Ainda sugiro pegar leve pelos próximos dias", aconselha ela. "Deixe seu corpo descansar e se recuperar. Tirando isso, não vejo nada que sugira trauma. Você não tá com febre e não tenho motivos para suspeitar de uma infecção."

Abafo uma risada aliviada. "Me sinto meio envergonhada por ter vindo ao pronto-socorro. Acho que exagerei."

"Você fez a coisa certa", me garante ela. "Você conhece o seu corpo melhor do que ninguém. Se algo parecer errado, é melhor dar uma olhada."

A médica leva alguns minutos para responder a algumas das minhas perguntas e imprime uma foto, que entrega a Garrett, embora a gravidez ainda esteja muito no início e não haja muito para ver. Ele pega a foto sem dizer uma palavra. Ainda fumegando em silêncio, imagino.

Assim que ela nos deixa, me limpo depressa. Então, enquanto me visto, finalmente crio coragem para fazer a Garrett a pergunta que paira no ar tenso entre nós.

"O que você quer fazer?"

10

GARRETT

Hannah veste a calça legging de costas para mim, enquanto fico olhando a imagem monocromática em minhas mãos. Meu filho. Lá dentro. Crescendo. Não tenho ideia de quem é ou o que o espera aqui fora. Só esta coisinha pegajosa que está prestes a mudar nossas vidas para sempre.

"O que você quer fazer?", repete ela, virando-se lentamente para me encarar. Seus olhos verdes estão marcados pelo cansaço.

Minha cabeça começa a girar. Como vou manter essa criança viva? Quem em sã consciência confiaria em mim com uma coisa viva inteiramente dependente de mim para sobreviver? Pra não falar em estragá-lo emocionalmente.

"Tudo bem, eu começo."

Enquanto minha mente corre em mil direções, a voz de Hannah vai e vem. Registro vagamente ela falando alguma coisa sobre eu ter que viajar durante a temporada.

"Não estou muito feliz com a ideia de ficar em casa sozinha, criar um filho sozinha."

De repente, tudo parece urgente. Um relógio barulhento marcando a enormidade desta nova realidade. Um bebê. Nosso filho. Como é que eles simplesmente deixam as pessoas terem filhos? Pelo amor de Deus, eu reprovei na prova escrita do meu primeiro exame de motorista.

"É intimidante", ela está dizendo. "Não sei se estou pronta para lidar com isso, sabe? É muita responsabilidade. Ainda mais sem ajuda da família..."

Começo a fazer contas na cabeça. Pensando na pré-temporada e nas consultas médicas. Jogar fora de casa. O bebê nascendo em algum momento da preparação para os *playoffs*. Com o pânico se agitando em meu intestino, penso que gostaria de ter um família funcional para me dizer como fazer tudo isso. Alguém para me ensinar.

"Ok, então, aparentemente, estou falando sozinha. Vamos embora."

Minha cabeça se levanta, me sacudindo de volta ao presente. Hannah está de pé na porta, com a bolsa. Ainda estou segurando a foto na mão, assustado.

Hannah está chateada comigo, e agora me sinto um idiota por ter brigado com ela no caminho. Meu sistema simplesmente não sabia como processar todas as informações de uma vez só, e estou um pouco esgotado, pra ser sincero.

"Desculpa. Eu tô só...", paro.

"Vamos", chama ela de novo, se afastando de mim.

Embora seja fim de tarde quando chegamos em casa, Hannah diz que podemos conversar de manhã e vai direto para a cama. Em vez de segui-la, sento à mesa da cozinha com uma cerveja, olhando para o meu filho. Querendo saber o que ele pensaria de mim. Ou ela. Pode ser uma menina. Mas, com a minha sorte, vai ser um menino. Um filho que vai descobrir todos os meus problemas com meu pai e me fazer duvidar a cada passo na paternidade, por medo de estragá-lo. Fico horas sentado ali, imaginando todas as maneiras possíveis de errar, e acordo um bagaço na manhã seguinte, depois de passar a noite toda quase sem dormir.

Na pia, ao meu lado, Hannah continua retraída, enquanto escovamos os dentes. Quero me redimir, mas quando fecho a torneira e abro a boca, ela sai do banheiro abruptamente. Na cozinha, passo um café, enquanto ela senta diante da bancada e come uma torrada, me observando. O silêncio está fazendo minha nuca coçar. Mais uma vez, estou prestes a falar, quando seu telefone toca e ela atende na sala. Com o barulho da cafeteira, não ouço a conversa. Espio pela porta e a vejo anotando um número num bloco de papel.

"O que foi?", pergunto, quando ela volta para a cozinha para terminar o café da manhã.

Hannah dá de ombros, sem encontrar meus olhos. "Nada." Ela enfia o último pedaço de torrada na boca, mastiga depressa e agarra a bolsa e a chave na mesinha do outro lado da sala.

Sinto uma pontada de apreensão. "Aonde você vai?"

"Preciso pegar umas coisas no estúdio, já que vou trabalhar de casa uns dias."

"Quer que eu te leve?", ofereço.

"Não." Ela segue pelo corredor a caminho da porta, respondendo por cima do ombro. "Tô bem."

Até parece. Ela está longe de estar bem. É como se estivesse louca para me ver pelas costas. Tudo bem que fui um idiota ontem, mas precisamos ter uma conversa séria. Eu pediria desculpas se ela ficasse parada por tempo suficiente para ouvir.

Assim que termino o café e limpo a mesa, ligo para Logan. Meu melhor amigo é imprevisível quando se trata de dar conselhos, mas, que Deus tenha piedade de mim, estou desesperado.

"Oi, G", diz ele. "Ligou na hora certa. Acabei de voltar do almoço mais louco com a Grace e a mãe dela. A Josie levou a gente num café perto da Torre Eiffel onde todos os garçons eram — não tô zoando — mímicos. Dá pra imaginar pesadelo pior?"

"A Hannah está grávida."

Isso o deixa em silêncio.

"Espera, acabei de perceber como isso soou", interrompo, antes que ele possa responder. "Não tô dando um exemplo de pesadelo. Só precisava contar e não queria mais ouvir a sua história idiota."

"Em primeiro lugar, uau."

"Pois é!" Passo a mão livre pelo cabelo. "Ela me pegou completamente desprevenido."

"Eu quis dizer uau, minha história não era idiota."

Não posso deixar de bufar.

"Em segundo lugar", continua ele. "Uau."

Uma grande risada me escapa. Sei que não é hora de rir, mas amo meus amigos. Eles nunca deixam de levantar meu ânimo quando preciso de apoio.

"Esse uau é para a minha notícia?"

"É. Quer dizer, puta merda, G. Parabéns. Tem quanto tempo?"

"Dez semanas. Fez o primeiro ultrassom ontem. Na verdade, foi por isso que descobri. Ela não estava se sentindo bem e pensou que estava perdendo o bebê. Tive que levar correndo pro hospital."

"Que droga. Como ela está?"

"Tá melhor agora. Alarme falso. Mas eu não tinha ideia." A vergonha trava minha garganta. "Estava no meio de uma entrevista horrível com meu pai quando a Wellsy ligou, então eu já tava de mau humor. Aí ela jogou tudo isso no meu colo, e eu, humm..." O remorso está me sufocando agora. Limpo a garganta. "Não reagi bem."

Sua voz fica grave. "O que você fez?"

"Nada. Quer dizer, nós trocamos uns gritos no carro, e eu posso tê-la comparado ao meu pai."

O palavrão de Logan ecoa em meu ouvido. "Mandou mal, cara. Não se grita com uma mulher grávida."

"Sim, obrigado. Mas fui pego de surpresa."

Ando pela casa, tentando dissipar a energia nervosa crescendo em meus músculos.

"É melhor começar a rastejar", ele me aconselha. "Pega esse cartão de crédito aí e mãos à obra."

"Ela ainda tá muito brava. A gente tinha que conversar, mas ela basicamente me dispensou hoje de manhã."

"Claro, né, idiota. Ela estava sozinha nessa, aí começa a pirar, conta pra você, e você enlouquece e diz que ela é igual ao seu pai? Seu pai, que nasceu da costela do diabo? Fala sério. Ela tá se sentindo um lixo agora, e você piorou tudo."

Logan tem razão. Eu sei. Enquanto ele critica meu comportamento, caminho pela sala e vejo o bloco em que Wellsy fez uma anotação. Nem ia ler. Só olho na direção dele, e o nome me chama a atenção.

Imobiliária Reed.

Paro na mesma hora. Por que diabos Hannah precisa de uma imobiliária? E quando ela teve tempo de entrar em contato com uma? Ela foi direto para a cama quando chegamos em casa ontem...

... às seis da tarde, percebo. E eu fiquei horas sentado na cozinha sozinho, perdido em meus pensamentos, enquanto minha namorada grávida estava no quarto. Talvez ela não tenha ido dormir, talvez tenha ficado acordada um tempo. Também perdida em pensamentos. E talvez tenha pensado e pensado até chegar a uma decisão.

Se mudar.

Meu sangue gela de terror. Ela acabou de receber aquele cheque gordo. Certamente não precisa de mim para se sustentar nem para cuidar do bebê. E depois do modo como perdi o controle ontem, talvez ela não *queira* o meu apoio.

Merda.

Com o corpo fraquejando, interrompo Logan no meio da frase. "Cara, tenho que ir."

11

HANNAH

Quando chego para pegar meu HD, Max, nosso engenheiro de som, está no estúdio com Nice retocando uma faixa. A comitiva está acampada no sofá de couro, assistindo a um programa de ficção científica num laptop. Minha ideia era só pegar o disco e ir embora, mas, quando ouço Nice cantando na cabine, não consigo não parar para ouvir.

No microfone, Nice recita algumas linhas que lê no celular, enquanto Max insere uma mixagem nova da ponte.

"O que você acha?", ele pergunta, me chamando para a cabine. "Tive a ideia ontem à noite, vendo *Farscape*. Você já viu? É uma viagem."

"Gostei da rima imperfeita", digo. "Mas e se a gente passasse pra segunda estrofe e mudasse esse primeiro pedaço para a ponte nova?"

Max se afasta por um minuto, enquanto examinamos a letra. Como sempre, Nice e eu somos sugados pelo processo, até que noto uma figura acenando para nós pelo vidro. No começo, acho que é Max, mas então pisco e percebo que é Garrett.

Meu namorado está na mesa, murmurando palavras em silêncio que não consigo entender.

"Garrett?", pergunto. "O que houve?"

Ele encontra os meus olhos quando ouve minha voz nos monitores ao seu lado.

"Você tem que ligar o retorno", digo, antes de perceber que ele não tem ideia do que estou falando. "O botão vermelho do lado do microfone. Na mesa."

Ele olha para a porta, perplexo com as dezenas de botões e faders, até que Gumby se aproxima e mostra para ele.

"Obrigada", digo a Gumby.

O grandalhão vai até o microfone. "Pode deixar, moça. Conhece esse cara?"

"É meu namorado." Franzo o cenho para a janela. "E ele devia estar em casa."

Envergonhado, Garrett assume o microfone. Está de calça jeans desbotada, uma camiseta preta da Under Armour e um boné dos Bruins, parecendo exatamente o atleta que é, tão diferente da comitiva do hip-hop atrás dele. "Vim pedir desculpa."

Nice me fita com um olhar de interrogação. Como consequência, meu rosto fica em chamas. Isto não é nada profissional, visto que é ele quem está pagando pelo tempo de estúdio. Quer dizer, a gravadora dele. Mas ainda assim.

Engulo o constrangimento e olho para Garrett. "Não é melhor fazer isso em casa? Eu já estava de saída mesmo..."

"Não vá embora."

Pisco de novo. "Do estúdio?"

Em vez de explicar, ele segue falando. "Me desculpe por não ter reagido melhor à novidade. Sei que fui um idiota. Mas a gente pode resolver." Sua voz rouca falha um pouco. "Me dá outra chance, Wellsy."

"Você não trouxe nem flores nem nada?" Gumby o repreende ao fundo, balançando a cabeça. "O mínimo que você tem que fazer é trazer flores. Tenho um contato, se estiver precisando."

Nice se empertiga todo, me segurando firme pelo cotovelo. "Esse cara tá te fazendo mal, Hannah?"

Minhas bochechas estão ardendo agora. "Tá tudo bem. Não se preocupe." Eu me dirijo a Garrett, num tom insistente. "Depois a gente conversa, Garrett. Por favor." Estou ficando com vergonha de expor tudo isso no trabalho.

Nice volta os olhos desconfiados para Garrett. "O que você fez, cara?", pergunta ele, afetando uma voz de durão que soa muito mais madura do que o garoto ao meu lado.

"Acho que cometi o maior erro da minha vida", responde Garrett, tendo reunido agora a atenção de toda a comitiva de Nice. "Hannah, por favor. Deixa eu tentar. Não saia de casa."

"Sair de casa?" A conversa tomou um rumo inesperado. "Do que você está falando?"

A tristeza em seu rosto é inconfundível. "Vi que você anotou um telefone hoje, de uma imobiliária."

Solto um suspiro, o enigma agora está começando a fazer sentido. Então estreito os olhos, indignada. "Espera um minuto, você achou que eu ia *sair de casa*? É isso que pensa de mim? Eu estava ligando para o corretor por causa dos meus pais, seu idiota!"

Nice dá uma gargalhada.

"Queria ver como fazia pra pagar o financiamento, pra eles venderem a casa e saírem daquela cidade", termino, apressada. "Achei que a gente podia usar os royalties pra resolver isso."

O alívio inunda sua expressão. "Você não tá terminando comigo?"

"Claro que não", digo grunhindo. Apesar de tudo, começo a rir. "Foi por isso que você veio?"

"O que eu ia fazer? Deixar você ir embora sem dizer uma palavra?"

Tento conter o sorriso. É meio fofo, Garrett correndo aqui para me impedir de ir embora. Ver o pânico em seus olhos quando pensou que estava me perdendo. Meu coração aperta quando percebo que ele ainda estava preparado para lutar por nós, mesmo com a bomba que joguei em seu colo.

"Esse cara te traiu?", pergunta Nice.

"Não." O sorriso surge. "Vou ter um filho dele."

"Ah, merda!" Gumby grita da sala de controle. Ele envolve o ombro de Garrett e o abraça. "Parabéns, cara."

"Vamos?", pergunta Garrett, totalmente concentrado em mim. "Ter um filho?"

Dou de ombros, dando uma de descontraída. "Quer dizer, se você quiser."

"Eu quero", diz ele, sem hesitação. "Gata, passei a noite toda olhando aquela ultrassonografia e, lá pelas três da manhã, me dei conta: não consigo imaginar não criar essa criança com você. Sei que a temporada e as viagens vão dificultar as coisas, mas vamos arrumar toda a ajuda que você precisar. Cara, a gente traz seus pais pra cá e compra a casa da frente pra eles, se você quiser. Qualquer coisa."

"Aí, essa foi decente", diz Nice, assentindo para Garrett. "Gostei."

Meu sorriso é tão grande que pode partir meu rosto ao meio. Ele *é* decente. O melhor, na verdade. E percebo que, se eu tivesse encontrado um jeito de contar a ele antes, não teria sido um choque tão grande. De repente, ver que ele entende minhas preocupações faz com que a coisa toda pareça menos assustadora. Como qualquer desafio que enfrentamos, podemos resolver isso juntos.

Com o coração transbordando de emoção, saio da cabine e entro na sala de controle, onde Garrett me cumprimenta com um abraço apertado.

"Me desculpa", murmura, enterrando o rosto no meu cabelo. "Falei um monte de merda ontem."

"Falou", concordo.

Ele se afasta, me olhando com remorso puro. "Preciso que você saiba: você não tem nada a ver com o meu pai. Acho que só falei aquilo porque tinha acabado de sair da entrevista e ele ainda estava na minha cabeça. Gritei com você porque estava com raiva dele, e você estava bem ali. Mas nunca devia ter dito aquilo. Me perdoa."

Faço que sim lentamente. "Eu sei que você se arrependeu. E tá tudo bem. Também sei que não queria dizer aquilo."

"Estamos bem?", pergunta ele, preocupado.

"Sempre." Eu o beijo. Com uma quantidade de língua muito pouco profissional, ignorando a reação ruidosa dos amigos de Nice.

Os dedos de Garrett se enredam em meu cabelo. Ele se afasta por um momento para encontrar meus olhos, olhando para mim com uma expressão que nunca vi antes.

Prendo a respiração. "O quê?"

"Te amo. Talvez mais do que nunca."

"Vamos ter um filho", digo, sorrindo animada e ainda um pouco assustada.

"Ah, se vamos!"

12

GARRETT

"Volta pra cama. Eu levo."

"É só café", diz Hannah, na manhã seguinte, de pé junto à máquina, na cozinha. "Não vou subir pra limpar o telhado."

"A médica mandou pegar leve."

"Acho que fazer um descafeinado e servir numa caneca, tudo bem."

Acontece que impedir Hannah de se levantar é quase impossível. Se esta mulher passar mais de dois dias trabalhando em casa antes de voltar pro estúdio, vou ficar chocado. Já sei que ela vai ser um pé no saco durante a gravidez.

Espero que nossos amigos ajudem a mantê-la sob controle. Ontem à noite, contamos para as pessoas mais próximas e ficamos vendo as mensagens de parabéns chegarem. Ler todas as mensagens hilárias fez Hannah se lembrar de que não estamos tão sozinhos quanto ela temia.

Grace já está falando em ajudar Hannah a escolher os móveis do quarto do bebê quando voltar de Paris. Sabrina prometeu ajudar também, embora possa ser mais difícil para ela, porque na mesma conversa descobrimos que ela e Tuck aceitaram empregos em Manhattan e vão embora de Boston no final do verão. Estou feliz por eles, mas não posso evitar uma certa tristeza por Tucker, o único pai que conheço, não estar mais perto de mim.

"Estava pensando", diz Hannah, levando a caneca aos lábios. "A gente devia se casar."

Estava bem no ato de servir suco de laranja num copo, e minha mão congela no ar. "Ah, é?" Mantenho um tom casual.

Ela dá um gole recatado, então abre um sorrisinho. "Se você quiser."

É muito difícil não jogar o copo no chão, arrancar a caneca de Hannah de sua mão e agarrar ela aqui mesmo. "É, pode ser que eu queira."

"Legal."

"Quer que eu compre uma aliança?"

"Claro. Só não compra uma coisa tão grande quanto a da Allie. Não sou uma psicopata."

Mordo a bochecha para não rir. "É isso? Esse vai ser o nosso pedido?"

"Quer dizer, a gente se ama e vai ter um filho. Não é isso que importa? Quem precisa de discurso?"

Ela tem razão. "Quem precisa de discurso", repito, sorrindo. "Agora, por favor." Pego sua caneca de café e levo Hannah na direção da escada. "Volta pra cama. E não se atreva a subir no telhado enquanto eu estiver fora."

"Posso pelo menos passar aspirador?"

"Juro por Deus, vou mandar o Tucker e a Sabrina te amarrarem aqui."

"Queria ver."

Rindo, dou um tapa em sua bunda para fazê-la subir as escadas. Mas vou atrás dela, porque ainda preciso terminar de me vestir. Enquanto ela rasteja de volta para baixo das cobertas como uma boa menina, procuro uma camisa limpa e me visto. A apreensão lentamente percorrendo meu corpo, do estômago até a garganta. Nada em mim anseia o que está prestes a acontecer.

"Você não falou aonde vai", comenta Hannah. Está sentada na cama, zapeando na televisão.

"Vou falar com o produtor da ESPN", admito. "Outro dia, fugi do set no meio da gravação e não falei mais com ninguém. Landon organizou uma reunião com o produtor. Só nós dois."

Ela me olha atentamente. "O que você vai fazer?"

"O que tenho que fazer."

Quando chego ao estúdio, Stephen Collins me convida para o seu escritório. Recuso uma bebida de sua assistente, tentando me esquivar da bajulação e ir direto ao ponto, antes que encontre uma maneira de me convencer a não fazer isso.

"Espero que não tenha sido nada sério", começa o produtor, sentado na beirada da mesa. Atrás de sua cabeça, há uma parede de prêmios e memorabilia de esportes autografada. "Bryan e eu ficamos tristes por não termos conseguido terminar o segmento. A entrevista rendeu muita coisa boa. A gente queria juntar você e o seu pai de novo no set esta semana, se for possível."

"Sinto muito. Não posso fazer isso", declaro, de forma bem direta.

Seu sorriso educado vacila. "Se a gente tiver que adiar uma semana ou mais, acho que..."

"Não posso fazer esse programa, Stephen. Não quero que isso vá ao ar. Nada disso."

"Impossível. Temos um contrato. E já fizemos um investimento enorme. Pessoal, equipamento."

"Eu entendo e sinto muito."

Ele avalia minha expressão. "O que aconteceu, Garrett? Conta qual é o problema, que eu resolvo."

Há muito tempo que imagino como seria essa conversa. Ou uma centena de conversas assim. O momento em que finalmente rasgo o véu dessa farsa. Na faculdade não foi tão difícil, porque eu não tinha muito a perder. Mas não sou mais um jogador universitário desconhecido. Sou conhecido no país todo. Agora, minha carreira e minha imagem estão em jogo. O apoio e o respeito de meus colegas.

Então, sem saber o jeito certo de dizer, apenas falo.

"Meu pai abusava de mim quando eu era criança."

A apreensão pisca nos olhos de Collins. "Ah", é tudo o que diz, então fica esperando que eu continue.

Apesar do desconforto, sigo em frente.

Nem sei se ouço minhas próprias palavras ao explicar como meu pai me batia, me manipulava e me assustava, e isso praticamente sem me aprofundar nos detalhes de sua crueldade. A revelação é amarga e dolorosa. Mas, como uma farpa que você extrai depois de ela ter ficado por tanto tempo sob sua pele que você esqueceu que ela não deveria estar ali, o alívio é imediato e arrebatador.

O produtor fica em silêncio por vários segundos. Em seguida, levanta da mesa e senta na cadeira ao lado da minha.

"Que merda, Garrett. Nem sei o que dizer. Isto é..."

Não respondo. Não preciso de sua simpatia ou pena, apenas de sua compreensão.

Mas, claro, considerando que se trata de alguém da indústria do entretenimento, ele vai tentar usar a situação para benefício próprio.

"Você estaria disposto a falar disso numa entrevista? Esquece o que a gente já filmou. Vai ser descartado. Considere jogado no lixo." Collins inclina a cabeça. "Mas se for algo em que você está interessado..."

Rio, com uma voz rouca. "Se estou interessado em contar ao mundo os detalhes sórdidos do abuso físico que sofri na infância?" Me sinto mal só de pensar.

Mas subestimei Collins. Sim, ele definitivamente está tentando tirar vantagem profissional das circunstâncias, mas a sugestão pode não ser totalmente egoísta, pois ele suaviza a voz e acrescenta: "Tive uma experiência semelhante quando era criança. Não meu pai." Seu olhar se volta para o meu. "Minha mãe. Ela não era uma boa pessoa, vai por mim. Mas quer saber a parte mais maluca? Toda vez que um dos meus professores ligava para o serviço social e eles mandavam alguém lá em casa para investigar, eu mentia. Dei cobertura para a minha mãe, porque tinha vergonha de admitir que ela estava me machucando."

Solto um suspiro. "Que droga."

"Pois é." Collins esfrega a mão no queixo. "Enfim, hoje em dia, se tivesse a chance, acho que falaria alguma coisa. Mas não tenho alcance de público e ninguém dá a mínima para quem eu sou. Você, por outro lado..." Ele ergue os ombros. "Você tem um nome e muito alcance. Você poderia pegar essa parte terrível do seu passado e tentar tirar algo de bom dela."

As palavras me fazem pensar. Protegi o legado de Phil Graham por tanto tempo, mas por que diabos deveria continuar fazendo isso? Por que estou com tanto medo do que o mundo vai pensar?

E o que isso diria de mim como pai, se eu continuasse a esconder algo assim? Se não desse um exemplo melhor para o meu filho e um dia alguém o machucasse, e ele tivesse vergonha de me contar?

Há crianças lá fora, adultos, que ainda estão vivendo com essas mesmas cicatrizes. Se eu puder ajudar alguns deles a superar seus medos, então, sim, posso fazer o sacrifício e sofrer algumas horas cutucando feridas diante das câmeras.

"É." Lambo os lábios repentinamente secos. "Fechado."

"Tem certeza?", pergunta Collins, um vislumbre de admiração nos olhos.

Faço que sim com a cabeça. "Liga pro Landon pra marcar o dia e a hora."

Deus me ajude, mas é hora de cortar oficialmente o cordão entre mim e o passado.

Mais tarde, em casa, quando dou a notícia a Hannah, ela fica mais surpresa do que eu com a decisão.

"Não acredito que você concordou em fazer isso", diz ela, maravilhada, com a cabeça em meu colo, enquanto assistimos televisão no sofá.

"Vai por mim, não estou exatamente ansioso pra fazer isso, mas acho que tenho que fazer. Você tinha razão. Está na hora."

"Você vai contar pro seu pai?"

"Não."

"Boa."

Imaginá-lo arremessando um copo de uísque na televisão do outro lado da sala ao descobrir o que vem pela frente me deixa um pouco mais entusiasmado com a ideia.

Hannah se senta para se aconchegar em meu ombro. "É um passo e tanto."

"É, bem por aí."

"Estou muito orgulhosa de você."

Beijo o topo de sua cabeça, segurando-a com mais força.

"Tão orgulhosa", repete ela.

Essas palavras significam mais para mim do que ela jamais entenderá. A verdade é que não teria chegado tão longe sem ela. Hannah foi a primeira pessoa que me ajudou a encontrar algum tipo de paz com meu passado, e é com o apoio dela que encontrei a coragem de enfrentá-lo.

Ela me torna um homem melhor.

E, tomara, um bom pai.

Epílogo

HANNAH

Agosto

Sabrina e Tucker aparecem cerca de meia hora antes de Garrett e eu sairmos para o consultório médico. Vou fazer uma ultrassonografia hoje pela manhã, e não estou ansiosa por isso. Não sei se algum dia vou me acostumar a ser tratada como um navio naufragado com um tesouro pirata a bordo.

"O que vocês estão fazendo aqui?", pergunta Garrett, surpreso, mas visivelmente feliz em vê-los. Sobretudo quando nota Jamie ao lado de Sabrina. "Docinho! Ah! Que saudade!"

Ele pega a criança ruiva no colo, e ela agarra seu pescoço. "Oiê!", exclama, feliz. "Oiê!"

Sufoco uma risada. Ela é uma graça.

"A gente tem que sair daqui a pouco." Olho para Sabrina, que está deslumbrante como sempre, num vestido de verão amarelo que realça seu bronzeado. Está com os óculos escuros no alto da cabeça e uma bolsa de praia grande no ombro.

"Não se preocupe, só temos um minuto. Vamos à piscina", explica Tucker. O que explica a sunga listrada e os chinelos. Reparo que sua camiseta cinza está manchada com algo que parece rosa e pegajoso.

Sabrina capta meu olhar e ri. "A princesa quis um picolé de morango no caminho, daí decidiu que não gostou e jogou no papai. Avisei que não era boa ideia."

Também noto que Tucker está segurando uma sacola de presente muito grande. "O que é isso?", pergunto, curiosa.

"A Jamie escolheu um presente pra vocês", diz ele.

"Pro seu bebê!!!", explica a criança, radiante.

Garrett estreita os olhos. "A Jamie que escolheu, é?"

Sabrina e Tucker assentem com a cabeça. Ou estão dizendo a verdade ou são os atores mais fenomenais do planeta.

"A gente pode entrar ou vamos derreter aqui na porta da sua casa?" O sotaque texano de Tucker entra em ação, e ele exibe seu sorriso de bom moço.

"Entrem", digo, a contragosto.

Entramos e caminhamos até a cozinha, onde Garrett coloca Jamie no chão. Então ele e eu fitamos a sacola de presente que Tuck deixou na bancada de mármore. O único consolo é que não pode ser aquele boneco horrível. Em primeiro lugar, o pacote é grande demais para Alexander. E em segundo lugar, Sabrina jurou que ela e Tuck jogaram ele no mar.

"Abre!", grita Jamie. E continua gritando. "Abre! Abre! ABRE!"

"Deus do céu", murmura Garrett, "é isso que nos aguarda?"

"Fala baixo, princesa", repreende Tuck.

Sabrina sorri. "Melhor abrir antes que ela tenha um aneurisma."

"É pra já." Pego uma tesoura e corto a fita que fecha a sacola. "Não precisava! Obrigada."

"Muito gentil", concorda Garrett.

"Agradeçam à Jamie", diz Tuck, descontraído.

Levo a mão dentro da sacola e puxo uma caixa que parece grande o suficiente para abrigar uma bola de basquete. Tem outra idêntica dentro da sacola, mas Sabrina diz que devo abrir uma de cada vez.

Corto outra fita para abrir a caixa, com a suspeita me atormentando. Não confio neles. Não sei por quê, mas simplesmente não confio. Tem alguma coisa de estranho nisso tudo, muito estranho...

"Um boneco!!!", exclama Jamie, quando o conteúdo da caixa é revelado. "Um boneco pro seu bebê, tia 'Annah'!"

Afasto a mão como se a tivesse queimado numa chapa quente.

Meu olhar traído voa para Tucker e Sabrina, que sorriem, inocentes, antes de acenar com a cabeça para a filha.

"A Jamie viu esse garotinho lindo na mala de Tuck, quando voltamos de St. Barth", explica Sabrina.

"Você acredita que ele voltou boiando para a praia como se não pudesse ficar longe da gente?", acrescenta Tuck.

"É como se soubesse exatamente o se lugar." Sabrina assente com a cabeça. "Primeiro, íamos dar pra Jamie..."

Arregalo os olhos. Mentira. Eles nunca deixariam a filha preciosa ter contato com um boneco que abriga o espírito de Willie, o cadáver da Corrida do Ouro. Nunca.

"...mas quando contamos que a tia Hannah e o tio Garrett iam ter um bebê, ela decidiu que não podia ser egoísta e privar o novo bebê deste lindo presente. Não é, fofinha?"

"É!" Jamie sorri. "Você gostou?"

Fico olhando a boca vermelha e sorridente de Alexander, o pavor enchendo minhas entranhas.

Então, abrindo um grande sorriso falso, dirijo-me à menina. "Amei", digo a Jamie. Enquanto, ao meu lado, Garrett murmura "Vocês estão mortos" para os pais dela, passando o indicador pelo pescoço.

"Ah, espera, tem mais!" Tucker está adorando cada segundo deste pesadelo.

Ele tira a segunda caixa da sacola, e meu estômago dá um nó que nada tem a ver com a gravidez, mas sim com o novo horror que estamos prestes a experimentar.

Sabrina dá um sorriso maligno. "No ano passado, o Tuck e eu fizemos uma pesquisa sobre a história do Alexander e descobrimos que ele fazia parte de uma coleção."

"Ai, meu Deus", murmuro.

"Não", diz Garrett, levantando a mão, como se isso fosse ajudar em alguma coisa.

Tucker retoma a narrativa: "Este fabricante específico desenvolveu dez bonecos, todos feitos sob medida, mas parte de uma coleção. Colocamos um alerta on-line, para o caso de aparecer algum outro boneco do conjunto à venda. E, na semana passada, apareceu um! Acho que chamam isso de coincidência. Pode ser. Não sei. Mas é louco, né?"

Sabrina assente, animada. "Louco."

"Então dissemos à Jamie 'Ei, o que seria melhor do que dar um boneco para o bebê da tia Hannah?'. E o que você respondeu, princesa?"

"Eu disse dois!" Jamie dança em volta das pernas do pai. Pobre criança inocente, cujos pais recrutaram para seus desígnios malévolos. Eles sabem que, se Jamie não estivesse aqui agora, eu estaria tentando enfiar Alexander na lixeira.

"Dois bonecos é sempre melhor do que um", concorda Tucker, e então ele ergue um segundo pesadelo de porcelana e o apresenta.

Desta vez, é uma boneca, com cachos dourados que, ai, meu Deus, parecem cabelo de verdade. Suas bochechas são como duas maçãs vermelhas, os lábios rosados se esticam num sorriso macabro congelado. De vestido azul com uma faixa branca e sapatos vermelhos brilhantes iguais aos de Alexander, ela é assustadora, e quero esmurrar a cara de Tucker com ela.

"O nome dela é Cassandra", diz Sabrina, sorrindo para a minha expressão. "E não se preocupe, a biografia dela é certificada. Está na caixa. Uma leitura divertida para mais tarde."

Tucker dá uma piscadinha. "Não queremos estragar a diversão, mas vou só adiantar que, enquanto Alexander e Willie estavam na Rota da Califórnia, Cassandra foi uma ótima companheira para uma criança num manicômio alemão."

"Obaaa!" Jamie começa a bater palmas, claramente alheia ao que a maioria das palavras significam.

"Oba", repete Garrett, desanimado.

Fuzilo nossos supostos amigos com os olhos. "Nunca vou esquecer disso."

"Maravilhoso!", comemora Sabrina, batendo palmas. "Ouviu, fofinha? Tia Hannah disse que nunca vai esquecer o presente."

Olho para Garrett e suspiro. Precisamos de novos amigos.

Quarenta e cinco minutos depois, estamos na sala de exame, discutindo o destino dos dois bonecos mal-assombrados que deixamos em casa. Voto por queimar, mas Garrett é muito supersticioso.

"Acho que precisamos chamar alguém pra fazer algum tipo de exorcismo antes de queimar qualquer coisa", argumenta. "E se os espíritos das crianças mortas saírem dos bonecos na fogueira e depois assombrarem a casa?"

"Cof-cof."

Nossa atenção se volta para a porta, de onde minha médica nos observa com cautela.

"Ignore tudo que você acabou de ouvir", eu a aconselho.

"X9 acaba levando bala", acrescenta Garrett, solene, e imediatamente dou um soquinho em seu braço.

"Ignore isso também", digo.

Rindo, a médica traz a máquina de ultrassonografia para mais perto e passa um monte de gel frio no meu abdome. Minha barriga quase não cresceu, mas aparentemente é assim mesmo. Sabrina tinha me avisado que, na gravidez dela, a barriga não mudou quase nada nos dois primeiros trimestres, e, de repente, com seis meses, ela estufou. Não que eu confie em alguma coisa que Sabrina James-Tucker diga hoje em dia.

"Pronta?", pergunta a médica, enquanto Garrett aperta minha mão.

"Como nunca estive", respondo, e ela ri.

Garrett beija meus dedos, meu anel de noivado refletindo a luz da sala. Embora eu não precisasse, ele me surpreendeu com um pedido formal algumas semanas atrás. Ficou de joelhos e tudo. Nunca achei que seria uma noiva grávida entrando na igreja, mas aqui estamos. Engraçado como as coisas são às vezes.

"O que tem nessa sacola?", pergunto, notando uma pequena sacola de plástico ao lado da cadeira de Garrett.

Ele sorri. "Olha só isso. Vi na vitrine de uma loja outro dia." Com um floreio, ele puxa uma pequena camisa de hóquei do Bruins com o nome GRAHAM nas costas.

"Ainda pode ser muito cedo para saber o sexo", eu o lembro. "A gente nem sabe se vai ser menino." Embora ele esteja convencido de que é.

"É unissex", diz ele, presunçoso.

"Foi o que pensei", comenta a médica, baixinho.

Olho para a tela, ligeiramente alarmada. "E aí?"

"Não tive certeza na sua última visita por causa da posição do feto. Mas agora tá bem claro."

Meu coração dispara.

"Algum problema?", pergunta Garrett, inclinando-se para a frente enquanto nós dois fitamos a tela.

"Parabéns", anuncia ela, com um sorriso. "Vocês vão ter gêmeos."

"Gêmeos?", repito, embasbacada.

"É sério, doutora?"

"Gêmeos?", digo, novamente. "Tipo, dois bebês?"

"Dois bebês", confirma ela.

O rosto de Garrett desmorona. "Eu só comprei uma camisa."

"Dá pra dizer o sexo deles?", pergunto, olhando a tela como se pudesse discernir eu mesma.

"Ainda tá meio cedo. Mas, pelo que estou vendo, acho que dá, sim. Querem saber?"

Meu coração dispara, enquanto me viro para Garrett. Nossos olhares se encontram, e ele assente com a cabeça.

"Queremos", digo à médica. "Queremos saber."

"Vocês vão ter um menino... e uma menina."

FIM

Sobre a autora

Best-seller do *New York Times*, *USA Today* e *Wall Street Journal*, Elle Kennedy cresceu nos subúrbios de Toronto, em Ontário, e é bacharel em inglês pela Universidade de York. Desde cedo, sabia que queria ser escritora e começou a perseguir seu sonho ativamente na adolescência. Adora heroínas fortes e heróis sensuais, além da combinação certa de sensualidade e perigo para manter as coisas interessantes!

Elle gosta de ouvir a opinião de seus leitores. Visite sua página em www.ellekennedy.com ou inscreva-se em sua newsletter para atualizações sobre os próximos livros e trechos exclusivos. Você também pode encontrá-la no Facebook (https://www.facebook.com/AuthorElleKennedy) ou segui-la no Twitter (@ElleKennedy), Instagram (@ElleKennedy33), ou no TikTok (@ElleKennedyAuthor).

TIPOGRAFIA Adriane por Marconi Lima
DIAGRAMAÇÃO Verba Editorial
PAPEL Pólen Soft, Suzano S.A.
IMPRESSÃO Gráfica Bartira, março de 2022

A marca FSC® é a garantia de que a madeira utilizada na fabricação do papel deste livro provém de florestas que foram gerenciadas de maneira ambientalmente correta, socialmente justa e economicamente viável, além de outras fontes de origem controlada.